KB261158

유광현 新무협 판타지 소설
FANTASTIC ORIENTAL HEROES

검
기신협

棋劍神俠

기검신협 5

유광현 新무협 판타지 소설

초판 1쇄 찍은 날 § 2009년 2월 12일
초판 1쇄 펴낸 날 § 2009년 2월 17일

지은이 § 유광현
펴낸이 § 서경석

편집장 § 문혜영
편집책임 § 문정흠

펴낸곳 § 도서출판 청어람
등록번호 § 제1081-1-89호
등록일자 § 1999. 5. 31
어람번호 § 제2-1679호

주소 § 경기도 부천시 원미구 심곡2동 163-2 서경B/D 3F (우) 420-822
전화 § 032-656-4452팩스 § 032-656-4453
http://www.chungeoram.com
E-mail § eoram99@chollian.net

ⓒ 유광현, 2008

ISBN 978-89-251-1684-6 04810
ISBN 978-89-251-1448-4 (세트)

유광현 新무협 판타지 소설
FANTASTIC ORIENTAL HEROES

5. [비기 전수]

기검신협
棋劍神俠

유광현 新무협 판타지 소설
FANTASTIC ORIENTAL HEROES

도서출판 청어람

目次

第一章
암중모략

하만은 처박은 고개를 감히 들지 못했다. 곁에 선 금의위 남진무사 장윤과 첩형 옥환도 마찬가지였다.

"그리되었군, 결국 그리되었어."

정화의 음성이 잔뜩 뒤틀렸다.

똑, 똑, 똑…….

손가락 끝을 세워 의자 팔걸이를 두드리는데, 한 번 소리가 들릴 때마다 하만의 얼굴에 식은땀이 한 방울씩 맺혔다.

흑백괴동은 금정 군영으로 숨어버렸고 따라 들어간 풍운마도는 빈손으로 돌아왔다. 대체 안에서 무슨 일이 벌어진 것일까. 대답을 해줄 수 있는 유일한 사람은 풍운마도였다. 한데 그의 행방이 묘연하다. 경천신문에 도착해 문주에게 군신의 예로써 큰절을 올린 후 아무런 말도 없이 홀연히 사라져 버렸다.

"모든 것이 속하의 불찰로 빚어진 일입니다."

하만은 풍운마도를 믿고 물러선 자신을 크게 후회했다. 그때 무리를 해서라도 직접 흑백괴동을 처리했어야 했다.

"불민하였지. 하나 지금은 잘잘못을 따질 때가 아니다. 더욱이 그자와 검을 겨루지 않은 것은 옳은 판단이었다 할 것이다."

정화는 화가 치솟은 상황에서도 사리분별은 칼날처럼 날카롭고 분명했다.

그렇다. 흑백괴동이 원적과 합류한 것은 작은 일이다. 그러나 풍운마도와의 일전으로 인해 본신의 무예가 드러났다면 그것이야말로 큰일인 것이다.

하만은 백여휘를 떠올렸다.

사라졌다? 분명 경천신문을 비롯한 세간에는 그리 알려졌다. 하만이 정화에게 보고한 내용도 그러했다. 하지만 그는 백여휘가 어디에 있는지 알고 있었다.

동창의 정보망은 광대하다. 더군다나 북경 내에서라면 실핏줄처럼 뻗어 있어 닿지 않는 곳이 없다고 해야 할 것이다. 심지어 허름한 객잔에서 취객이 술김에 동창에 대한 욕지거리만 해도 그날 안으로 목이 달아나게 되어 있었다.

그런 마당에 하만이란 놈을 아느냐며 동창 지부 하나를 들쑤셔 놓고 사라졌으니 귀에 들어오지 않으려야 않을 수가 없었다.

거도를 멘, 체구가 장대한 노인이라 했다. 하만은 더 묻지 않아도 바로 알 수 있었다.

'백가 늙은이. 나를 불러냈다, 이거지?'

뭔가 자신의 정체에 대해 냄새를 맡은 것인지도 모른다. 아니면 못다 한 승부를 내겠다는 것일 수도 있었다. 어쨌든 잘된 일이다.

하만이 어떤 다짐을 굳히고 있을 때, 정화가 장윤에게 물었다.

"원적. 지금쯤 꽤나 기고만장해져 있겠지. 놈의 동향은 어떠냐?"

"금정 군영에서 금의위 위사를 선발하는 것 말고는 별다른 게 없습니다. 그렇지 않아도 조선 무승들의 이야기로 북경 일대가 술렁이기에 시찰을 구실로 살펴볼 참이었습니다."

"젊은 놈의 허리를 꺾어놓은 이상 중들은 신경 쓸 것 없다. 오히려 젊은 놈을 주의 깊게 살펴야 할 것이다."

"놈은 갈수록 몸이 약해지고 있다고 합니다. 놈이 두 발로 서 있는 걸 본 자가 없는데다 안색 또한 병자의 그것이었다니, 놈이 불구가 된 것은 전혀 미심쩍은 부분이 없다 하겠습니다. 다만……."

정화의 안색이 확 하고 굳어진다. 무한과 관련된 일일 때만 나타나는 변화였다.

"특별한 사항이라도 있더란 말이냐?"

정화가 다그쳐 묻자 긴장한 장윤이 속히 대답했다.

"흑백괴동이 금정 군영으로 뛰어들 당시, 녀석이 전면에 나서서 일을 처리한 것 같습니다. 녀석이 백여휘를 물리친 것 같다는 보고입니다."

"전면에 나선 것 같다?"

'같다'라는 말, 정화가 가장 싫어하는 말임을 장윤이 순간 깨달았다.

"죄송합니다."

"정확치 않은 이유가 있을 터, 마저 말하라."

"예! 이번에 금의위장이 천호장군으로 새로 임명한 청운이란 놈이 흑백괴동 난입 시에 백호 이하 모든 위사들을 즉시 밖으로 물려 정황을 확실히 알 수 없었다고 합니다."

"싸움은 없었다더냐?"

"백여휘가 군영을 나설 때까지 아무런 소란도 없었다고 합니다."

소란이 없었다? 그만한 자들의 싸움에 소음이 나지 않는 건 있을 수 없는 일. 그렇다면 무공으로써 해결한 것이 아니란 말이다.

정화는 눈을 감았다. 뭔가 숨길 것이 있는데 무력이 아니라면 뻔하다. 어느 정도는 예상했던 일이다. 그만한 바둑이라면 머릿속에 수십 권의 병략이 없으리란 법도 없다.

"신기묘산이라… 원적, 놈을 품은 이유가 겨우 놈의 책략가로서의 자질이었더냐?"

정화는 무한이 바둑을 두던 장면을 떠올렸다. 그는 본시 중원 출신이 아니라 바둑에 대해서는 깊이 알지 못했다. 하지만 기대조가 된 만석전을 궁지로 몰아넣던 장면은 선명히 기억하고 있었다. 자신의 방해가 아니었다면 필시 기대조가 되어 있을 녀석이었다.

녀석을 생각할 때마다 일어나는 찝찝한 기분은 그조차도 이해할 수 없는 일이었다. 계속해서 뭔가를 놓치고 있다는 생각이 강하게 들곤 했다.

만약 놈이 무예를 지니고 있었다면? 그렇다면 최소 자신의 눈을 속일 정도여야 가능했다. 내력을 깊이 갈무리할 정도의 고수라야 한다는 말이다.

사혈들을 마음대로 농락했다. 그럼에도 일말의 내력조차도 운용치 않고 견뎌냈다?

만에 하나라도 정말 그런 것이었다면 보통 일이 아니다. 참으로 소름 끼치는 일이 아닐 수 없었다. 하지만 그럴 가능성은 없다.

애초에 무예가 없다고 보는 것이 옳으리라. 그렇다면 녀석이 어떤 신기와 묘산을 펼쳐낼지 알 수 없다. 그러나 그런 건 아무래도 상관없다.

물론 놈이 머리를 쓴다면 골치 아픈 일이 생길 수도 있다. 그러나 책략의 한계는 뚜렷한 바, 적어도 녀석이 제갈공명이 아닌 이상 이만한 전력 차이를 딛고 반전을 이끌어내기란 불가능할 것이다.

"남경의 일은 어찌 됐느냐?"

옥환이 바짝 긴장한 채 말했다.

"남경 공평 백호로부터의 전갈입니다. 예상대로 태자가 호위군을 요청했다고 합니다."

내달이면 태자의 어미 인효문황후가 붕어한 지 벌써 십 년째.

남경에 거하고 있는 태자가 어미의 기일을 맞아 장릉으로 행차를 하려 하고 있다. 이 얼마나 기다렸던 행사인가.

매년 있어왔던 일. 하지만 태자의 이번 북경행은 의미가 다르다. 황후 붕어 십 주년이라는 겉으로 보이는 상징적인 의미만이 아니다. 본래 수도를 북경으로 옮기고부터 태자의 처소는 쭉 남경이었다.

그러나 황제는 몽고와 여진 토벌 등의 이유로 친정을 할 때마다 태자를 북경으로 불러 궁을 지키도록 했는데, 이번에는 아주 불러들이려 하고 있었다.

그 이유를 모를 정화가 아니었다. 황위 승계가 머지않았음이다.

"드디어 때가 도래하는가!"

정화는 웃는 것도, 화내는 것도 아닌 미묘한 얼굴이 되었다.

그에 옥환이 결연한 의지를 보였다.

"제가 동창 전위대를 소집해 태자를 호위하겠습니다!"

호위라는 말이 기이한 어감으로 다가온다. 지키겠다는 의지가 아닌, 살기가 스민 탓이다.

“네가 말이냐?”

“속하를 믿어주십시오. 일전 금의위장 때처럼 깔끔하게 처리할 자신이 있습니다!”

옥환의 충성스러운 모습에 정화가 오히려 혀를 찬다.

“쯧쯧, 태자가 죽으면 어찌 될 것 같으냐?”

“그야, 황제가 대노하여 무림과의 전쟁을 선포하지 않겠습니까?”

“그다음은?”

“황제가 북방의 병력을 몰아 무림을 토벌하면 우리는 그 틈을 노려…….”

“멍청한 놈!”

옥환은 자신이 무엇을 잘못한 줄도 모르고 얼굴을 붉힌 채 고개를 떨어뜨렸다.

“이번 일의 전권은 금의위에 위임한다.”

정화의 결정에 장윤이 반색을 했다.

“속하를 믿어주시니 감사합니다.”

“잘못 짚었다. 내가 말한 자는 네가 아니라 워적이다.”

“하면 속하는……?”

“말한 바대로 이번 태자 호위건은 그자에게 전권을 일임한다. 너는 이번만큼은 그의 뜻에 따라 움직이도록.”

“존명!”

“그리고 옥환!”

“하명하십시오.”

“전위대를 구성해 태자를 호위하러 나서는 금의위를 뒤따르라.”

“뒤따르라시면……?”

“아무것도 필요없다. 말 그대로 거리를 두고 따르기만 하면 된다.”

그냥 따르라? 옥환은 이해할 수가 없었다. 그뿐 아니라 하만과 장윤도 모르겠다는 표정이다. 그렇다고 설명해 주지도 않는 걸 주제넘게 물을 수도 없다. 그저 하라니 할 수밖에.

“존명!”

“하만!”

“하명하십시오!”

“경천신문으로 가라.”

“속하가 우둔하니 깨우쳐 주십시오.”

“경천도에게 전해야 할 것이다. 마지막 기회이니 끝을 보아야 할 것이라고. 또한 그에게 다녀온 후에는 옥환과는 별도로 동창의 고수들을 추려 은밀히 그 뒤를 따르라.”

일사천리로 내린 명.

옥환과 하만에게는 그저 은밀히 따르라 명하고, 경천신문에는 금의위를 치라 명한다? 앞뒤가 맞지 않는다. 아니, 앞뒤가 딱 들어맞는다.

경천신문의 고수들이 태자를 호위하고 있는 금의위 일행을 친다. 필시 양측에 크나큰 전력 손실이 있을 터. 하지만 끝내 승리는 경천신문으로 돌아갈 것이다.

그때 하만이 나서서 혼란한 틈을 타 상황을 말끔히 정리하라는 것이다. 정리 대상은 금의위를 무너뜨린 경천신문이 될 것이다.

눈엣가시와도 같은 금의위는 경천신문이 제거하고, 오래 거래하기에는 위험부담이 큰 경천신문을 이참에 팽시키는 일석이조의 계략이다.

하지만 전혀 문제가 없는 것은 아니었다.

"경천도 본인이 직접 나설 경우, 일을 뜻대로 풀어가기는 힘들 것입니다."

하만의 근심은 기우가 아니었다. 경천신문이 문파의 역량을 총동원하여 거사를 진행한다면 금의위가 태자 호위에 얼마를 동원할지는 모르나, 금의위들은 별다른 힘도 써보지 못하고 지리멸렬할 것이 자명하다.

그리되면 안 된다. 경천신문의 전력이 고스란히 남게 된다면 그들을 처리하는 데 있어 동창이 커다란 희생을 감수할 수밖에 없게 되는 것이다.

가장 결정적인 문제는 경천도를 상대할 고수가 이쪽에는 없다는 것이다.

"하만, 말이 많구나. 내가 그런 생각도 없이 일을 진행하리라 보느냐?"

정화의 눈이 서늘한 안광을 발하자, 하만이 고개를 처박았다.

"주, 죽을죄를……."

“쯧, 그자를 처리할 사람은 따로 있은즉, 너는 시키는 대로
만 하면 될 것이다.”

“존명!”

경천도라는 거물을 제거할 자라…….

‘주군이 직접 나서실 요량인가?’

아니다. 그건 아닌 것 같다. 과연 누구일지 가늠해 보는 하
만이었다.

2

먹이를 노리는 맹수의 눈빛. 아니다. 상처 입은 맹수의 그것
이라 해야 옳았다.

만평은 상대에게서 한시도 눈을 떼지 않았다.

거친 마의, 싸구려 철검. 만평의 상대는 장량이었다.

잔머리 하나 나오지 않게 한데 묶고 건으로 동여매 깔끔하
게 정돈한 머리가 의외로 꼼꼼한 성격일 수 있겠다는 생각이
든다.

장량은 장량인데 여느 때에 비해 확연히 달라진 분위기다.
장난기라고는 조금도 찾아볼 수 없다. 승부 앞에서는 냉혹 무
비한 철혈의 검사 그대로였다.

치켜뜬 눈에 예기가 서리서리 담긴다. 오른손에 쥐어진 싸
구려 철검에는 과분한 검기가 파랗게 맺혔다.

“차!”

사자조차 꼬리를 말 정도로 내기 충만한 기합. 만평의 입에서 터진 기합이 장원 전체를 쩌렁 울린다. 기합성과 동시에 튕겨지듯 쏘아져 나간 신형.

일곱 자, 여섯… 넷, 세 자…….

'지금!'

평행으로 낮게 떠올라 튕겨졌던 만평이었다. 한데 장량의 석 자 앞에 이르러 쇠 말뚝이라도 박은 듯 우뚝 멈춘다.

파팟!

철각(鐵脚)을 수직으로 쑥 뽑아 올렸다. 파공음과 함께 무시무시한 기세로 솟구치는 철각. 무정한 발차기가 정확히 턱을 노리고 날아들었다.

맞으면 승부는 그것으로 끝. 하지만 장량은 그럴 생각이 전혀 없는 모양.

쐐액!

불현듯 검에서 쏟아진 한줄기 빛무리가 다리를 갈라왔다. 흡사 뇌전을 연상케 하는 속도. 구벽검 제사초 뇌전의 벽, 전검(電劍)이었다.

만평의 철각이 내찼던 속도만큼이나 빠르게 거둬들여졌다. 동시에 허리를 한껏 비틀며 단단히 받치고 있던 반대편 다리를 마저 띄워 올렸다. 애초에 그러려고 했던 양 매끄럽고도 강력한 움직임이다.

만평의 육체가 공중에 붕 뜬 채로 삼백육십도 휙 뒤집힌다. 뇌벽의 검로를 교묘히 피한 철각이 이번에는 장량의 옆구리를 쓸어갔다. 다리에 실린 내력에 원심력까지 더해져 가히 살인적인 위력을 품은 각법이었다.

장량도 이번만큼은 얼굴색이 변했다. 하지만 암울한 빛이나 당황한 기색은 어디에도 없다.

들이닥치는 철각에 시선을 고정시킨 채 허리를 휘청 꺾으며 거리를 벌린 장량은 검을 든 손목을 경쾌하게 휘돌렸다.

슈아아악!

대뜸 몰아치는 스산한 검풍! 가로세로 두 자에 이르는 청색 기운이 벽처럼 허공에 어렸다. 방어 절초 천망검(天網劍)이었다. 천망검은 방어 무공이면서도 화산의 무예답게 방어에만 그치지 않는다. 방어에만 특화된 검초였다면 이렇듯 예기를 뿌릴 수는 없을 터.

만평은 다리로 쏘아져 오는 무시무시한 기세에 다리를 뺄 수밖에 없었다. 검끝은 저기 한 자 밖인데 벌써부터 살갗을 에는 예기가 느껴진다.

'이건 닿지 않아도 베인다!'

기겁한 만평은 뻗었던 다리를 회수하며 몸을 최대한 둥글게 말았다. 덕분에 반경이 줄어들어 회전 속도가 배가되었다.

휘리릭!

만평은 공중에 뜬 채 밀려드는 망검벽과 정면으로 마주했다. 단순한 주먹으로는 안 된다.

"후웁!"

재빨리 진기를 흡입하고 전력을 다해 네 번의 주먹질을 연달아 찔러 넣었다.

쿵! 쿵! 쿵! 쿵!

권에 실린 내기가 폭발하듯 터져 나갔다. 덕분에 검의 그물, 검망의 기세가 조금씩 허물어져 마지막 네 번째 주먹으로 온전히 막아낼 수 있었다.

공격은 막았으되 썰물처럼 빠져나간 진기로 인해 만평의 얼굴이 창백하게 질렸다. 하지만 만평은 아랑곳하지 않고 창백한 얼굴로 거듭 치고 들어갔다.

만평의 권과 각은 현란하기만 하다. 그러나 겉으로 보이는 현란한 모습 이면은 어둡기만 했다. 초조함, 답답함. 만평의 심정이 딱 그러했다. 겉이 현란하다는 것은 실제로는 실속이 없다는 말과도 같았다.

파팟!

전력을 다한 공격이 번번이 정련된 검초에 맥이 끊겼다.

구벽검은 화산의 삼대상승검법이라는 이름에 실로 부끄럽지 않았다. 공수가 완벽히 일체되어 도무지 빈틈이라고는 없었다.

상승의 박투란 모름지기 간결하고 강해야 하며 지근거리에서 물러섬이 없어야 한다. 설령 물러선다 하여도 다음 공격을 위한 예비 동작이 되어야 한다.

바로 오전까지만 해도 만평과 중평이 하수들을 상대로 보여준 경지는 그와 같았다.

그러나 상대가 장량으로 바뀌자 눈을 씻고 보아도 그런 모습을 찾아볼 수 없었다. 내력과 투로가 혼연 일체된 검법 앞에 만평의 박투는 그렇게 속절없이 밀렸다.

가장 큰 문제는 거리다. 주먹을 먹이려면 두 자 내로 접근해야 한다. 최소한으로 잡아도 석 자 정도는 접근해야 권의 위력을 제대로 살릴 수 있다. 그 이상 떨어지면 권은 위력이 급감한다.

지금과 같은 네 자의 거리라면 물리적인 타격이 아니라 기운에 의한 공격밖에는 효용이 없다. 하나 몸이 내기로 똘똘 뭉치지 않은 이상 매 주먹마다 진기를 발출할 수는 없는 법. 네 자 거리 이상이라면 권은 아예 무용지물이나 진배없었다.

네 자가 넘어가면 오로지 각으로 상대해야 한다. 권과 각의 절묘한 조화야말로 박투의 묘미. 그런데 두 팔이 묶여버렸으니 박투의 묘를 살릴 수 없음은 불문가지였다.

권이 없는 박투.

반쪽이다. 냉정하게 말해 반쪽이 아니라 반의반 쪽도 안 된다. 하지만 아무리 용을 써도 석 자 이내로 좁히는 건 불가능했다.

스가가각! 찌지직!

또다. 눈을 현혹시키는 변화를 품은 장검.

결국 검끝에 걸린 가슴 어림의 가사 자락이 세 치나 찢겨나갔다. 옷이 잘려 나간 가슴 어림이 참을 수 없을 만큼 쓰린 걸 보니 이번에는 살갗까지 제법 깊이 베인 모양이다.

만평은 선혈을 뿌리며 비틀비틀 뒤로 물러섰다.

‘제길! 도무지 틈이 없다!’

거리를 줄일라 치면 장량의 석 자가 넘는 장검이 불쑥 튀어나와 피를 보자고 덤벼든다.

해서 석 자 이내로는 좁힐 수 없다. 그렇다고 장풍과 권풍을 꾸준히 일으킬 내력에도 미치지 못하는 바. 한두 번이라면 모를까 계속 그런 식으로 했다가는 제풀에 지쳐 쓰러져 버릴 것이다. 만평의 속은 답답함에 까맣게 타들어갔다.

도대체가 놈은 금성철벽이란 말인가?

틈을 찾기 위해 백방으로 공격을 시도했지만 무소용이다. 하릴없이 이리 뛰고 저리 뛴 탓에 내력 소모가 이만저만이 아니다.

파팟! 스걱!

그렇지 않아도 너덜너덜한 가사인데 곳곳에 베이고 찢긴 자국투성이다. 가사가 찢길 때마다 어김없이 검상도 하나씩 늘어갔다.

검에 직접 닿지 않고 검풍에 스치기만 해도 옷이 찢어지고 피가 튄다. 비록 대부분이 자질한 정도였지만 단 몇 치만 깊었어도 큰 부상이 될 상처들. 위험한 고비를 벌써 몇 번이나 넘겼다.

공격을 퍼부어대던 만평의 호흡이 뚜렷이 들릴 정도로 거칠어졌다.

“헉헉!”

내가고수가 숨을 헐떡인다? 겉으로 보이는 정도가 그렇다면

속은 보나마나다. 이미 내기의 흐름이 가닥가닥 끊겨 도통 내
기를 조절할 수 없는 지경이라는 말이다.

반면 장량의 얼굴에는 여유마저 엿보였다.

패색이 짙다. 아니, 이 싸움은 벌써부터 진 싸움인지도 몰랐
다.

하지만 만평은 멈추지 않았다. 분명 어딘가는 약점이 있을
것이고, 그 틈을 찾아 일권을 먹이면 상황은 역전될 것이리라.
만평은 암울한 상황에서도 그렇게 믿었다.

그 집념이 기어이 거리를 두 자 내외로 좁히도록 만들었다.

네 자, 세 자, 두 자!

파팟!

승포의 소맷자락이 찢어질 듯 펄럭이며 강력한 일권이 튀어
나갔다. 주먹에서 쏟아져 나온 권풍이 장량의 안면을 향해 기
세 좋게 몰아쳐 갔다.

웅!

예의 검명(劍鳴)과 함께 날카로운 기운이 쏟아져 나와 검을
둘러쳤다.

꽈르릉!

경쾌한 타격은 순식간에 검의 기세에 눌려 버렸다. 모처럼
만의 기회는 물거품이 되어 사라지고 위기가 닥쳐왔다. 권풍
을 갈가리 흩어놓은 검기가 종으로 밀려들어 왔다.

"헛!"

다급한 헛바람과 함께 간신히 좁혔던 거리를 허무하게 다시

내준다.

검첨만으로 수많은 변화를 만드는 만검, 태산을 짓뭉갤 듯 떨어지는 압검, 어떤 공격도 단숨에 막아내는 망검, 뇌전과 같아 공방에 두루 뛰어난 전검.

차례로 마주한 초식들이 만평에게는 말 그대로 장벽이었다. 실로 장량이라는 확고부동한 벽에 부딪친 셈. 같은 벽에 막히고 또 막혀도 만평은 파훼 방법을 찾지 못했다.

보여준 것만 이 정도다. 드러내지 않은 초식들은 또 어떠할 것인가.

청야도 담천을 보았을 때 바로 이런 초식들을 경계했었다. 겨루어볼 만은 하나, 결코 이길 수는 없으리란 예상은 틀리지 않았다. 더군다나 장량은 담천보다도 윗줄인 바에야.

심법만 놓고 보아도 그렇다. 내력의 정심함과 안정감이 탁월하다. 초식 자체의 위력 또한 마찬가지다. 세련되고 말끔히 정제된 화산의 절기는 담천의 그것을 뛰어넘고 있었다.

화산의 삼대검법이라는 무게는 그토록 단순한 것이 아니었던 것이다.

수백 년 세월 동안 절정의 검사들이 갈고닦고 보완하여 완성한 땀과 피의 결정체였다.

구벽검의 완성이 뜻하는 단계, 즉 절정의 한계를 뛰어넘는 초절정 경지라면 모를까 현재의 만평으로서는 단시간에 파훼 방법을 찾아 공략하고 말고 할 성질의 검법이 아니었다.

한편 장량은 의아한 생각이 들었다.

그가 본 만평의 무예는 대단했다. 한데 시종일관 초식을 일체 섞지 않고, 순전히 임기응변과 즉흥적인 박투로 싸움에 임하는 모습은 감탄이 절로 나온다. 하지만 감탄 이전에 이해할 수 없는 부분이기도 했다.

검끝에 살기를 싣지 않았다고는 해도 구벽검의 초절한 초식을 상대하면서도 자신과 백여 초를 겨룬다는 건 보통 일이 아니었다.

이렇듯 뛰어난 박투를 구사하는 권사라면 필시 엄청난 권초를 가지고 있을 것이다. 한주먹에 바위를 부수고 한 번의 발길질로 아름드리나무를 꺾는 그런 굉장한 초식이.

"이쯤 시험을 했으면 됐지 않은가. 이제는 정식으로 할 때도 된 것 같은데, 아직도 내가 부족하다고 보는가?"

"뭐라는 것이냐."

"내기를 다스릴 시간을 줄 터이니 회복한 다음 정식으로 시작하도록 하지."

장량이 검을 거두고 뒤로 물러섰다. 기식을 조절하던 만평의 시선이 청운을 찾았다.

"운기를 하여 내력을 되찾은 후, 정식으로 붙자고 하십니다."

만평의 얼굴이 붉게 달아올랐다. 청운의 곁에 서서 관전 중이던 중평 또한 마찬가지였다.

장량의 의도는 이제 시험은 그만두고 위력이 강한 초식을 사용하라는 것이었다. 하지만 만평의 입장에서는 조롱으로 들릴 수밖에 없었다.

　상대는 원수가 아니다. 생사결(生死結)이 아닌 것이다. 부족함을 인지하고 예서 멈추는 것이 옳다. 만평 본인도 그것을 잘 알고 있었다.

　하지만 이 밀려드는 치욕감은 어쩔 것인가. 사제인 중평이 걱정 가득한 시선으로 지켜보고 있다. 도무지 싸움을 그만둘 수가 없다.

　'내 뼈가 가루가 되는 한이 있더라도 네놈을 바닥에 눕히고 말리라!'

　만평의 눈에 결연한 의지가 박혔다.

　"조식 같은 건 필요없다!"

　한자한자 씹어 뱉는데 그 기세가 으스스하다.

　장량은 이제 시작인가 보다 싶어 가슴을 떡 펴고 검파를 단단히 움켜쥐었다. 저쪽에서 진심이라면 이쪽도 진심으로 대해 줘야 하지 않겠는가.

　"오라! 조선의 중이여! 중원의 검을 보여주마!"

　만평이 땅을 박찼다. 득달같이 쇄도하는 신형. 기세가 과연 처음에 비할 바가 아니었다. 만평은 거리를 좁히며 단전 밑바닥까지 내력을 긁어모았다. 두 주먹에 실린 무량진기가 속히 세상구경을 하겠다고 안달을 한다.

　"가라!!"

　만평은 버럭 소리치며 양주먹을 내질렀다.

　우르릉!

뇌성을 동반한 무량진기의 파도. 끈끈한 기운이 달려드는 속도와 더해져 무시무시한 기세로 뿜어졌다. 만평 본인조차도 크게 놀랄 정도로 대단한 위력이었다.

'시작부터 이 정도라니, 역시 전혀 내력에 타격이 없었다는 건가?'

장량은 심상치 않음을 느끼고 고민할 것도 없이 구벽검 후반 절초를 끌어내기로 마음먹었다.

우웅!

암적색의 살인적인 기운이 철검에 뭉클 실린다. 뇌전의 속(速)과 태산의 한없는 장중함. 전검과 압검이라는 상충되는 두 초식을 일검에 담아낸 검초. 이 평범함을 거부한 검법은 구벽검 제칠 초식이었다.

강력한 기운을 품은 만평의 철권이 코앞에 이르렀다.

스아아악!

섬전의 벽, 섬검(閃劍)!

환상처럼 일어나는 섬전, 섬검은 곧장 만평의 권과 정면으로 충돌했다.

'이건 틀렸어!'

장량의 검에서 일어난 빛을 본 순간, 만평은 마음속 깊은 곳에서 외치는 외마디 비명을 들었다.

꽈과과과광!

폭발의 여력이 사방에 미치며 깨지고 부서진 돌과 진기의 잔해가 주위를 휩쓸었다.

청운이 억눌린 신음과 함께 팔뚝을 들어 얼굴을 가린 반면, 중평은 주먹을 불끈 쥐고 눈을 떼지 않았다. 단 한순간도 놓칠 수 없다는 태도. 돌 조각과 부서진 기운이 사정없이 얼굴을 할퀴고 지나가 긴 혈선을 그어놓았다.

하지만 중평은 아무것도 느끼지 못했다. 거칠게 흔들리는 눈으로 만평의 권력이 여지없이 박살나는 장면을 보며 못 박힌 듯 서 있을 뿐이었다.

깨졌다. 그야말로 젖 먹던 힘까지 뿜어냈건만, 단 일검을 감당치 못했다. 감당하기는커녕 권력을 박살낸 검이 여전히 막강한 힘을 품고 피 맛을 보자고 가슴을 파고든다.

'이렇게… 죽는… 것인가……?

찰나의 시간이 억겁인 듯 느리게 흘렀다. 만평은 시선을 느릿느릿하게 움직여 중평을 찾았다.

이내 중평의 시선과 부딪쳤다. 중평의 눈은 거세게 떨리고 있었다.

'쪽팔린데. 이럴 땐 눈 좀 감아주지 않고.'

중평은 만평의 눈이 그렇게 말하고 있다고 생각했다. 만평의 얼굴에 이지러진 웃음이 떠올랐다. 절망 가득한 눈이 천천히 감겨갔다.

"컥!"

끝내 감추지 못한 신음. 느릿한 세상에서 빨려들 듯 현실 세계로 튀어나온다.

텅!

만평은 실 끊어진 연처럼 튕겨졌다. 날아가는 동선으로 붉은 선혈이 길게 따랐다.

"으아악! 사, 사형!"

중평이 자지러지는 비명과 함께 만평을 향해 몸을 날렸다.

"휴우."

창가에 앉아 휘장을 살짝 젖히고 대결을 지켜보던 무한은 결말이 나자 낮은 한숨과 함께 휘장을 쳤다.

"으으! 무, 무한 아저씨, 만평 스님이 주, 죽었나 봐요."

무한의 곁에서 깨금발로 밖을 지켜보던 우설이 금방이라도 울음을 터뜨릴 것 같은 얼굴로 말했다.

무한이 고개를 저었다.

"괜찮다. 검끝에 사정을 두었어. 생명에는 지장이 없을 것이다."

무한의 평온한 음성에 우설이 마른침을 삼켰다.

"죽지 않는다고 말하신 거죠? 그렇죠?"

무한이 고개를 끄덕였다.

"아무도 죽지 않는다. 절대로! 청운에게 내가 보자고 한다고 전해주겠느냐?"

무한의 말은 대충 통했다.

"제가 얼른 모셔올게요. 의원도 함께요. 죽지는 않아도 아마 죽을 만큼 아플 테니까요."

우설이 다급히 뛰어나갔다.

무한은 우설의 등을 보며 되뇌었다. 죽지 않기 위해 지금은 죽을 만큼 아파야 할 때라고.

무한이 눈을 감고 잠자코 있자 하북삼협은 다소 낭패한 기색으로 시선을 교환했다.

마침 청운과 장량이 안으로 들어왔다.

"출혈이 적지 않고 기혈도 정상은 아닙니다. 하지만 중평 스님이 행공을 도운 덕에 큰 문제는 없을 것 같습니다. 곧 의원이 도착할 터이니 심려치 마십시오."

무한은 들으며 묵묵히 고개를 끄덕일 뿐이었다.

여태 꿔다놓은 보릿자루마냥 숨죽이고 있던 하북삼협 중 한 명이 포권하며 입을 열었다.

"험! 본인은 부족하나마 두 아우에게 형 대접을 받고 있는 명조후라 하외다. 솔직히 말씀드려 우리 형제가 이곳에 온 이유는 금의위 위사가 되려는 뜻이 아니었소. 그러니……"

당당히 나섰던 것과는 달리 명조후는 뒷말을 잇지 못하고 흐렸다. 그러나 후에 나올 말이 무엇인지는 모두 알고 있었다.

무한도 이미 짐작하던 차였다. 저들은 금의위 위사라는 직책이 아니라 협기가 발동해 금정 군영을 찾은 것이다. 아마도 명나라 무인을 농락한 오평과 청평의 콧대를 꺾어놓고 당당하게 나가려는 심산이었을 게다.

그런데 갑자기 장량이라는 정도 대문파의 검도 고수가 나타나 대뜸 만평을 물리치자 저들의 입장이 얼쭘해진 상황이었다.

무한은 아까부터 이어온 고민을 계속했다. 저들의 발목을 잡을 수도, 놓아줄 수도 있다. 협의를 중시하는 자들. 삿된 길을 가지 않고 정도를 걷는 진정한 정도무인이다.

눈빛을 보면 성격 또한 짐작이 가능하다. 흡사 대쪽 같은 선비와 같은 기개를 품은 자들로, 전혀 융통성이라는 것이 없을 터였다. 스스로가 만든 틀을 절대로 벗어나는 법이 없으며 내뱉은 말은 반드시 지키고야 만다.

의도야 어쨌든 금의위 선발 시험을 치르겠다고 온 자들이다. 저들을 붙들자고 마음만 먹으면 명분이 없는 저들로서는 발을 빼지 못할 거라는 의미였다.

청운은 무한의 고민을 즉시 알아챘다.

"제가 한 말씀 드리겠습니다."

무한이 허락의 뜻으로 끄덕이자, 청운이 급히 말을 이었다.

"다소 걸리는 바가 있더라도 저들을 붙잡아야 합니다."

"이유는?"

"저들의 무공은 정도 대문파의 진산제자들에 비해 손색은 있습니다. 하지만 현 금의위 위사들의 무위를 생각하면 과분할 정도입니다."

"무공이 고강하니 잡으라?"

"아닙니다. 무공도 무공이지만 이들을 붙잡아야 하는 이유는 따로 있습니다. 하북삼협은 어떤 상황에서도 믿을 수 있는 자들이기 때문입니다."

믿을 수 있다. 그보다 더한 매력이 또 있을까.

무한은 이내 마음을 정하고 명조후를 바라보며 말했다.

"귀하들의 뜻은 잘 알겠습니다. 하지만 금의위는 그대들이 내키는 대로 가고 싶다고 가고, 말고 싶다고 마는 곳이 아닙니다."

무한의 말을 전해 들은 하북삼협의 얼굴빛이 침중해졌다.

"하면 우리가 어찌하기를 바라시오?"

"강호를 질타하는 협객답게 자신들의 행동에 책임을 지십시오."

"흐으음."

하북삼협의 입에서 동시에 신음이 터진다. 도저히 받아들일 수 없다는 표정인데 끝내 누구도 이렇다 할 거부 의사를 밝히지 못하고 있었다. 무한이 예상한 대로였다.

무한은 하북삼협에게서 느껴지는 정심한 기운에 내심 고개를 저었다.

'이건 아니다.'

이런 식이어서는 안 된다. 억지로 끌려가는 자들에게서 무슨 충성을 바랄까. 스스로 승복하게끔 만들지 않는 이상 놓아주는 편이 서로를 위해 옳다.

무한이 이윽고 입을 열었다.

"한 가지 묻겠습니다. 이마에 세 글자를 쓰고 다니는 이유가 무엇입니까?"

명조후가 더없이 진지한 무한의 얼굴을 보고 대답했다.

"비웃어도 상관없소. 우리는 어떤 상황에서도 당당하게 이 길을 가기로 맹세했소. 이 글자는 처음의 약속을 언제까지라도 잊지 않겠다는 증표인 것이오."

"남들의 시선 따윈 아무래도 좋다는 분들이 왜 금의위는 안 된다는 겁니까. 혹시 금의위 위사가 되면 더욱 많은 협행을, 그것도 합법적인 테두리 안에서 할 수 있다는 생각은 하지 않습니까?"

하북삼협의 입에서 대소가 터져 나왔다.

"하하핫!"

통쾌한 웃음 이면에 서린 감정은 서글픔이었다. 울분이 가득한 웃음.

명조후가 웃음을 거두고 돌연 정색을 했다.

"금의위? 협행? 지금 농담을 하자는 것이오?"

"……?"

명조후의 음성이 얼음장처럼 차가워졌다.

"잘 들으시오, 조선인 고관 나리. 금의위는 말이오. 그 어떤 마인들보다도 무섭고 치 떨리는 자들이오. 명국 백성에게는 악마, 그 자체란 말이오!"

하북삼협의 둘째 조의량도 분을 이기지 못한 얼굴로 입을 열었다.

"마인이라면 뜻있는 자들의 칼로 얼마든지 단죄할 수 있소. 하지만 금의위는 다르오. 동창에 눌려 그 위세가 약해졌다고? 천만에! 오히려 선량한 사람들에게는 더욱 포악을 떨고 있소."

하북삼협의 막내 가진관까지 참았던 울분을 쏟아냈다.

"합법적인 협행이라 하셨소? 합법적인 악행을 저지르는 자들이 바로 금의위 위사라는 자들 아니었소?"

과연 이 정도였던가.

하북삼협이 말하는 금의위의 타락. 그들의 격한 감정이 금의위의 실상을 대변하고 있었다.

"그대들이 바꾸십시오."

무한의 말에 명조후가 되물었다.

"바꾸라? 무엇을 어떻게 바꾸란 말이오?"

"욕만 하지 말고 직접 더러운 물에 뛰어드십시오. 금의위 위사가 되어서 금의위를 금의위답게 바꾸라는 말입니다."

무한의 표정은 더없이 진지했다. 한껏 비웃어주려던 명조후가 무한의 그런 모습에 격해진 감정을 누그러뜨리고 진지한 어조로 말했다.

"금의위 위사는 오천에 달하오. 상명하복(上命下服)의 지휘 체계에서 어찌 일개 위사의 신분으로 썩어빠진 조직을 바꾼단 말이오?"

무한의 눈짓에 청운이 간략히 설명했다.

"일반 위사를 뽑는 시험이 아니었소. 그대들은 감찰단으로 배치될 것이오."

"감찰단?"

"그렇소. 감찰단원이오. 물론 직책상으로는 일반 위사의 신분이오. 하지만 권한은 막대하오. 천호 이하 모든 위사들에 대한 감찰 권한을 가지게 될 것이오. 금의위 총지휘이신 원 대인과 남북 두 진무사를 제외하고 모두가 감찰단의 감찰 대상에

해당하오."

명조후가 다소 뜻밖이라는 얼굴로 말했다.

"그 말인즉슨, 금의위 위에 군림하는 금의위가 된단 말이오?"

"매우 적절한 표현이오. 아시다시피 새로 부임한 원 대인께서는 한림원 시강학사로 재직 당시 그 학식과 청렴결백함으로 존경받는 분이셨소. 이미 금의위의 수장이신 그분이 금의위를 바꾸기로 마음먹었는데 안 될 것이 무엇이 있겠소? 이 일이 순조롭게 성사된다면, 그대들에게는 백만 마도를 척살하는 것보다도 더한 뜻깊은 일이 될 것이오."

일반 위사를 생각했는데 이건 정말이지 파격적이다.

무한이 말했다.

"그래도 내키지 않는다면 당장 돌아가도 좋습니다."

명조후가 돌아가도 좋다는 무한의 말에 다소 놀란 얼굴을 했다.

"그게 정말이오?"

"물론입니다. 하지만 나갈 때는 이마에 그 건(巾)은 벗어놓고 가야 할 겁니다."

건을 벗어두고 가라? 모욕을 주고자 함인가?

아니다. 정작 큰 협을 행할 기회를 박차고 나가는 것. 그것은 그들이 다짐한 결의, 협에 역행하는 일이 아니냐는 물음인 것이다. 그것을 모를 하북삼협이 아니다. 그러나 얼굴을 일그러뜨릴 뿐, 누구도 입을 열지 못했다.

잠시 후, 명조후가 한숨과 함께 입을 열었다.

"휴, 아우들과 상의를 해보아야겠으니 조용한 방 하나만 주시오."

무한이 끄덕여 허락하자 눈치 빠른 우설이 나서서 하북삼협을 얼른 데리고 나갔다.

방 안이 조용해지자 청운이 장량에게 조심스럽게 물었다.

"사숙께서는 어찌하실 생각이십니까?"

장량이 떫은 감을 씹은 표정을 지었다.

"어쩌겠느냐. 내 발로 걸어왔으니 합격이라면 있는 수밖에. 잊었느냐? 화산은 무공이 없는 자는 오를 수 있어도 신의를 잃은 자는 오를 수 없다."

"사문에서 아는 날에는 불호령이 떨어질 것입니다. 외람된 말씀이나 최악의 경우 파문까지도……."

"그럴 일은 없을 것이다."

장량이 고개를 저으며 품속에서 뭔가를 꺼내 내밀었다. 매화 문양이 음각된 까만 목패.

"그건 혹시……?"

"매화출행패라고 들어보았느냐?"

"역시! 한데 그것을 아직도 가지고 계셨습니까?"

장량이 멋쩍게 웃었다.

"어쩌다 보니 그렇게 되었다."

화산의 제자라면 반드시 만 이 년 동안 강호를 주유해야 할 의무를 진다. 매화출행패, 달리 강호출행패라고도 불리는 그것은 이십 년 이상 수련한 진산제자에게 발급하는 일종의 강호출행 허가서였다.

이십 년이라는 장구한 세월의 수련에 허락되는 이 년의 외유.

언뜻 생각하기에 세상을 멀리하는 도가 문파답다고 여겨질지 모르나 실상은 조금 달랐다. 세상과의 단절을 위한 조치라기보다는 오히려 정련된 검사만 세상에 내보내 대문파의 명성에 흠집을 내지 않고, 명성을 드높이겠다는 의도였다.

지난 수백 년 동안 이어져 온 이 규정으로 인해 화산의 진검만이 세상 밖으로 나왔다. 출두한 화산의 검수들은 각기 이 년 동안 숱한 마도들을 척살하며 혁혁한 명성을 쌓고 본산으로 돌아갔다. 도천상이 그랬고, 그와 동배분인 일곱 장로의 진전을 이은 칠명검이 그랬다.

현재는 매화오검수의 진전을 수습한 다섯 명의 신진 검수 오검룡이 출두해 있었다. 그들 또한 하산 즉후부터 협행을 쌓아, 역시 화산이라는 칭송을 듣고 있는 상태였다.

이십 년을 수련한다고 해도 매화출행패를 받는 시기는 이십 대 중후반이기 십상이다. 조금 늦는 경우에도 결코 서른 살을 넘지 않았다. 진산제자가 되고 말고는 십 세 이전에 결정이 나기 때문이었다.

이십 년간 산속에 틀어박혀 무예를 연마하다 보면 갑갑함을 참기 힘들어진다. 갑갑한 것은 그만두고라도 그간 닦아온 무공의 위력을 시험해 보고 싶은 유혹을 참기 힘들어진다. 소위 말해 안달이 나게 되는 것이다. 사람인 이상 과시욕과 명성욕은 당연했다.

그 때문에 백이면 백, 일 년이 지나지 않아 지급받았던 매화출행패를 사부께 반납하고 하산을 하게 된다.

한데 장량은 아직도 매화출행패를 지니고 있었다. 장량의 나이는 올해로 마흔이었으니 청운이 놀란 건 이상한 일이 아니었다.

"하면 이번에 매화출행패를 쓰겠다는 말씀이십니까?"

"그럴 생각이다."

"진정 괜찮으시겠습니까?"

도적 패거리에 가담하여 도적질을 하든 흑도방파에 머물면서 타락을 하든, 주어진 이 년 간의 외유는 오롯이 자신의 몫이다. 다만 그에 대한 형벌은 실로 무섭기 짝이 없다.

화산의 명성에 흠집을 낸 대가를 무공으로, 심하면 죽음으로써 받아내는 것이다. 물론 그런 경우는 수백 년 화산파 역사에 몇 번 없었지만 말이다.

장량이 청운에게 매회출행패를 건네며 말했다.

"너희들을 금의위로 보낸 것도 내 사부시다. 도적질을 한 것도 아니요, 간음을 행한 것도 아닌데 파문이야 시키겠느냐? 염려 말고 이거나 인편으로 본산에 보내주도록 해라."

"알겠습니다."

청운이 패를 받으며 썩 개운치 않은 얼굴로 끄덕였다.

그때 문이 열리고 우설과 하북삼협이 안으로 들어왔다. 그들 또한 어떤 방향으로든 결정을 내린 얼굴들이었다.

명조후가 대표로 말했다.

"우리 세 형제는 금의위 위사 노릇을 한 번쯤 해보는 것도 나쁘지 않다고 뜻을 모았소이다. 스스로 결정한 일이니만큼 최선을 다하겠소."

오래간만에 희소식이었다.

第二章
임무

임무 1

　그날 늦은 밤 원적이 군영을 찾았다.

　"어찌 된 일인가? 듣자니 스님들이 모두 몸져누웠다던데? 오평 스님과 청평 스님의 근황이야 듣고 있었네만, 만평 스님까지 쓰러지다니?"

　"위사 선발 시험 과정에서 그리되었습니다."

　"내 무예는 고사하고 칼 한 번 안 잡아본 사람이네만, 만평 스님의 무예가 고강하다는 것은 짐작하고 있었네. 한데 어찌 그리된 것인가? 설마 그 정도의 고수가 응시라도 했단 말인가?"

　"하북삼협이란 사람들이 왔습니다."

　"하북삼협! 그게 정말인가?"

하북삼협의 명성을 익히 들었는지 원적은 굉장히 놀랐다. 무한이 그들이 응시하게 된 이유와 금의위 위사가 된 경위를 설명하자 연신 탄성을 지르며 기뻐했다.

"과연 명불허전이라더니, 만평 스님조차 쓰러뜨릴 무예를 가지고 있었군. 강호의 협사들이 나서주었으니 천군만마가 따로 없네."

"만평을 쓰러뜨린 건 그들이 아닙니다."

"으응? 그건 또 무슨 말인가?"

"이름은 장량. 청운의 사숙이라 하더군요."

원적의 눈이 화등잔만 해진다. 도무지 믿지 못하겠다는 얼굴이다. 청운이 사숙이라 불렀다면 아마도 배분상으로 일대제자가 분명할 것이다. 화산의 일대제자가 금의위를 자청하다니?

"청운의 사숙! 그럼 화산파란 말인가? 세상에, 흑백괴동에 이어 화산파의 고수라니! 허허, 자네의 능력이 참으로 놀랍군."

원적의 기뻐하는 모습에 무한은 자신이 짐작했던 것보다 화산파라는 이름이 주는 위력이 배는 더 함을 깨달았다.

원적이 놀람을 추스르고 물었다.

"화산파의 저력은 그야말로 대단하네. 정말이지 놀랄 일이란 말일세."

"그렇군요."

"뭔가 마땅치 않은 것이 있나? 걱정하는 것이 뭔가?"

걱정하는 것. 글쎄, 모르겠다. 내키지 않는 점이 있긴 했다.

지난날 기대조 선발 시험에서 장량이 끝내 내력을 썼던 장면이 자꾸 떠오른다. 크게 실망했었기에 그때는 왠지 오래 사귄 벗을 잃은 듯 묘한 기분이 들었었다.

바둑에 내력을 동원해 심력을 끌어올리는 것. 물론 반칙은 아니다. 비난받을 일은 더더욱 아니다.

하지만 문제는 장량 스스로가 내력을 쓰지 않겠다는 자신만의 기준을 세워두었다는 데 있다. 상대가 무예가 없으니 자신도 쓰지 않겠다는 것이었을 게다. 무한은 장량의 속에 들어간 것처럼 느낄 수 있었다.

그런데 장량은 선을 넘어버렸다. 승부처에 이르자 끝내 자신이 만든 기준을 내팽개쳤다.

자신을 이기지 못하는 사람을 믿을 수 있을까? 대답은 '없다' 였다. 자신을 이기는 사람이 적기에 세상에는 믿을 사람이 적은 것이 아닌가.

하지만 포기하기에는 너무나 아까운 사람이다. 반대로 생각하니 너무 민감한 건 아닌가 하는 생각이 들었다.

고민 끝에 청운을 불러 평판을 물었다.

청운에게 있어 장량은 까마득한 사람이었다. 배분이 위인데다 장래가 촉망받는, 아니, 그것을 넘어서서 화산을 이끌 차기 장로 내정자로 키워지고 있었으니 그럴 만도 했다.

단 한 가지, 그가 기억하는 장량은 가진 재주에 비해 너무도 조용한 사람이었다고 했다. 그리고 덧붙였다. 욕심이 없는 사람일 것이라 했다. 명예욕과 과시욕이 없다고. 매화출행패가 아직도 쓰여지지 않고 있었다는 것을 보면 능히 짐작할 수 있다나?

물론 매화출행패가 무엇인지 어떨 때 필요한 것인지에 대해 자세히 들었다.

"자네, 무슨 생각을 그리 깊이 하나?"

무한은 원적의 말에 상념을 지웠다.

"아닙니다, 아무것도."

"사람 참 싱겁군. 그나저나 일이 잘 풀리는 것 같아 다행일세."

"한데 무슨 일로 야심한 시각에 걸음을 하셨습니까?"

"이런, 내 정신 좀 보게. 이것을 어서 열어보게."

원적이 품속에서 비단으로 짠 봉투를 꺼내 내밀었다. 봉투 안에서 나온 건 동창 제독 정화의 인장이 찍혀 있는 한 통의 명령서였다. 명령서 역시 질 좋은 비단이었다.

명령서 한 통을 만드는 데 귀하디귀한 비단을 허비하다니, 쓴웃음이 절로 나왔다.

"보면서 듣게. 그건 남경으로 가라는 명령서네. 목적은 태자 저하의 호위일세."

"내달 초 닷새라면 보름이 채 남지 않았군요?"

원적이 무거운 안색으로 고개를 끄덕인다.

"시일이 촉박하네. 늦어도 이틀 후에는 출발해야 제시간에 댈 수 있을 걸세."

“애매하군요.”

“그래서 온 것일세. 어찌하겠는가? 아무래도 금의위 간부 모임은 남경을 다녀온 후에 하는 것이 좋겠지?”

무한이 눈을 감았다가 한참 후에 다시 뜨며 말했다.

“금의위 간부 소집은 남경에 다녀온 후로 하는 것이 좋겠습니다.”

“역시, 탁월한 선택일세. 미리부터 전력을 노출할 필요는 없지. 좋네. 내 그리 알고 있지. 하면 태자 마마 호위건은 어찌 처결하면 좋겠는가? 자네도 명령서를 보았으니 알겠지만 정화 그자가 내게 전권을 위임한 상태네. 어쨌든 명을 받았으니 그대로 이행하면 될 일이네만, 그자가 대체 무슨 꿍꿍이속을 하고 있는지 알 수가 없네.”

“정화와 태자와의 관계는 어떻습니까?”

“정화는 그동안 태자와는 일체 왕래를 하지 않았네. 대소 신료들이 다음 보위를 이을 태자에게 온갖 아첨을 아끼지 않는 것과는 대조적인 행보였지.”

“권력을 이을 사람에게 아첨하지 않는다? 그것만 봐서는 청렴결백한 선비의 풍모인데, 그자가 그럴 리는 없으니 다른 뭔가가 있겠군요.”

“그자가 청렴결백한 선비라니, 말도 안 되지. 정화가 공을 들인 자는 따로 있네.”

“태자가 아니라면 혹시 그 아우들 중 하나입니까?”

“옳으이. 태자 마마의 친아우 되시는 한왕(漢王)이 바로 그

주인공일세."

원적이 언급한 한왕은 영락제의 둘째 아들로, 이름은 주고후였다.

"한왕. 그분은 어떤 사람입니까?"

"폐하께서는 태자 책봉 당시 현 태자 마마와 그분을 놓고 마지막까지 고민을 하셨네."

"그만큼 뛰어나다는 말씀이시군요."

"뛰어나다? 물론 지극히 뛰어난 분일세. 그게 너무 한쪽으로만 치우쳐서 탈이지."

"한쪽이라니요?"

"그분은 무의 화신일세. 반면 문(文)과는 담을 쌓은 분이지. 한마디로 태자 마마와 정반대라 보면 되네."

무의 화신이라니, 참으로 거창한 수식어가 아닐 수 없다.

"그래 봐야 일반적인 군사와 장수들이 배우는 무예가 아닙니까?"

"그건 자네가 몰라서 하는 소릴세. 그분은 어려서부터 무에 특별한 재능을 보였네. 폐하께서 그 재능을 어여삐 보시고 강호의 명사를 초빙해 무예의 기초를 가르치셨지. 일반 십팔반 무예가 아니라 강호 명사의 지도하에 기초를 탄탄히 닦았네. 강호무림에서도 동년배 중에서는 한왕을 당적할 자가 거의 없다는 평가가 지배적이네. 그만한 무재에 황궁의 경세절학을 익히셨다니 어쩌면 당연한 노릇이지."

원적의 말은 내공을 익힌 진짜 고수라는 소리였다. 그것도 황궁의 경세철학이라 하였으니 보기 드문 진짜배기인 것이다.

엄청난 무예에 문을 철저히 등한시하는 황자라……. 확실히 태자로는 어울리지 않았다.

"외람된 말씀이나 황제감은 아니군요."

"그렇지. 하지만 현 태자 마마는 병약해."

태자가 병약하다? 처음 듣는 소리였다.

"그렇습니까?"

"얼마 후 직접 알현케 될 테니 놀라지 않도록 미리 일러두는 것도 좋겠지. 그분은 거동이 불편할 정도로 비대하네. 모르긴 해도 족히 삼백오십 근은 나갈 걸세. 어떤가, 짐작할 수 있겠나?"

삼백오십 근. 참으로 입이 벌어지는 체중이 아닐 수 없었다. 보통 성인 장정을 대략 백 근에서 일이십 근 사이라고 보면 장정 셋의 무게를 초과하는 것이다.

"놀랍군요. 어쩌다 그리되셨는지."

"식욕이 상상을 불허하는데다 한왕 전하와는 반대로 무(武)를 지극히 멀리하고 책만을 곁에 둔 때문이네. 만약 이(二)황자이신 한왕 전하가 웬만큼만 했다면 틀림없이 쉽게 태자가 됐을 걸세."

"한왕 전하에게 문을 멀리 하는 것 외에 다른 문제가 있었습니까?"

원적이 탄식했다.

"있지. 있고말고. 사실 지식이 적어도 뛰어난 신하들을 두루 등용해 그들의 말을 참고해 정치를 편다면 선정인들 왜 펼치지 못하겠는가? 하지만 한왕 전하는 도대체가 글만 등한시하신 게 아니야. 참으로 불충한 말이네만, 그분의 과격함과 탐욕은 정도를 넘어섰네. 또한 아집이 강하여 좀처럼 자신의 뜻을 굽히지 않는 성격일세. 남의 말을 좀처럼 귀담아듣지 않으실 뿐만 아니라, 한번 노하면 좀처럼 제어를 하지 못해. 울컥하면 충신이고 공신이고 가릴 것 없이 단칼에 벨 성정이란 말일세."

무한이 고개를 절레절레 저었다. 그야말로 폭군의 온갖 자질은 두루 갖춘 셈이 아닌가.

"그야말로 완벽한 폭군의 자질을 타고났군요."

"허! 내가 길게 한 말을 단 한마디로 정리해 버리는군. 바로 그것일세. 폭군의 기질."

"그렇다면 문제가 아닙니까? 아닌 말로 병약한 태자께서 황위에 오르자마자 덜컥 승하라도 하시는 날이면……."

"폐하께서도 그것을 근심하셔서서 선뜻 태자 위를 현 태자 마마에게 넘기지 않으셨네."

자신의 아비인 영락제가 조카의 황위를 찬탈해 지금의 자리에 오른 것을 처음부터 끝까지 두 눈으로 똑똑히 보아왔던 황자들이다. 한왕 주고후라고 조카에게 그러지 말라는 법이 없이 없다.

좀 더 냉정히 평가하자면, 한왕의 성정이 원적이 말한 그대로라고 봤을 때 틀림없이 아비의 전철을 밟을 것이 자명했다.

아우가 형의 아들을 죽이고 황위를 빼앗는 참담한 일이 대를 이어 재현될 것이라는 말이다.

하지만 결국 불투명한 미래에도 불구하고 황제는 지금의 태자를 선택했다. 무엇 때문이었을까. 그 대답은 원적이 해주었다.

"폐하께서는 지금의 태자 마마를 보고 황권을 물려주시기로 한 것이 아니야. 폐하의 마음을 움직인 사람은 태자 마마의 아들이신 주첨기 왕자일세. 자네도 곧 뵙게 될 걸세. 그때는 아마 폐하께옵서 그리 결정하신 뜻을 확실히 이해할 수 있겠지."

주첨기. 무한은 그 이름 석 자를 머릿속에 깊이 각인했다.

원적이 이야기를 다시 원점으로 돌렸다.

"정화가 주고후와 잦은 왕래와 연통을 가진 것은 어제오늘 일이 아니야. 삼척동자도 정화가 주고후와 더불어 반란을 획책하고 있다는 소문을 알고 있을 정도네. 그런 마당에 태자 마마의 호위를 내게 맡겼어. 매년 동창에서 해오던 일이라 폐하께서도 이번 일로 남모르게 고민을 하셨네. 어찌하면 자연스럽게 동창을 이 일에서 물러서게 할까 하고 말일세. 한데 모든 근심이 허무하게 되어버렸어. 정화 스스로 일을 내게 맡길 줄 누가 알았겠나. 대체 무슨 이유일까?"

확실히 이상한 일이었다. 정화가 세상에 알려진 대로 역심을 품었다면 상식적으로 생각할 때 최대 걸림돌이 될 태자를 제거함이 옳다. 그렇다면 자신이 이끄는 동창으로 하여금 호위를 맡겨 손쉽게 뜻을 이뤘어야 마땅했다.

"둘 중 하납니다. 아직은 태자 저하를 해할 뜻이 없거나, 제거 대상에 태자 저하뿐만 아니라 우리까지 포함시켰거나."

"어느 쪽에 가능성이 크다고 보는가?"

"지금으로서는 후자일 가능성이 크지 않겠습니까?"

"죽일 테니 어디 태자를 지킬 수 있으면 지켜보라? 역시 그렇군. 내 생각도 그와 같네. 허허! 참으로 험난한 여정이 되겠어."

잠시 생각에 잠겼던 무한이 입을 열었다.

"호위 인원은 최대한 줄이는 것이 좋겠습니다."

저쪽에서 노리고 들어온다면 강호 고수를 끌어들이거나 동창의 고수들이 나설 터. 어차피 일반 금의위 위사들은 상대가 되지 않을 것이다.

무한의 뜻을 모를 원적이 아니었다.

"하면 인원 구성은 어찌하면 좋겠는가?"

순간 무한의 머리를 스치는 얼굴들이 있었다.

흑백괴동, 만펑 사형제, 하북삼협. 지금까지 확정된 금의위 감찰단은 자신까지 열 명이다.

열 명. 뭔가 미진하다. 아니, 확실히 부족하다. 무슨 일이 벌어질지 모르는 상황에서 고수 한 사람의 존재는 절대적이다. 그에 따라 일의 성패 자체가 좌우될 수도 있다.

그런 면에서 장량은 참으로 아까운 존재다. 무한은 아직까지 장량에 대해 아무것도 결정을 내리지 못하고 있었던 것이다.

'그래, 내가 지나친 것이지. 꼼꼼하고 소소한 것도 넘어가지 못하는 결벽 증세인 게야.'

장량 같은 무인을 어디서 또 얻으랴. 바둑에서 승부욕을 이기지 못해 한순간 내력을 썼다는 것만으로 멀리하기에는 아까운 사람이다.

장량을 감찰단원 명단에 포함시키기로 마음을 정한 순간이었다.

"태자 저하가 타실 마차를 호위할 최소한의 병력은 남경 군부에서 차출하도록 하고, 이쪽에서 가는 인원은 저를 포함해 이번에 구성된 감찰단원으로 한정하겠습니다."

"그래 봐야 열 명 남짓이 아닌가? 그건 적어도 너무 적어. 그럴 리는 없겠지만 만약 호위에 실패라도 하는 날이면 자네들 목숨은 간신히 부지한다 하여도 그 책임은 면치 못할 걸세."

태자 호위 실패의 책임. 원적은 참수형을 말하고 있었다.

"어쩔 수 없습니다. 이번에 다른 인원을 동원하자면 반드시 믿을 만한 자들이어야 한다는 전제 조건이 필요합니다."

"그야 그렇지."

"바로 그것이 문제입니다. 추려서 동원한 위사들이 저들 손에 죽기라도 하는 날이면 낭패가 아닐 수 없습니다. 그렇지 않아도 세가 약한 금의위는 그렇게 되면 동창에 완벽히 밀리게 될 것이 자명합니다. 최소한의 기반마저 잃게 된다면 이번 일을 무사히 마친다 하여도 우리에게 훗날이란 없을 것입니다."

"허허, 그야 알지만 정말 그 정도 인원만으로 해낼 수 있겠는가?"

"해야지요. 반드시 하겠습니다."

"자네가 이리 장담하니 마음이 한결 놓이는군. 이걸 받게."

원적이 내민 것은 아이 손바닥만 한 둥근 금패였다. 받아서 살펴보니 중앙에 검이 정교하게 새겨져 있었다.

"이건……?"

"금검패. 북진무사를 상징하는 신패일세. 사양치 말게. 앞으로 대외적으로 일을 처리해야 하니 지금부터 가지고 있는 게 탈이 없을 게야."

"무슨 뜻인지 알겠습니다."

"좋아. 나는 이만 가보겠네. 안색이 좋지 않은데, 보는 눈도 있고 하니 나오지 말게."

"하면, 살펴 가십시오."

무한은 창가에 서서 원적을 태운 마차가 떠나는 것을 지켜보았다. 그리고는 진무사패를 만지작거리며 생각에 잠겼다.

동창이 노린다는 것. 동창의 고수가 아니더라도 정화의 사주를 받고 어디서 누가 튀어나올지 아무것도 알 수 없다. 경천신문일 수도 있고, 제삼의 세력일 수도 있다.

정화가 직접 모습을 드러낼 가능성도 배제할 수 없다.

물론 그것은 최악의 경우가 되겠지만 그렇지 않더라도 보통 일이 아닌 것만은 분명했다.

하나, 위기 뒤에 기회라 하였다. 이번 일을 착오없이 수행한다면 금의위의 위상은 달라질 것이다. 일이 어려워지면 어려워질수록 더더욱!

입술을 지그시 깨물며 의지를 다진 후 방을 나섰다. 잊고 있었던 일이 생각난 것이다.

무한이 만평의 방에 발을 들이자마자 중평의 한 서린 음성이 어둠속에서 흘러나왔다.

"고귀한 북진무사께서 여긴 어쩐 일이시오."

무한의 대답이 없자, 싸늘한 냉기로 가득한 빈정거림이 이어졌다.

"크크, 사형이 죽었나, 아니면 뒈졌나 보러 온 건가?"

중평의 언행은 위험수위를 넘어서고 있었다.

무한은 개의치 않고 침상으로 고개를 돌렸다. 만평의 숨소리가 거칠고 불규칙하게 이어지고 있었다. 숨결에서 확연히 느껴지는 내상의 기운. 생명을 위협할 정도는 아니나 결코 간단치 않은 내상이다.

무한이 말없이 만평의 침상으로 다가가자 중평이 그 앞을 가로막았다.

"비켜라."

"흐!"

이상한 일이었다. 큰 소리를 낸 것도 아니요, 음성에 내력 한 줌 실린 것도 아닌데, 분에 거워 떨쳐 일어났던 중평이 부르르 떨며 뒷걸음질쳤다.

중평은 등이 반대편 벽에 부딪치고 나서야 정신을 차렸다.

'이상하다. 내가 왜 이러지?'

심장이 족히 백 리를 전력 질주한 것처럼 펄떡펄떡 뛰고, 머릿속은 누가 들어와서 한바탕 헤집어놓은 듯 먹먹했다.

중평은 내력을 동원해 의지를 배반하는 심장을 간신히 억눌렀다. 필사적으로 심신의 안정을 되찾은 그가 시선을 돌려 어둠을 뚫고 침상 맡에 앉은 무한의 등을 향했다. 경황 중에 잊었던 분노가 다시 고개를 쳐들었다.

"이익! 사형에게서 떨어……."

무한이 휙 돌아섰다.

처척!

어느새 무한의 손이 중평의 어깨에 얹혀 있었다. 무엇을 어떻게 한 것일까. 혈을 제압당한 것도 아닌데 찌릿한 기운이 스며들더니 전신의 힘이 쭉 빠져나갔다.

뭐가 어찌 된지도 모르고 신체를 제압당한 중평은 아무것도 할 수 없다는 자괴감에 가슴을 찢고 싶었다.

"으윽! 차라리 날 죽……."

예의 무한의 서늘한 음성이 중평의 말을 가르고 들어왔다.

"천추의 한을 남기고 싶은 것이냐?"

중평은 다시 얼어붙고 말았다. 이번에는 심장도 멀쩡했고 머릿속도 말끔했지만, 입을 뗄 수가 없었다.

천추의 한이라 하였다. 현재 상황은 사형에게 있어 중대한 고비인 것이다.

시선을 약간 아래로 돌려보니 만평의 얼굴이 붉어지더니 갑자기 창백해졌다. 그런 현상이 계속해서 반복되고 있었다.

무한이 어깨에서 손을 떼고 등을 돌리자 중평은 사라졌던 힘이 돌아왔지만 꼼짝도 하지 않았다.

침상으로 돌아온 무한은 장심을 만평의 단전에 얹었다.

예상했던 대로 내부는 엉망이었다. 약으로 기혈을 제법 다스린다고 다스렸지만 그것만으로는 태부족이다. 만평의 내부에서는 힘을 잃은 무량진기가 약기운에 매달려 주인의 몸을 치유하려고 용을 쓰고 있었다.

진기가 만평의 전신을 훑으며 수만 가지 정보를 제공했다. 기혈이 뒤틀리고 엉망이 되었음에도 불구하고, 주요 혈도마다 끈질기고 억센 힘이 한 줄기씩 남아있다.

무한의 손을 떠난 진기가 단전에 이르렀다. 무량진기는 낯선 기운의 침범에도 아무런 대응도 하지 않았다. 진기가 전신에 퍼져 있던 터라 단전이 숫제 텅 비어 있었던 것이다.

안온한 느낌. 비룡마저 알을 품고 잠들 정도로 아늑한 단전이다.

'좋다. 생각보다 훨씬 좋아. 이 정도라면 어쩌면……'

텅! 텅! 텅!

정신을 잃은 만평의 몸이 침상 위로 펄떡펄떡 뛰어올랐다. 도선비기로 연마된 무한의 청량한 진기가 만평의 단전을 거세게 두드렸기 때문이다.

흡사 명장이 자신이 만든 검을 두드려 명품인지 아닌지를 시험하는 것과 같았다.

‘아직 부족하다. 하지만 지금이 아니면……!’

전부냐, 전무(全無)냐. 가능성은 반반이다.

눈을 감은 무한의 이마에 땀이 송송 맺히기 시작했다. 한참이 지났지만 무한은 아무런 결론도 내리지 못했다.

이윽고 무한이 눈을 떴다. 동시에 만평의 눈도 서서히 뜨여졌다.

무한이 만평의 눈을 똑바로 바라보았다. 내력을 거의 상실한 만평은 어둠속에서 활활 타오르는 두 개의 불을 보고 있었다. 그것은 다름 아닌 무한의 눈동자였다.

중평은 몇 걸음 뒤에서 얼어붙어 있었다.

“네가 택해라.”

무한의 묵직한 음성이 울린다.

“…….”

만평은 꿈인지 생시인지 분간이 가지 않았다. 입이 떨어지지 않음은 물론이었다.

그런 만평의 귀에 천신의 음성이 떨어져 내린다.

“너에게 전부를 가질 기회가 있다. 하지만 실패하면 아무것도 없다.”

“…….”

“물론 기회를 외면하면 과거 너의 상태, 아니, 전부는 아니더라도 좀 더 나은 상태를 유지할 수는 있다. 그래도 그 길을 가겠느냐?”

만평의 머릿속에서 한마디가 끝없이 메아리쳤다.

전부를 얻을 수 있다… 전부를 얻어… 전부를…….

그 뒤에 한 말은 기억나지도 않았다.

"저… 전… 부… 우."

가까스로 한마디 말을 입 밖으로 꺼내놓은 만평은 다시 눈을 감았다. 대답을 들은 무한이 만평의 의식을 거두어들인 것이다.

우우우!

시작은 공기의 미세한 공명이었다. 그리고 무한의 몸 어딘가에서부터 뭉클 솟아나는 기운.

중평은 딱딱하게 굳은 채 장엄한 의식처럼 행해지는 무한의 비기 전수를 지켜보았다.

무한의 몸이 안개와도 같은 파란 기운으로 덮이더니 이어 팔을 타고 내려온 청색 기운이 만평에게로 옮겨갔다.

만평이 청색 기운에 완벽히 뒤덮인 직후,

덜덜덜……!

만평의 얼굴이 창백하게 질리더니 오한 든 사람처럼 온몸을 미구 떨기 시작했다. 돌연한 변화!

무슨 일이 행해지고 있는지는 알 수 없다. 하나 내력을 쏟아 넣고 있는 것만은 분명한 터! 내력을 전하는 중이라면 아주 작은 움직임마저도 치명적인 것이 될 수 있다. 하물며 저렇듯 침상에서 떨어져 내릴 것처럼 요동침에야!

"나무아미타불 관세음보살… 나무아미……."

중평이 실로 몇 년 만에 관세음보살을 찾고 있을 때 비기 전수는 본격적인 궤도에 올랐다.

무한의 순전한 진기가 벼락같이 만평에게 쏟아지며 두드리면 텅! 하고 소리를 낼 정도로 비어 있던 단전이 단숨에 팽팽히 차올랐다.

'더… 더! 조금만 더……!'

입구가 꽉 틀어 막힌 기해는 밖으로 빠져나가고 싶어 안달을 하고 있었다.

맨발로 선득선득하게 벼려진 칼날 위를 걷듯 단 한순간의 방심도 불허한다. 단전은 금방이라도 꽝! 터질 것처럼 한껏 부풀어 올라 있었다.

'으아악! 더 이상은… 제발… 날 그냥 놔줘!'

만평의 영혼의 울부짖음이 메아리가 되어 무한의 심령을 뒤흔들었다.

무한이 시도하고자 하는 진기의 행로. 그 여정은 참으로 험난한 것이었다. 모든 역경을 단숨에 뚫고 혈도 끝까지 주파하자면 이 정도의 내력으로는 턱없이 미흡하다.

'네가 선택한 길이다! 견뎌! 견뎌내라! 아직 멀었어!'

무한의 의념이 만평을 거칠게 다그쳤다.

한계를 넘어섰다.

다섯… 넷… 셋… 둘… 하나. 또다시 벽이다. 불과 다섯 호흡 만에 더욱 커다란 한계에 부딪친 것이다.

휘이잉! 뚝!

사위가 정적에 묻힌다.

완벽한 무음(無音), 무행(無行), 그리고 무아(無我).

몸의 떨림도, 고통에 겨운 영의 울부짖음도 모두 잦아든 그 순간,

꽈아아아아아앙!

엄청난 굉음. 거대한 폭발.

만평의 내부에서 굉음과 함께 대폭발이 일어났다.

단전을 터뜨릴 것처럼 운집해 있던 진기가 활짝 열린 기혈을 따라 쏟아져 내렸다. 그 기세가 마치 만장절벽에서 곤두박질치는 폭포수와 같았다. 기해에서 용천까지 거침없는 질주가 시작되었다. 가로막힌 혈, 뒤틀리고 꼬인 혈, 애초에 개척되지 않았던 혈까지.

도무지 거침이 없다.

파죽지세로 용천혈에 도달한 진기는 순식간에 성질을 바꿔 곧바로 위로 솟구쳤다. 그야말로 급반등이었다.

반대로 치솟아 오르는 진기.

내려올 때는 거대하고도 차디찬 폭포수였다면 이번에는 절절 끓는 화산과도 같았다.

'크아악!'

만평은 혼절하는 순간까지 영혼이 갈기갈기 찢기는 고통에 비명을 토했다. 혈을 점한 터라 입 밖으로 나오는 소리는 전혀 없었다.

하지만 무한과 지켜보는 중평은 충분히 그 소리를 들었다. 아니, 느꼈다. 아마도 소리가 없어서였을 것이다, 더욱 처절하

게 느껴지는 건.

하지만 이제 시작일 뿐, 아직 멀었다. 위험한 고비는 앞으로도 많고도 많다. 컴컴한 첩첩산중을 더듬어 내려오는 것처럼 무모하기 짝이 없는 과정들이었다.

단전을 시작으로 하체를 휩쓸고, 다시 미지의 혈도를 개척하며 회음에 도달한 진기는 제이의 단전이라 할 수 있는 중단에 모여들기 시작했다.

이전에는 전혀 사용치 않던 곳이었기에 진기를 받아들이는 것이 힘들 수밖에 없었다. 하지만 뜨겁고도 뜨겁게 달구어진 진기는 그런 만평의 사정 따위는 철저히 무시했다.

쏴아아아아!

만평의 중단이 무섭게 부풀어 오르기 시작했다.

'대체 무슨 일이 벌어지고 있는 것이냐!'

중평은 만평을 바라보며 연신 마른침을 삼켰다. 창백하게 질렸던 만평의 얼굴이 벌겋게 달아오르고 있었다.

꽈아아아아아앙!

다시 한 번의 폭발. 중단을 한계점까지 팽창시켰던 진기가 천추를 타고 상승을 시작했다. 목적지는 완벽한 미지의 영역, 뇌력(腦力)의 궁극지(窮極地).

백회혈이었다.

만평의 영혼이 작살 맞은 물고기처럼 파드닥거린다.

순간이 억겁과 같이 흐른다. 명멸하는 별빛 속에 세상만물이 새로운 고수의 탄생을 숨죽여 지켜보고 있었다.

무한과 만평을 감쌌던 청기가 일순 옅어진다 싶다가 퍽! 하
고 씻은 듯이 사라졌다.

중평이 퍼뜩 정신을 차리고 눈을 비볐다.

달리 내공을 운용치 않아도 방 안의 전경이 제법 선명하다.
창살이 파랗다. 어느덧 새벽의 미명이 찾아든 것이다.

"후우우우!"

참으로 긴 날숨과 함께 무한의 눈이 뜨여졌다.

무한은 눈을 떠 만평을 흡족한 시선으로 내려다보았다. 만
평의 몸에 도사리고 있는 것은 오평과 청평에게 전수한 비기
가 아니다.

용천회음행, 그리고 백회대능행.

무한 본인이 일신에 습득한 것과 똑같은 비기. 두 장짜리로
일축한 비기가 만평의 몸에도 고스란히 품어졌다.

무리였다. 하나 성공하고야 말았다.

좋은 근골이다. 나무랄 데 없는 무재다. 선천적이라기보다
는 후천적인 영향이리라. 무한은 그것을 또렷이 느낄 수 있었
다.

전신에 청명한 정기가 어려 있으니, 과연 묘향산의 영험함
에 덕 입은바 크다. 하지만 그것만으로는 설명할 수 없는 뭔가
가 만평에게 있었다.

'역시 그런 것이었어.'

무한은 무언가 짐작하였던 것이 맞았다는 것을 확인하는 표
정이었다.

정오가 얼마 남지 않은 시각, 금정 군영 정문에 커다란 구호
가 터져 나왔다.

"충(忠)!"

정문을 지키고 있는 문지기 위사의 인사를 받는 눈부신 금
의를 두른 사내. 이마에 두른 자색 건 중앙에 박힌 손톱만 한
비취가 영롱하다. 눈썹은 난초와 같고, 깊은 눈동자는 짙은 흑
갈색이다. 이국적인 풍모가 깃든 창백한 안색의 사내.

남진무사 장윤의 금정 군영 방문이었다.

"청운은?"

"안에 계십니다."

"수행하라."

위사가 속히 커다란 문을 밀어젖히고 앞장섰다.

장윤이 문을 넘어서며 얼핏 문을 살폈다. 얼마 전 박살이 났
다더니 언뜻 보아도 새 문이다.

남진무사의 방문 소식에 청운이 급히 나왔다. 다소 굳은 얼
굴이었다.

"충!"

오른팔을 앞가슴 앞까지 들어 이마를 그 팔에 닿도록 숙인
다. 이는 상관에게 행하는 금의위의 경례 법이었다. 검을 뽑아
공격하지 않겠다는 굴종의 표현으로, 좌수검은 왼팔을, 우수

검은 오른팔을 드는 것이 특징이었다.

"인사는 되었다."

"남진무사님께서 여기는 무슨 일이신지?"

청운의 물음에 장윤의 기세가 일변했다.

"상관의 행보에 연유를 묻는다? 십호에서 단숨에 천호가 되니 숫제 간이 배 밖으로 나온 것이냐?"

장윤의 흑갈색 눈동자에 담긴 광포한 살기. 청운으로서는 섣불리 감당할 수 있는 것이 아니었다. 과연 정화가 허투루 남진무사를 임용한 것이 아닌 것이다.

"그런 것이 아니오라 이곳은 진무사님의 관할이 아닌지라……."

"닥쳐라! 그래도 이놈이!"

숫제 검이라도 뽑을 태세다.

"죄송합니다. 소관이 실언하였습니다."

"건방진 놈. 다음부터는 손가락 마디를 내놓아야 할 것이야!"

"명심하겠습니다."

청운이 고개를 숙이고서야 남진무사 장윤이 얼굴을 풀었다. 그리곤 내전으로 들기 전 텅 빈 뜰을 바라보며 물었다.

"들기로 연일 금의위 위사 선발로 시끄럽다던데 오늘은 어인 일로 조용한 것이냐? 두 늙은이를 얻었으니 이제 다른 자들은 필요가 없다?"

조롱 가득한 음성에 청운은 아무런 대답도 하지 않았다.

"왜 대답이 없는 것이냐? 정녕 손가락 마디가 하나씩 잘려 나가야 정신을 차리겠느냐?"

그때 우설이 뭣 모르고 문밖으로 나오다 장윤과 눈이 정면으로 마주쳤다.

"악!"

우설은 호랑이라도 마주친 토끼마냥 깜짝 놀라서 외마디 비명과 함께 달아났다. 그 모습에 장윤이 못마땅한 얼굴로 혀를 찼다.

"쯧쯧, 이놈이나 저놈이나, 영 모자란 것들뿐이로다."

장윤이 내전 접객원에 든 지 얼마 후, 우설이 자라목이 되어 차를 내왔다. 무감정한 시선으로 우설을 물끄러미 바라보던 장윤이 한마디 했다.

"누가 보면 입맛깨나 다시게 생겼군."

우설은 무슨 말인지 몰라 멀뚱한 표정이다. 반면 청운은 안색을 일그러뜨리고 있었다. 그는 장윤이 누구를 언급한 것인지 알고 있었다.

어리면 사내든 계집이든 가리지 않는다는 변태 성욕자, 옥환을 말하는 것이다.

"뭐 하는 것이냐. 차를 대령했으면 속히 나가지 않고!"

"예? 아, 알겠어요."

청운이 급작스레 불호령을 내리자 우설이 놀란 망아지처럼 후다닥 뛰어나갔다.

장윤이 뜨거운 기색도 없이 차를 한 모금 삼키고는 청운을 응시했다.

"강호의 악도들이 이곳 군영에 있다는 소문이 들리던데, 어찌 된 일이냐?"

흑백괴동에 관한 이야기를 하고 있음이다. 이미 다 알고 온 것을 피차 아는 판에 음흉을 떠는 것이었다.

"소문에 들으신 그대로일 것입니다."

"혈사의 주범일 가능성이 큰 자들을 체포는 하지 않고 위사로 채용해? 지금 금의위를 한낱 강호 악도들의 소굴로 만들겠다는 것이냐?"

"총지휘께서 직접 지시하신 일입니다. 또한 그들은 이번 혈사와 아무런 관련이 없습니다."

"관련이 없다?"

"그렇습니다. 일단 조사했지만 증거가 없었습니다. 죽은 자들의 면면만 놓고 봐도 그들로서는 어찌할 수 있는 자들이 아니었습니다."

꽝!

드르륵, 쨍그랑.

장윤이 탁자를 박살내며 일어났다. 그 서슬에 찻잔이 날아올랐다가 바닥으로 떨어져 산산조각이 나버렸다.

"그런 허술하기 짝이 없는 조사를 누구더러 믿으라는 것이냐?"

"조사에는 아무런 착오가 없었습니다."

"멍청한! 어디 흑백괴동이 혼자 저지른 것이라더냐!"

"그건 무슨 말씀이신지?"

"그들과 동조한 일단의 세력이 있을 수도 있음이야! 경천신문과 적대 관계에 있는 산동악가만 놓고 보아도 혐의점이 적지 않거늘!"

장윤에게서 살벌한 기운이 뭉실뭉실 피어올랐다. 접객원이 온통 살기로 뒤덮일 즈음,

"헹! 정말이지 어떤 놈과 똑같은 말을 지껄이는구나."

"허참! 누가 아니라오. 누군지 내 그놈의 주둥아리를 찢어버리고야 말겠소."

마치 한 사람인 듯 비슷한 음성의 대화. 짧은 대화가 장윤이 뿌려놓은 진득한 살기를 여지없이 흩어버렸다.

태연히 말을 주고받으며 들어선 두 노인은 금의위 위사 복장을 한 흑백괴동이었다. 아니, 한 사람이 더 있었다. 흑백괴동이 의자째로 들고 들어온 사람, 무한이었다.

무한은 피골이 상접해 있었다. 곧 쓰러져도 이상치 않을 만큼 병색이 완연했다.

반면 흑백괴동은 영판 딴사람이 되어 있었다. 불과 며칠 전, 거지를 능가하는 몰골로 군영에 난입했던 자들이 맞나 싶다.

금의위 위사의 상징이 되어버린 금의(錦衣), 은은한 홍조를 띤 얼굴. 반노환동이라도 한 것 같았다. 신장이 작은 것이 약간 흠이었다 뿐, 그야말로 선풍도골이 따로 없다.

귀엽기까지 한 외모와는 달리 입에서 나오는 말은 거칠기 짝이 없다. 행동 또한 거칠기가 입담에 비해 전혀 모자람이

없다.

"오호라, 네놈이냐?"

"저런 육시할 색목인 애송이가!"

무한이 앉은 의자를 내려놓은 흑백괴동이 대뜸 장윤에게 날아들었다.

"경거망동하지 마십시오!"

무한의 굵직한 음성이 낮게 깔렸다. 조선어라 뜻은 통하지 않았다. 하지만 직선으로 장윤을 덮쳐 가던 흑백괴동이 그 순간 거짓말처럼 정지했다. 음성 안에 내포된 어떤 힘은 흑백괴동을 멈춰 세우기에 충분했다. 흑백괴동이 말 잘 듣는 아이처럼 무한의 눈치를 살피며 물러섰다.

검파에 손을 가져가던 장윤의 얼굴이 붉게 달아올랐다. 어느새 그의 이마에 식은땀이 송골송골 맺혀 있었다. 두 명의 초고수가 동시에 살기를 품고 들이닥치는 위력이란 상상을 불허하는 것이었다.

무한이 미간을 좁혔다. 자동으로 가늘어진 눈에 담긴 사람은 장윤이었다.

'괴이하다.'

이상하다. 흑백괴동의 공격에 대한 장윤의 반응에 문득 머리를 스친 생각이었다. 불현듯 떠오른 생각이 괜한 것은 아니다. 그건 감각의 외침이었다.

무엇이 어떻게 이상한가.

장윤의 눈빛이다. 흑백괴동이 들이쳤을 때, 당황한 기색이 역력했다. 그러다 엄청난 속도로 검파에 손을 가져가고, 자신의 외침에 흑백괴동이 물러섰다. 아니다, 그 이전이었다. 흑백괴동이 물러서기 직전, 장윤의 눈빛.

주눅 든 자의 그것이 아니었다. 고뇌하는 눈빛, 망설이는 눈빛.

고뇌라니, 망설임이라니. 둘 다 설명이 안 된다. 두 초고수가 쇄도하고 있었다. 그런 마당에 경악도, 공포도, 그렇다고 어떤 결의도 아닌 고뇌요, 망설임이라니?

'장윤. 그는 과연 무엇을 망설였을까?'

무한의 의문을 뒤로하고 흑백괴동은 다잡은 먹이를 놓친 맹수처럼 입맛을 다시며 각기 한마디씩 뱉어냈다.

"언제고 방심하지 마라."

"새겨들어라. 네놈 하나 찢어 죽이는 건 일도 아니란 말씀이니까."

장윤의 안색은 푸르죽죽해지고 흑백괴동은 이를 드러내며 웃었다. 조롱도 이런 조롱이 없다.

그러고 보니 참을 이유가 없다. 두 늙은이는 말단 위사요, 자신은 남진무사가 아닌가.

"옥! 감히 일개 위사 따위가……!"

그 말에 흑백괴동이 콧방귀를 뀌었다.

"이런 금의 따위가 우리에게 의미가 있을 거라 보느냐?"

한마디로 욱하면 죽이고 옷 벗겠다는 뜻이었다.

"이익!"

장윤은 입술을 곱씹을 뿐, 끝내 분노를 폭발시키지는 못했다.

이곳은 적진이나 진배없는 바, 칼을 빼 들어봐야 득이 없을 뿐더러 진짜 싸움이라도 벌어지는 날에는 골치가 아파진다. 더군다나 설령 자신의 진실한 실력을 보인다 해도 둘 중 하나도 이긴다고 장담할 수 없는 자들이 아닌가.

'참자. 있어서는 안 될 일이 벌어질 수도 있음이야.'

강호의 풍문은 틀린 것이 없다. 괴동이라더니, 진짜 괴짜들이 아닌가. 저렇듯 제어가 안 되는 자들과 오래 있어서 득 될 게 없다.

소매를 거칠게 털고 나가려다 문득 제독태감의 당부가 생각났다. 중들은 실상 별것 아니라 하였다. 진짜 중요한 건 젊은 놈이라고.

제독태감이 경계하는 자가 과연 어떤 놈인가 하고 고개를 돌렸다. 웃음이 절로 지어진다. 물론 비웃음이었다.

해골에 가죽을 뒤집어씌워 놓은 것 같은 얼굴, 푸르죽죽한 안색. 볼 거라고는 유난히 까맣고 깊은 눈 하나뿐이었다. 눈이 깊으니 제법 머리는 잘 돌아가겠나.

'쯧, 더 볼 가치도 없는 자군.'

그래 봐야 저런 몸 상태라면 당장 내일을 장담하기 어렵다. 당장 내일 아침에 눈을 뜨지 못한다 해도 이상한 일이 아니다. 내일까지 갈 것도 없이 이 자리에서 맥없이 쓰러져 숨이 끊어진다 해도 죽을 놈이 죽었다는 생각이 들 것 같았다.

같은 날 저녁.

무한과 예비 감찰단원들이 한자리에 모였다. 원활한 의사소통을 위해 청운도 자리를 함께 했다.

"그럼 회의를 시작……."

청운이 일어나 회의를 진행하려 하자 무한이 고개를 저었다.

"아직 아니다."

다시 한참이 지나도 아무도 들어오는 사람이 없다. 그러자 무한이 다시 입을 열었다.

"뭘 우물쭈물하고 있는 거냐, 속히 들어오지 않고."

과연 문이 열리고 쭈뼛쭈뼛 들어오는 사람들이 있었다. 오평과 청평이 먼저 모습을 드러내더니 그 뒤로 중평이 무슨 불만이 있는지 퉁퉁 부은 얼굴로 모습을 보였다. 그리고…….

청운의 턱이 빠질 듯 벌어지며 눈이 크게 치켜떠졌다. 그뿐만이 아니다. 장량은 숫제 소스라치게 놀라 벌떡 일어났다. 하북삼협 또한 경악한 표정이기는 마찬가지였다.

"마, 만평 스님이 어떻게?"

만평이었다. 만평이 멀쩡하게 걸어 들어오고 있었다. 불과하루 전 장량에게 커다란 검상을 입고 날아갔던 만평이다. 검상은 그렇다 쳐도 극심한 내상은 또 어떤가.

천하의 명의에게 치료를 받는다? 그렇다고 해도 결코 하루이틀 사이에 나을 만한 것이 아니었다. 보통이라면 적어도 꼬박 몇 달은 정양해야 할 중상이었다.

흑백괴동이 얼굴을 일그러뜨리며 한마디씩 내뱉었다.

"헹? 뭐야, 이 분위기는?"

"못 볼 거라도 본 사람들 같군."

흑백괴동만이 무엇 때문에 다들 만평을 귀신이라도 본 양 행동하는지 이해를 하지 못했다. 그들로서는 지하 석실에서 내내 내상을 치유하느라 만평의 부상도 몰랐던 것이다.

두 괴동은 무슨 일인가 싶어 앞서 들어온 오평과 청평을 새삼스러운 눈으로 살폈다. 곧 그들의 얼굴에도 커다란 놀람이 깃들었다.

"호오, 이거 봐라?"

탈각(脫殼).

번데기에 불과했던 자들이 껍질을 벗고 새 날개를 달았다. 두 괴동의 놀람 가득한 시선이 오평과 청평 사이를 오가다가 중평에게 머물렀다. 전에 보았던 그대로다. 이게 정상이다.

잠시 중평에게 머물렀던 시선이 다시 맨 뒤에 선 만평에 이르렀다.

"허!"

"허어!"

흑백괴동의 입에서 헛바람이 새어 나왔다. 만평은 같은 사람이되 전혀 다른 향기를 품고 있었다. 활씬 은은하고 신비로운 기운. 만년화리를 통으로 씹어 먹기라도 했단 말인가?

소란을 무한이 한마디 말로 정리했다.

"왔으면 앉아라. 시간이 많지 않아."

만평이 자리에 앉기 전 장량과 눈싸움을 벌였다. 오고 가는 서늘한 시선. 장량의 눈빛이 미미하게 흔들렸다.

이내 만평이 눈싸움을 그만두고 착석했다.

우설이 빠릿빠릿하게 차를 날라 각 사람들 앞에 놓고 사라졌다.

차가 모락모락 더운 김을 피워 올리는 가운데, 무한이 눈짓하자 만평에게서 눈을 떼지 못하고 있던 청운이 그제야 정신을 차리고 입을 뗐다.

"감찰단의 총 인원은 보는 바와 같이 이 자리에 모인 사람이 전부입니다. 수장은 북진무사님이시고, 감찰단의 위치는 금의위 총지휘님이신 원 대인의 직속입니다. 진무사님 이하 서열은 나이와 상관없이 무공의 고하에 따라 정해질 것이고, 주요 업무는……."

명조후가 말했다.

"말씀 중 죄송합니다만, 한 가지 여쭐 것이 있습니다."

"허한다."

이미 금의위 위사가 된 이상 천호인 청운이 한참이나 상급자. 때문에 자연스러운 반말이 나왔고, 듣는 명조후도 조금도 이상하게 여기지 않았다.

"소관이 알기로는 금의위는 북진무사가 없는 것으로 알고 있는데, 아니었습니까?"

청운이 눈빛으로 무한의 의중을 묻자 무한이 고개를 끄덕이며 자리에서 일어섰다.

그 모습에 몇 쌍의 눈이 이채를 발했다. 지금껏 무한이 두 다리를 쓰지 못하는 것으로 알았던 자들의 눈이다.

무한이 품속에서 금검패를 꺼내 보였다.

"본인이 여러분의 직속상관이 될 북진무사다."

무한의 시선이 흑백괴동에 닿았다. 둘은 말로 형용키 힘든 오묘한 표정을 짓고 있었다. 그런 표정 속에 얼핏 근심과 불안이 엿보였다.

시선이 흑백괴동을 지나 장량의 얼굴에 머문다. 장량은 다소 얼굴색이 변하기는 했지만 그게 다였다. 예상했던 일을 단순히 확인한 듯 별반 놀란 표정이 아니다.

장량은 청운이 무한에게 조심스레 대할 때부터 이미 짐작하고 있었다. 무예가 없더라도 그만한 바둑이면 쉽게 볼 수 없는 자다. 뭔가 있어도 있을 터. 그는 그 무엇인가가 지략일 확률이 크다고 생각하고 있었다.

"그대가 북진무사라고?"

"이찌 조선인이⋯⋯!"

"이건 있을 수 없는 일이오!"

도저히 묵과할 수 없다는 음색으로 자리를 박차고 일어선 자들이 있었다.

무한의 시선이 명조후의 얼굴에 꽂힌다. 수치를 당한 무사의 얼굴 그대로다. 절대로 받아들일 수 없다는 뜻이 몸 전체에서 뿜어졌다. 그건 명조후의 두 의제들도 마찬가지다.

청운에게서 저들의 뜻을 들은 무한은 눈빛이 한층 서늘해졌다.

"조선인이라 아니 된다?"

"그렇소. 절대로 아니 될 일이오."

무한의 얼굴에 비릿한 웃음이 걸렸다.

"쥐가 기둥뿌리를 갉아먹고 있다. 곧 기와집이 통째로 무너져 내릴 판에 쥐를 잡는 고양이의 색깔이 그리도 중요했던가."

촌철살인이다.

청운에게서 무한의 말을 전해 들은 세 의형제는 붉어진 얼굴로 한동안 말이 없었다.

무한이 말한 대로다. 쥐를 잡는 고양이가 흑묘(黑猫)든 백묘(白猫)든 무엇이 중요한가.

정화라는 희대의 난적으로 인해 정국이 어지럽다. 정치판뿐만이 아니라 나라 전체가 날로 피폐해져 가고 있다. 나라를 무너뜨릴 쥐를 잡자면 설령 악마의 손이라도 잡을 판이다.

한데 중화사상에 젖어 한족이냐, 아니냐를 따지고 있다니.

"흐음, 본인의 소견이 짧았음을 인정하오. 하지만!"

명조후가 말을 끊고 무한을 똑바로 응시했다. 잠시 후 이어진 말.

"고양이의 색은 물론 중요치 않소. 하지만 우리는 그대가 쥐를 잡을 수 있는 고양이인지 아닌지 확신할 수가 없소."

네가 과연 능력이 되느냐고 묻는 것이었다.

"어떤 능력을 보고자 함인가."

"시급한 문제는 금의위의 정상화요. 하지만 금의위의 최종 목표는 정화일 것이오. 그의 크고도 큰 세력을 어찌 그런 병약한 몸으로 상대할 수 있겠소?"

구구절절 옳은 말이다. 명조후의 말이 계속 이어졌다.

"신기묘산의 지략조차도 체력이 밑바탕이 되어야 나오는 법. 스스로 부족함을 알고 물러서길 바라오. 차라리 강호의 명사를 삼고초려하여서라도 초빙하는 것이 옳은 일일 거요."

흑백괴동은 울지도 웃지도 못하는 표정을 하고 있다. 대체 고만고만한 놈들이 언제 돌변할지 모르는 사신(死神) 앞에서 체력 운운하고 앉았으니…….

"놀고들 있군. 자칭 협사란 자들이 무례하기 짝이 없구나."

노기 가득한 음성은 만평의 것이었다. 그에 명조후가 발끈해서 받아쳤다.

"무례라니. 말을 함부로 하는 게 아니오!"

"말을 함부로 하였다? 웃기고 있군. 진짜 하고 싶은 말은 아직 시작도 안 했다. 들어라. 능력이 없어 뵈는 게 없을 거라는 건 이해한다만, 너희들 눈에 보이는 것이 전부라는 착각은 하지 말길 바란다. 사숙은 너희들에게 무시당할 만한 분은 아니시다. 혹여 능력이 없다 하여도 저분께는 우리들이 있으니 시답잖은 수작은 그만두는 것이 좋을 거란 얘기다."

만평은 자신이 모욕받은 것보다 더욱 격한 반응을 보였다.

"흥! 팔은 안으로 굽는 법. 본인은 그대들의 능력 또한 믿지 못하겠소."

"뭣이라? 뜨거운 맛을 보려느냐?"

"얼마든지."

"간다."

"마음대로."

명조후의 말이 끝나기 무섭게,

터어엉!

땅을 박차는 강한 진동과 함께 의자에 앉아 있던 만평이 비상했다. 그 서슬에 의자가 와자작 소리와 함께 산산조각이 났다. 부서진 나무 조각이 땅에 떨어지기도 전, 만평은 탁자 반대편 끝에 도달해 있었다.

만평과 대각선상에 위치해 있던 명조후는 만평이 탁자 위를 스치듯 날아 자신을 덮쳐들자 깜짝 놀라고 말았다. 가히 엄청난 속도였다.

하지만 그는 고수였다. 머리는 멍했지만 그의 몸은 의식에 한발 앞서 움직이고 있었다.

턱!

몸을 한껏 젖히며 발로 땅을 힘껏 밀어냈다. 의자째로 주르륵 밀려나가는 몸. 몸을 뒤로 젖힌 덕에 의자가 기우뚱 뒤로 쓰러지려 한다.

당황스럽다. 아니다. 오히려 두 손으로 의자를 밀어내며 쓰러지려는 힘을 극대화시켜 아예 공중제비를 돌며 허공에서 출수했다.

쐐액! 고수다운 기민한 대응. 전광석화와 같은 발검이었다.

하지만 과정은 나무랄 데 없었으나 결과는 좋지 못했다. 공중제비를 돌며 검을 뿌린 것까지는 좋았다. 그런데 정작 검에 맞아야 할 상대가 보이지 않았다.

대경실색해서 속히 시야를 넓혔다. 강렬한 안광이 빠르게 좌우를 쓸어갔다. 없다. 만평의 모습은 보이지 않았다.

가슴이 서늘해지며 소름이 등줄기를 타고 거침없이 올라왔다. 앞에도 없고 좌우 측면에도 없다면 다음은 뻔했다. 돌아서려던 그때,

"컥!"

명문이 찌르듯 아파오고 온몸이 뻣뻣해졌다.

'이럴 수가!!'

채, 챙!

뒤늦게 명조후의 두 의제, 조의량과 가진관이 검을 빼 들었지만 이미 상황은 종료된 후였다.

전신을 제압당하기까지 눈 깜짝할 순간밖에 소요되지 않았다. 참으로 경악스러운 일이었다. 급습이었다. 하지만 그전에 공격 의사를 충분히 보이지 않았던가.

장내로 정적이 찾아들었다.

"좋구나, 좋아."

"대단한 한 수였다."

흑백괴동은 감탄을 거듭하고, 장량의 얼굴은 누가 봐도 확연히 굳어 있었다.

보기 좋게 하북삼협의 대형인 명조후를 제압한 만평. 그의

얼굴이 다소 상기되어 있었다. 급작스러운 내력 발출 때문이 아니었다.

자리를 박찼을 때, 최소 십여 수를 염두에 두었다. 한데 필요한 건 단 한 수뿐이었다.

공중에 붕 뜬 느낌이랄까, 모든 것이 상상 이상이다. 깨어나자마자 몸에 변화가 있음을 느꼈다. 이질적이면서도 편안한 웅대한 기운. 그 힘이 이 정도까지 힘을 발휘할 줄이야.

쇄도하는 속도, 오감으로 쏘아져 들어오는 감각. 전혀 다른 세상이다. 하나서부터 열까지 선명하고 확연했다.

더욱이 탁자를 스치고 날아가던 순간, 믿을 수 없는 일이 일어났다. 정확히는 눈이 마주친 순간이었다. 앞으로 일어날 명조후의 모든 움직임이 머릿속으로 그려지듯 펼쳐졌다.

명조후의 대응. 어느 정도까지 밀려나고 어디에서 돌 거라는 것, 공중에서 제비를 돌아 발검할 거라는 것. 그 궤적까지도 낱낱이 들여다보였다.

난생처음 겪어보는 기이하고도 황홀한 경험이었다.

이런 경험을 가능케 해준 사람. 만평의 눈이 무한을 쫓았다.

'대체 내게 무슨 짓을 한 겁니까?'

'……'

무한의 눈은 언제나처럼 고요하기만 했다.

만평이 청운에게 시선을 돌리더니 이윽고 입을 열었다.

"서열은 무공 고하에 따라 정해진다. 그렇게 들었던 것 같은데."

만평 사형제가 금의위 위사로 들어오면 당당히 반말을 하리라 마음먹고 있었던 청운이다. 하지만 그런 다짐이 무색하게 존대가 절로 튀어나왔다.

그만큼 무한의 보여준 신위는 압도적이었던 것이다.

"마, 맞습니다."

"지금부터 내가 하는 말을 토씨 하나 틀림없이 전해."

만평이 청운에게 말한 후, 으르렁거리듯 명조후의 귓전에 속삭인다.

"들었겠지. 이제부터는 네가 내게 짖고 까부는 건 하극상이라는 얘기다. 처음이니 이번만큼은 물러난다만 후일 이 같은 일이 또다시 일어난다면 결코 좌시하지는 않을 터. 기왕 동료가 되었으니 좋게 지내고픈 내 마음을 조금은 헤아리기 바란다."

청운에게서 만평의 말을 전해 들은 하북삼협 모두의 얼굴이 불붙은 숯처럼 달아올랐다. 하지만 끝내 누구도 입을 열지 못했다. 오랑캐 운운하며 대놓고 무시했던 자신들이다. 한데 뚜껑을 열어보니 이건 숫제 상대가 되지 않는다.

만평이 제압했던 명조후의 혈을 풀고 자리로 향하다 장량 곁에 이르러 걸음을 멈추며 말했다.

"칼 맞이 괜찮더군. 조만간 서열 정리를 다시 하도록 하지."

한바탕 소동이 정리되고 청운이 다시 회의를 진행했다.

第三章
남경지로

남경지로 1

　백발을 한데 틀어 올려 단단히 고정시킨 검은 관. 두툼한 순백색 눈썹이 칼처럼 뻗었고, 그 아래 추상같이 시린 눈빛이 번뜩인다. 날선 콧날을 따라 꺾어져 내려오면 돌처럼 굳은 입술이 있다.

　앉아 있는 모습만으로도 줄기줄기 위엄이 뻗어나온다. 지배자의 풍모란 바로 이런 것을 두고 하는 말이라는 걸 단적으로 보여주는 노인이었다.

　다만 얼굴 전체에 드리운 검은 기운이 절대적 위엄에 손상을 주고 있었는데, 필시 커다란 고민이 있는 듯했다.

　하만이 자색장포노인을 보며 공손히 말했다.

　"문주님, 그간 강녕하셨습니까."

"본 신문의 사정이야 그대가 잘 알 것이 아닌가."

"그야 그렇지요. 하지만 저는 믿습니다. 조만간 모든 악수를 끊고 상황을 역전을 시킬 것을 말입니다."

"그리 말하여 주니 고맙군."

자색장포노인의 음성엔 일절 감정이 배제되어 있었다.

극렬한 힘을 자랑하는 마공. 하지만 부작용도 마공의 특성에 따라 제각각인 바, 자색장포노인의 경우는 마공이 극에 다다라 어지간한 희로애락의 감정이 바짝 말라 버린 상태였다.

그렇다면 과연 누가 저토록 초절한 지경까지 마공을 연성하였는가. 하만이 찾은 이곳. 경천신문에서 그와 같은 지경에 이른 인물은 단 하나밖에 없었다.

일신에 하늘도 놀랄 마도(魔刀)를 소유한 자. 바로 경천도 풍소백이었다.

하만은 언제 들어도 적응이 안 되는 풍소백의 음성을 가까스로 참아내며 입을 열었다.

"사실대로 말씀드리자면, 저희 태감께서는 경천신문의 능력에 대해 의문을 품고 계십니다."

펄럭, 펄럭!

풍소백의 자색 비단 장포가 바람도 없이 거세게 펄럭였다.

"크윽!"

하만의 입에서 절로 터지는 신음.

"그가 본좌의 능력을 의심한다?"

하만의 안색이 일변했다. 묵직하게 밀려오는 경기가 실로 감당키 어려웠던 탓이다.

"이번 일만 제대로 성사시킨다면 의문을 단숨에 거두실 것입니다. 그러니 이 기운을……."

그 순간 휘몰아치던 기운이 씻은 듯 사라졌다.

"이번 일이라… 자네도 알다시피 본 문은 그럴 상황이 못 돼. 그만 돌아가게."

풍소백의 축객령에 하만이 얼른 입을 열었다.

"이번이 마지막입니다."

"마지막이라?"

역시나 반응을 보인다. 하만이 내심 회심의 미소를 지으며 말했다.

"이번 일만 끝나면 계약 사항이 이루어집니다."

"마지막이라는 것인가……."

"물론입니다. 산동악가는 역적 누명을 쓰고 지상에서 사라지게 될 것입니다."

귀가 번쩍 뜨이는 제안. 이것이 바로 정화가 풍소백에게 던진 벗어날 수 없는 미끼였다.

하만은 경천신문을 벗어나며 조소를 머금었다. 이렇게까지 했으니 경천도 그가 직접 나서지 않고는 못 배길 것이다. 조만간 한바탕 불어닥칠 광풍이 눈에 선했다.

문득 의문이 고개를 들었다. 경천도 풍소백을 제거할 자가 있다고 했다.

백여휘라면 동수, 아니, 밑바닥까지 내보인다는 가정하에 꺾을 자신이 있었다. 하지만 경천도는 다르다. 풍소백은 진짜배기다.

초절정의 끄트머리에 서서 절대의 경지를 넘보는 자. 평생 도달하지 못할 가능성이 컸지만 그 차이는 엄격하다.

이십 초 안에 필패.

경천도와 자신을 비교해 본 하만이 스스로에게 내린 평가였다.

강호십대도객의 일석을 당당히 차지한 자. 세상은 그를 그렇게 평가했다. 하지만 하만이 보기에 세상은 그를 과소평가하고 있었다. 경천도는 십대도객 중에서도 강한 다섯을 추리라면 반드시 그 안에 들어갈 자였다.

과연 그런 괴물을 꺾을 자가 누구란 말인가.

"후, 그런 그를 꺾을 자가 나타난단 말이지. 참으로 기대되는군."

파팟!

하만은 의문을 뒤로하고 땅을 박찼다. 그의 신형이 단숨에 어둠에 가릴 즈음,

처척!

하만이 사라진 반대편에서 거도를 멘 장신의 노인이 날아내렸다. 하만이 섰던 바로 그 자리에 선 노인은 어둠에 싸인 경천신문을 바라봤다. 거대한 정문에 가로막혀 안은 보이지 않았지만 노인은 그 너머의 것을 바라보고 있는 듯했다.

“떠난 지 고작 며칠인데 참으로 멀게만 느껴지는구려.”

휘이잉, 한줄기 바람이 불어와 반백의 머리를 제멋대로 흩어놓는다.

흔들리는 시선을 힘겹게 돌려 바라본 곳은 하만이 사라진 방향이었다. 잠깐 만에 흔들리던 시선은 사라지고 그곳엔 냉엄한 기세만이 있을 뿐이었다.

다음날 새벽.

다그닥, 다그닥—!

세찬 말발굽 소리와 함께 일단의 무리가 인적없는 산길을 달리고 있었다.

말 두 필이 끄는 이두마차 한 대, 그리고 열 필의 말과 열 명의 기수.

날이 밝기 전, 서둘러 금정 군영을 떠나 남경으로 길을 잡은 무한 일행이었다.

청운을 비롯해 흑백괴동과 장량, 하북삼협 등 여섯 명은 지극히 안정적인 기미술을 펼치고 있는 반면 만평 사형제들은 뒤쪽에서 극도로 불안한 자세를 취하고 있었다.

말 등에 찰싹 달라붙은 채로 어깨를 바짝 움츠리고, 고삐를 틀어쥔 것도 모자라 말의 목을 세차게 끌어안고 있었다. 거기에 양 허벅지로 말의 배를 터질 듯 감싸 안고 있었다. 말에서 떨어지지 않으려 안간힘을 쓰고 있는 모양새 그대로였다.

만평 사형제가 그러한 자세를 취하고 있는 것에는 복합적인 이유가 있었다. 쏜살같이 달리는 말에서 떨어지지 않기 위한 방편이기도 했지만, 더 큰 이유는 무한의 주문 때문이었다.

"말을 지배하거나 잘 타려고 하지 말고 말의 호흡을 읽어라. 자신의 움직임에 말을 맞추려 하지 말라. 호흡이 읽히거든 말의 호흡에 자신의 호흡을 동화시켜라."

무한은 출발 전 만평 등을 마차 안이나, 혹은 원적을 호위할 때처럼 지붕 위에 태울까도 고민했다. 장량 등에게 체면을 깎이는 걸 원하지 않았던 만평 등도 은근히 그것을 원했다.

하지만 무한은 이참에 그들에게 기마술을 제대로 익히게 하기로 마음을 먹었다.

사안의 중대성을 감안할 때 그들에게 기마술이나 익히게 할 정도로 여유로운 상황은 아니었다. 하지만 그나마 돌아오는 길보다 남경으로 향하는 길은 여유가 있다. 일행에 태자가 없으니 습격을 당할 가능성도 적거니와, 설령 습격을 당한다고 해도 지켜야 할 사람이 없어 대응이 수월했기 때문이다.

하지만 돌아올 때는 다르다.

무엇보다 태자를 호위하고 돌아올 때를 생각한다면 기마술은 필수다.

감히 태자가 탄 마차 지붕 위에 올라탄다는 건 상상도 할 수 없다. 더군다나 호위라는 자들이 따로 마차를 타고 간다는 것 또한 말도 안 되는 일이었다. 그렇다고 수천 리 길을 경공에 의지할 수도 없는 일. 답은 말을 타는 것뿐이었다.

기마술이 서툰 만평 사형제들 때문에 속도가 좀체 나지 않았다. 덕분에 일행이 북경을 벗어날 무렵 날이 어두워져 버렸다. 그나마 위안거리라면 북경을 벗어날 즈음이 되자 만평 사형제들도 간신히 허리를 펼 정도가 되었다는 점이다.

어쨌든 다음날은 속도가 붙을 기미가 보였다.

일행은 역관에 들러 새 말로 교체하고 간단히 식사를 마친 후, 방 세 개를 잡아 투숙했다.

방에 들자마자 만평과 그의 사제들이 무한을 둘러쌌다.

더없이 진지한 얼굴들.

만평이 입을 열었다.

"이제 어떻게 된 건지 말씀을 해주십시오. 저희들 몸에 흐르는 기운 말입니다."

"저는 빼주십시오."

중평이 다소 틀어진 음성으로 자기 침상으로 가 벌렁 드러누웠다. 아예 등을 저쪽으로 돌리기까지 한다.

"이미 짐작하고 있을 텐데?"

만평과 오평, 청평이 떨리는 시선을 교환했다.

무량진기를 넘어선, 아니, 넘어선 정도가 아니라 그마저도 광대하게 포함하는 심법. 한 호흡에 전신 혈도 대부분을 막힘 없이 관통해 청량감을 안겨주는 힘.

막혔던 혈이 타동되었다. 내력은 오히려 줄어든 감이 없지 않았다. 그러나 한 줌의 내력일지라도 기를 쓰고 뽑아낸 무량진기의 위력을 상회했다.

순수한 힘뿐만이 아니다. 지나치게 발달된 오감, 상대의 호흡만으로도 다음 동작이 머릿속으로 그려지는 예측력 등 필설로 형용키 힘든 공능을 얻었다.

내력을 운용하면서 설마하면서도 머리에 떠오르는 것들이 있었다. 그것이 아니면 어찌 이런 일이 가능할까 생각하면서도 극구 부인했다.

일인전승. 보현사의 주지가 될 한 사람에게만 허락된 기공이다. 설령 자격이 있다 하더라도 아무나 익힐 수 있는 것이 아니라 들었다. 그토록 품기 어려운 그것을 자신들 셋이 동시에 품었다는 건 아무래도 믿기 힘든 일이었다.

비기가 괜히 비기가 아니지 않은가.

아니라고 생각한 가장 큰 이유는 비기 자체를 잃어버렸다는 데에 있었다.

무한의 입이 열렸다.

"도선 시조의 비술이다."

쿠쿵!

만평 등은 멍한 표정을 지었다. 그러나 정작 가장 큰 충격을 받은 사람은 그들이 아닌 듯했다. 관심없는 척 침상에 누웠던 중평이었다. 중평이 튕겨지듯 일어나며 소리쳤다.

"그럴 수가!"

만평이 가까스로 신색을 수습하고 물었다.

"비기는 잃어버리지 않았습니까?"

"잃어버렸다. 하지만 책을 잃어버린 것이지, 비기 자체를 잃은 것은 아니었다."

"그렇다면 사숙이 익히고 있는 것도……?"

무한이 고개를 끄덕이며 혜명을 만나 도선비기를 익히게 된 경위를 간략히 설명했다.

"비기가 적힌 사조의 유물을 잃어버리기는 했지만, 비기 자체가 건재하다면 굳이 찾을 필요가 없는 것 아닙니까?"

청평의 물음에 무한이 고개를 끄덕였다.

"나도 처음에는 그렇게 생각했다. 하지만 사조의 유물은 그 자체만으로도 충분히 지킬 만한 가치가 있다고 생각하고 산을 내려왔지. 하지만 그게 다가 아니었다."

만평 사형제는 숨죽여 무한의 다음 말을 기다렸다. 곧 무한이 숨겨진 이야기를 꺼냈다.

"우리가 알고 있는 도선비기, 즉 잃어버린 도선비기는 실상 진짜라고 할 수 없다. 진짜는……."

무한은 묘향산 어딘가의 절진에서 꾸었던 꿈을 이야기했다. 꿈속의 노인, 그리고 노인이 남긴 기보들, 마지막에 학을 타고 날아간 노인.

이야기를 모두 들은 만평 등은 도무지 믿지 못하겠다는 표정들이었다.

"이거야 원, 도무지……."

"믿어지지 않겠지. 나 또한 믿지 않았다. 하지만 꿈이 현실로 펼쳐지는데 믿지 않으려야 않을 수가 없었다. 도선 사조께서도 그와 같은 꿈을 꾸고 절진에 드셨음을 혜명 사조께서 확인해 주셨다.”

“그렇다면 천상의 기보가 진짜 있었다는 말씀이십니까?”

“있다. 그것이야말로 진짜 비기라고 할 수 있지.”

“그렇다면 사숙께서 익히고 있는 것이……!”

“틀렸다. 그건 나도 익히지 못한 것이다. 천상의 바둑은 곧 천상의 심법일 터. 아무에게나 허락될 리가 없지 않겠느냐.”

천상의 바둑은 광대하고 또 심오하여 쉽사리 접근하기 힘들다는 말에 만평 사형제들은 크게 아쉬운 표정을 지었다. 어떤 바둑인지 궁금하기는 했지만 무한만 한 바둑이 안 된다는데 굳이 봐도 소용없을 것 같았다.

“그러니까 우리가 아는 비기는 바로 그 바둑을 연구하면서 파생된 것들이란 말씀이십니까?”

무한이 고개를 끄덕여 답하자, 청평이 문득 생각난 듯 입을 열었다.

“오평 사형과 제 내력은 느낌이 같은데 만평 사형의 것은 약간 다른 느낌이 납니다. 제 느낌이 틀린 것입니까?”

“틀리지 않았다. 만평의 것은 본래 너희들의 것과는 약간 다른 것이다.”

무한은 오평과 청평에게는 도선 대사가 남긴 비기를, 만평에게는 혜명 사부와 자신이 연구하여 창안한 새로운 비기를 전수했음을 설명했다.

중평이 곤혹스러운 기색을 숨기지 않았다.

"보현사를 창건하신 태사조의 지엄한 명이 계신 줄로 알고 있습니다. 그분께서 정한 율법에 의하면, 절대 한 대에 일인 이상 익히지 못하는 것으로 아는데… 아니었습니까?"

무한은 순순히 인정했다.

"중평, 너의 말이 맞다."

"한데 어찌하여 비기를 제 사형제들에게 전수하신 것입니까. 사숙께서 혜명 사조께 비기를 전수받아 연성하셨으니 사숙 대에서는 사숙께서 물려받으신 것으로 치면 됩니다. 하지만 저희 대에서는 다르지 않습니까? 사숙께서 전수자를 택할 권한이 있는지는 모르나 만약 있다고 한다면 만평 사형 혼자에게만 전수해 주셨어야 옳았습니다."

중평의 말에 무한에게 비기를 전수받은 오평과 청평은 곤혹스러운 표정이었다.

무한이 중평의 눈을 가만히 들여다보았다. 중평의 눈에는 자신이 전수받지 못한 분노의 기색은 없었다. 시기나 질투심은 더더욱 아니었다.

알면서도 한 번 떠보았다.

"서운하여 그리 말하는 것이더냐?"

그 말에 중평이 얼굴을 붉히며 더욱 성을 냈다.

"절 어찌 보시고 하시는 말씀이십니까? 솔직히 방금 전까지는 그런 마음도 있었습니다. 하나, 그것은 사숙께서 전해주신 것이 비기임을 몰랐을 때 이야기지요. 이제 그것이 무엇인지 알았는데 어찌 그런 마음을 품는단 말입니까? 저는 개인적인 감정을 떠나서 우리 보현사의 규정을 말하고 있는 것입니다."

"무슨 말인지 알았다. 들어보아라."

무한은 만평 사형제를 하나하나 쓸어본 후 천천히 입을 열었다.

"도선 사조의 깊으신 뜻을 어찌 내가 다 알랴마는 짐작컨데 비기를 일인전승으로 묶으신 한 가지 이유만은 어림짐작이 가능하다. 그분께서는 도선비기가 품성이 그른 자가 가지게 될 것을 우려하신 것이다. 악인의 손에 들어갈 경우 무척이나 위험한 것이 될 수도 있겠지. 이를 테면 하운 같은 악인의 손에 들어가는 경우를 말함이다."

만평 사형제가 고개를 끄덕였다. 공감이 되는 이야기다. 충분히 그런 뜻이 있었을 것으로 생각되었다.

무한이 다시 말을 이었다.

"그분의 뜻이야 어쨌든 전통은 지켜야 하는 것이 맞다. 유지를 지키지 못한 점은 나의 불찰이라 할 것이다. 하지만 이번은 경우가 다르다. 첫째, 너희들은 악인이 아니다. 둘째, 오히려 비기는 이미 다른 악인의 손에 넘어간 상황이고, 우리는 그것을 반드시 회수하여 돌아가야 하는 막중한 책무가 있다."

"저희들을 위해서였단 말씀이십니까?"

"물론이다."

중원의 상황은 각자 산속에 들어 심신을 도야하는 조선 도인들의 삶과는 판이하다. 마음을 닦기보다 산을 밀고 강을 가르는 힘을 가지고 각축전을 벌이고 있다. 하나라도 더 차지하려 드는 세상이란 얘기다.

비기가 아니라면 임무를 완수할 수 없다. 완수는 고사하고 목숨까지도 장담할 수 없다. 어찌 규정에 매여 목숨을 버리는 우를 범할까.

만평과 중평은 얼마 전 무한이 했던 말을 기억했다.

무한은 오평과 청평을 치료하기 전 그들의 사부도 자신의 뜻을 헤아릴 거라 하지 않았던가. 오늘에 와서야 그 말이 이해가 되었다.

온갖 의문과 불신의 시선을 거두니 그제야 무한의 고단한 얼굴이 눈에 들어왔다. 병자임을 따로 연기할 필요도 없이 무한의 얼굴은 초췌했다.

만평은 코끝이 찡해져 오며 가슴에서 무엇인가가 울컥 치솟았다.

연이 닿지 않으면 아무나 익힐 수 없다던 비기. 그것을 자질도 좋지 않은 자신들의 몸속에 단숨에 주입시켰으니, 얼마나 많은 힘을 소요하였을까. 닿지 않은 연의 사슬을 끊어내고 순전히 자신의 힘으로 그리하였던 것이다.

저리도 해쓱해지고 생기를 잃어가는 동안 자신은 무엇을 하였던가. 걱정은커녕 원망과 불평만을 늘어놓았으니…….

털썩!

만평이 허물어지듯 무릎을 꿇었다.

"아무것도 모르고 사숙을 원망하였습니다."

털썩!

이어 중평이 그리하였고,

털썩! 털썩!

오평과 청평도 무너지듯 무릎을 꿇었다.

"사숙! 저희를 용서하십시오."

만평 사형제는 눈물을 뿌리며 감히 고개를 들지 못했다.

"앙금이 조금이라도 남아 있다면 풀도록 해라. 먼저 만평, 오평, 청평은 들어라."

"예, 사숙."

"말씀하십시오!"

"너희들을 그리도 몰아붙인 이유가 무엇이라 생각하느냐?"

잠시 망설이던 만평이 입을 열었다.

"못난 저희들에게 실전 감각을 익히게 하신 것이 아닙니까?"

"그런 뜻도 없지 않았다. 그러나 진짜 이유는 따로 있었다. 무량진기. 너희들의 단전을 채운 무량진기의 기세를 죽이기 위함이었다. 그렇지 않고서는 비기의 기운을 배척하고 말았을 테니까."

만평 등으로서는 더더욱 고개를 들 수가 없었다.

"중평은 들어라."

"예."

"왜 너만 비기 전수를 하지 않았는지 궁금하겠지."

중평이 부르르 떨었다.

"저는 사숙께 죽어 마땅한 행동을 여러 차례 하였습니다. 비기를 전수받을 능력도 없거니와, 그럴 자격도 없습니다.”

무한이 고개를 끄덕였다.

“그렇다면 되었다. 너는 비기가 없어도 충분히 잘 해내리라 믿는다.”

중평도 말은 그리하지만 비기를 품고자하는 욕망이 있을 터였다. 순수하게 불공에 심취한 중이 아닌 이상 당연한 것이었다. 하지만 중평은 비기와는 인연이 아니었다.

만평에게 비기를 전수하던 날 밤, 만평에게로의 접근을 막던 중평을 제압한 무한은 진기를 흘려 넣어 중평의 내부를 훑었다.

그때 알게 되었다. 중평의 몸이 비기를 담을 그릇이 아니란 걸.

그릇이 작거나 못나서가 아니다. 오히려 만평에 비해서도 손색이 없었다. 다만 도선비기와는 맞지 않을 뿐이었다.

무한이 중평을 시작으로 꿇어앉은 사형제들을 하나하나 손수 일으켜 세웠다.

만평이 갑자기 생각난 듯 말했다.

“사숙, 아까 말씀하신 것 말입니다. 하운이 가지고 달아난 비기가 유물로써의 가치 말고 다른 것이 있다는 건 무슨 뜻입니까?”

“전립 그자가 가져간 비기는 석 장짜리다. 중원의 유수한 기공도 그에 못지않은 것이 없지는 않을 것이다. 또한 기보와 그 안에 적힌 혈도의 명칭을 암호처럼 적어놓았기에 익히기는 쉽지 않을 것이다. 아무런 혈이나 대입해 익히게 된다면 필시 주화(走火)하여 입마(入魔)할 가능성이 크기 때문이다."

선불리 익히다가는 폐인이 된다는 얘기다. 무한이 한 말을 종합해 볼 때 비기가 하운의 손에 들어간 것은 그리 큰 일이 아니었다.

"영악한 그놈이 익혔을 리가 없습니다. 심법이라는 것은 시행착오를 겪어가며 익힐 수 있는 것이 아니잖습니까? 실낱같은 오차만 있어도 전신이 마비되거나 뇌가 터져 죽으니, 손에 도선비기라는 떡을 두고도 아예 익힐 엄두를 내지 못했을 가능성이 큽니다. 그러니 오히려 안심이 아닙니까?"

"그럴 수도 있겠지. 하지만 그건 너무 안일한 생각이다."

"사숙께서는 혹시 놈이 훔쳐간 비기를 토대로 천상의 바둑을 재현할 것을 근심하시고 계신 것입니까?"

만평의 말에 무한이 무겁게 끄덕였다.

"그럴 가능성이 없지 않다."

"말도 안 됩니다. 놈이 천상의 바둑을 찾다니요? 방금 사숙께서 말씀하셨지 않습니까, 놈은 돌의 위치와 혈도 제대로 대입시키지 못할 거라고."

"그래도 모르는 것이다. 비기가 보현사에 있는 것을 알아낸 것도 놀랍지만, 그것을 찾으러 무학 사형의 제자로 위장해 잠입한 집념을 결코 좌시해서는 안 된다. 또한 결코 안심할 수 없는 이유가 있다."

만평이 한층 침중한 목소리로 물었다.

“그건 또 무엇입니까?”

“전립의 바둑이다. 천상의 심법이 곧 궁극의 바둑인 바, 결국 기력에 의해 비밀을 푸느냐 못 푸느냐가 결정된다. 즉, 기에 가 극의에 이르면 궁극의 바둑을 찾을 수도 있는 것이다.”

만평과 그의 사제들의 얼굴이 창백해졌다. 왜 아니 그렇겠는가. 그들은 아직도 묘향산 산자락에서 있었던 그날 새벽의 일을 생생히 기억하고 있었다.

무한과 정선으로 바둑을 겨루어 비세를 이루던 하운의 바둑을…….

오평이 말했다.

“정말 만에 하나 천상의 바둑을 재현한다 해도 각각의 돌이 가리키는 혈을 알지 못한다면 무소용이 아닙니까? 지나친 근심이 아닐까요?”

무한은 눈을 감았다.

이들은 한 가지 가능성에 대해 완전히 배제하고 있다. 생각이 모자라서가 아니다. 사람이라면 할 수 없는 일이기에 염두에 두지 않고 있는 것일 뿐.

전립이 부작용을 우려해 도선비기를 섣불리 익히지 못할 거라는 것, 그것은 옳다. 악인일수록 자신을 끔찍이 아끼는 법. 하지만 자신이 아니라 남이라면 다르다.

‘그런 일은 일어나지 않기를…….’

가만히 되뇌는 무한이었다.

아니다. 단순한 바람만으로는 안 된다. 어떤 상황에 닥쳐도

대비할 수 있는 강력한 힘을 길러야 한다.

"무슨 생각을 그리 골똘히 하십니까?"

상념에서 벗어난 무한은 사질들과 일일이 눈을 맞췄다.

"너희에게 줄 것이 있다."

무한이 품속에서 정교하게 그려진 기보 한 장을 꺼내 탁자에 펼쳤다.

"이것은 무엇입니까?"

"나도 모른다. 다만 익히기에 따라 굉장한 묘용을 얻을 거라는 건 확실히 말해줄 수 있다."

그것은 경천신문의 세 봉공과 흑백괴동이 현마진린보라 불렸던 전립의 보법을 바둑돌로 기록한 것이었다.

이 걸음법의 묘용은 두말할 필요도 없다. 이것이 아니었다면 흑백괴동과 경천신문의 세 봉공을 어찌 제압했을 것인가.

박투를 위주로 한 만평 사형제들의 싸움법.

그들의 취약점은 병장기를 휴대한 상대와 거리를 좁히기 힘들다는 데 있었다. 만평이 장량에게 속절없이 패할 수밖에 없었던 이유도 바로 그 때문이었다.

이 걸음은 만평 사형제들의 몸에 스며들어 공수에 혁혁한 변화를 가져다줄 것이다.

무한이 단 한차례 경험했던 경지. 쉽지는 않겠지만 극에 이르면 한 줌의 진기만으로 수유를 꿰뚫게 될 것이다.

기보로 걸음의 형(形)을 전한 무한은 구결을 알려주는 대신, 한줄기 기운을 뿜어 진기도인 경로를 직접 전해주었다. 비기

와 맞지 않는 중평은 그 와중에 상당한 고통을 느꼈을 터인데
도 신음 한 번 없이 잘 견뎌주었다.

이제 도선비기의 씨앗을 품고 호랑이에게 날개를 달았다.
과연 만평과 그 사제들이 어찌 변할지 두고 볼 일이었다.

2

한편 무한과 그의 사질들이 오해도 풀고, 현마진린보를 전
수하고 있는 동안 흑백괴동은 건넌방에서 사환을 시켜 바둑판
과 돌을 가져오라 시켜 바둑을 두고 있었다.

판은 이미 중반을 넘어섰다. 선을 잡은 백괴가 흑괴를 몰아
가고 있는 형국이었다. 하지만 흑의 반격도 만만치 않아 섣불
리 승부를 예측하기에는 이른 감이 있었다.

바둑은 치열했다. 한데, 분명 치열한 것 같은 바둑이 어딘지
모르게 느슨하게 느껴진다. 그러고 보니 좌조 명인의 기력에
어울리지 않게 군데군데 빈틈이 엿보였다.

이는 한쪽만 그런 것이 아니다. 흑백 둘 다 마찬가지였다.

딱!

백괴가 구부려 친 수를 안전하게 받으며 입을 열었다.

"형님 보시기에는 어떤 것 같소?"

딱!

흑괴가 두루뭉수리하게 수를 지키며 말했다.

"모르겠다. 한 치 앞도 보이자가 않아. 오히려 시간이 갈수

록 선명해지기는커녕 모호해지는 분이다.”

백괴가 고개를 끄덕여 동조했다.

“소제도 참으로 모르겠소.”

“모든 정황은 거의 확실한 듯한데…….”

백괴가 의문을 제기한다.

“정말 확실하긴 한 거요?”

“무슨 뜻이냐?”

“혹시 우리가 잘못 생각하고 있는 게 아니냔 말이오. 소제의 말을 한 번 들어보시오. 그 광마인이라는 것 말입니다.”

“그게 뭐가 어쨌다는 거냐?”

“그 묘지는 땅이 지나치게 물렀단 말이오. 광마인이 아니라도 힘껏 구르면 누구라도 해낼 수 있었단 얘깁니다. 게다가 회도방에서는 발자국 자체를 살피지도 않았잖소?”

“흙의 색이 달랐던 건 어찌 설명할 테냐?”

광마인은 붉은 족적을 남긴다. 성취가 무르익을수록 그 정도는 심해진다. 묘지에 찍혔던 광마인으로 추정되는 발자국도 주변의 흙색과 비교해 확연히 붉은색을 띠고 있지 않았던가.

“그것도 그렇소. 묘지는 황토 지대였소. 같은 황토라도 색이 천차만별인데, 혹여 그 자리가 재수없게 유난히 더 붉은색이었을 수도 있지 않겠소?”

“그럴지도 모르지. 하지만 아직은 녀석이 마선의 제자인 쪽으로 무게가 더 가는 것이 사실이다. 사람이란 겉만 보아서는 절대로 모른다. 긴장을 한순간이라도 늦추어서는 아니 될 것이다. 녀석이 진짜라면 조만간 정체를 드러낼 것이니 그때 증거를 잡아야 한다."

백괴가 몸을 벅벅 긁으며 말했다.

"쯧쯧, 늘그막에 그토록 비웃었던 강호 협사 노릇을 하려니, 온몸이 간질거리는 느낌이오."

"그런 소리 말아라. 우리가 지금껏 누구의 시선을 신경 쓰지 않고 강호를 종횡했다만, 최소한 인간의 도리에 어긋난 일은 한 적이 없었다. 놈이 마선처럼 강호를 피로 물들이고, 반선이 되는 건 막아야 한다."

"누가 아니라오? 답답해서 해본 소리지."

"이제 겨우 한 번이다. 앞으로도 여섯 번을 더 미쳐 날뛸 거라는 얘기야. 그것은 절대 좌시할 수 없다. 마선의 전례로 비추어볼 때 회가 거듭될수록 더 고약해질 것이 분명해."

"한데 첫 번째와 두 번째 폭주의 간격이 며칠인지 혹시 아시오?"

흑괴가 무릎을 철썩, 치며 말했다.

"아차! 왜 생각을 못했을까. 그 간격을 알면 놈을 삼시하기 더욱 쉬워질 텐데 말이다."

"내 말이 바로 그 말이오."

"하지만 너무 오래돼서 아는 사람이 있을지 의문이구나."

딱!

백괴가 반상을 두드리며 말했다.

"걱정도 팔자구나. 개방 거지들을 족치면 금방 알 수 있을 것을."

"으응?"

백괴의 갑작스러운 말투 변화에 흑괴가 어리둥절한 표정을 짓자 백괴가 씩 웃으며 반상을 가리켰다.

바둑은 공배를 채우는 일만 남았을 뿐, 사실상 끝나 있었다. 승패는 이미 결정지어졌다는 얘기다. 물론 승리는 선수를 잡은 백괴의 것이었다.

흑괴는 뭔가 속았다는 얼굴이었다. 입맛을 쩝 다시며 마지못해 등에 흑(黑) 자가 커다랗게 쓰인 금의 장포를 벗는다. 흑괴의 불만 어린 모습에 백괴가 핀잔했다.

"억울해할 것 없다. 놈에게 사로잡힌 이후 경천신문 놈들에게 쫓기랴, 내상 치료하랴 그동안은 바둑을 둘 기회가 도통 없어서 네가 계속 형 노릇을 해왔지 않느냐?"

백괴와 흑괴가 수시로 뒤바뀌게 된 경위가 드러나는 순간이었다.

흑백괴동은 하루에 한 판씩 대국을 가져 이긴 자가 형이 되고 진 자가 아우가 되어왔다. 쌍둥이로 태어나 일찌감치 버려진 형제는 누가 형이고 아우인지를 알지 못했다. 때문에 그들 나름대로 고안해 낸 방식이었다.

기력이 백중세라 선을 쥔 자가 대부분 승리한다. 선은 하루에 한차례씩 번갈아가며 취했기에 자연스레 승과 패를 한 번씩 나누어 가지게 되었다. 이 때문에 형 아우 따로 없이 매일 뒤바뀌게 된 것이었다.

어이없도록 괴이쩍은 일이었지만, 벌써 수십 년째 그리해
온 형제들에게는 아주 자연스러운 일상이 되어버렸다.

형제는 옷을 바꿔 입어 순식간에 흑백이 뒤바뀌었다.

방금 전까지 흑괴였던 백괴가 일어서서 창가로 향하며 입을
열었다.

"밤이 짧소. 소체가 서둘러 알아보고 오겠소."

"식충이라는 놈이 아마 향주로 있을 것이다. 겁이 많은 놈이
지만 영악한 종자이니 주의하여야 할 것이다."

흑괴는 형이 된 게 단 몇 호흡 전이거늘 단숨에 형다운 면모
를 보여주고 있었다. 우습기 그지없는 모습이었다. 한데 정작
백괴는 당연하다는 표정이다.

"심려 마시오. 아예 머리를 쓰지 못하도록 명줄을 틀어쥐고
물어볼 테니."

객잔을 벗어난 백괴는 하늘을 힐끗 보고는 방향을 잡아 날
듯이 달리기 시작했다.

백괴가 걸음을 멈춘 것은 다 쓰러져 가는 사당 앞에서였다.
나무 문은 반쯤 썩어 쓰러질 듯 기울여져 있고, 사방이 거미줄
로 가득했다. 달빛이 허물어진 벽을 여과없이 스며들어 사당
안 정경이 고스란히 노출되었다.

구멍 숭숭 뚫린 벽에 비스듬히 내걸린 관운장 초상화.

언월도를 금방이라도 내칠 듯 단단히 부여잡고 고리눈을 부
릅뜬 모습이 주위 풍경과 어우러져 소름이 돋도록 을씨년스러
웠다.

백괴가 껄껄 웃으며 말했다.

"귀빈이 왔는데 손님 대접이 형편없구나. 썩 나서지 못할까!"

내력 깃든 음성에 간신히 버티고 섰던 나무문이 쿵! 소리를 내며 몸을 눕힌다. 먼지가 사방으로 퍼지자 백괴가 인상을 구기며 훌쩍 뒤로 물러섰다.

사당은 여전히 정적에 싸여 있을 뿐, 인기척이라고는 없었다. 백괴가 잘 찾아오기는 한 것일까? 무엇보다 사람이 숨을 만한 곳이 없어 보였다.

하지만 백괴는 이곳에 거지들이 있다고 확신하는 모양인지, 다짜고짜 장력을 뿜어내기 시작했다.

조막만 한 손이다. 흡사 열 살 먹은 아이의 그것 같은 손인데, 양손을 한 번씩 밀어낼 때마다 우렛소리가 울려 나왔다.

우르릉! 쫘과과과광!

무차별적인 장력 세례에 사당이 와자작 무너져 내렸다. 그러나 여전히 개미 새끼 한 마리도 보이지 않았다.

"그래도 안 나온다? 두더지 새끼들이 끝까지 두더지 노릇을 하겠다니 아예 기어 올라오지 못하게 묻어주마!"

웅!

백괴가 진심으로 내력을 끌어올리자 장심으로 어마어마한 기운이 모여들기 시작했다. 손바닥이 향한 곳은 바닥이었다.

장심에 어린 거대한 기운을 막 뿜어내려 할 때였다.

"망할 영감쟁이 같으니라고. 그만두지 못하겠느냐!"

멀리 떨어지지 않은 곳에서 들려온 노인의 고함 소리. 소리 이후에 지독한 악취가 풍겼다.

백괴가 인상을 쓰며 소리가 들린 방향으로 시선을 돌렸다. 그곳엔 마치 풀을 먹인 듯 보일 정도로 때가 딱딱하게 굳은 누더기를 걸친 백발노인이 죽장을 짚고 서 있었다.

본 살색도 검은데다 땟구정물까지 더해져 얼굴이 가무잡잡한 거지 노인은 노한 기색이 역력했다.

"아니, 이게 누구야? 네놈은 풍천개가 아니냐?"

풍천개. 개방의 여덟 장로 중 하나로, 흑백괴동과 동배분의 고인이다. 의심할 바 없는 고수이며 백괴와는 익히 안면이 있는 터였다.

"누가 아니라더냐? 그건 그렇고, 다른 한 녀석은 어디다 두고 이 밤중에 예서 혼자 이 짓거리를 하고 있는 게냐?"

풍천개가 죽장을 콩콩 찍으며 천천히 다가왔다. 말이 콩콩이지, 지팡이에 닿은 땅이 두부처럼 푹푹 파고들어 간다. 땅이 무른가 하니 그것도 아니다. 별로 힘을 쓴 것 같지도 않은데, 지팡이에 걸린 주먹만 한 돌이 부서져 가루가 된다.

"놈, 기력은 여전하구나. 네 녀석이야말로 왜 여기에 있는 게냐?"

말투가 무척이나 퉁명스러웠지만 정작 서로 간에 적의는 보이지 않았다.

"이게 바로 네놈 형제 때문이 아니겠느냐? 대체 무슨 억하심정이 있어 우리 개방 거지들을 그리도 못살게 구는 것이냐?"

“크크, 겨우 그것 때문에 이곳까지 걸음하였더냐? 너희 새끼 거지들이야 약간의 사정이 있어서 며칠 부려먹었다만, 털 끝 하나 건드리지 않고 고이 놓아주었거늘, 무슨 큰일이라도 났다고 호들갑이냐?”

풍천개가 다가오던 걸음을 멈추며 정색을 했다.

“백괴야, 대체 어찌 된 사연이냐?”

“뭐가 말이냐?”

“너희 두 늙은이와 관련된 최근의 사건들 말이다.”

풍천개가 질문을 던지고는 눈을 빛냈다. 흑백괴동과 관련된 최근 한 달간의 일들은 개방의 초미의 관심사였다.

“그에 대해서는 말하고 싶지 않다.”

실망스러운 대답에 풍천개가 입맛을 다신다.

“끌끌, 금의위 위사가 된 건 참으로 어처구니없는 일이다만, 어찌 되었든 경천신문이라는 마귀 소굴을 나온 것은 축하할 만한 일이다.”

“말로만 천 날 만 날 축하하면 뭘 하느냐?”

백괴의 시선은 풍천개의 허리춤에 달린 호로병에 닿아 있었다.

세상 사람들은 항주제일루의 여아홍(女兒紅)을 천하제일명주로 꼽는다. 하지만 아는 사람들은 안다. 풍천개의 호로병에 담긴 술이야말로 천하제일의 미주라는 걸.

물론 백괴도 아는 사람 중 하나였다.

풍천개가 맨바닥에 털썩 주저앉아 허리춤에 달려 있던 호로병을 꺼내 흔들자 최면에 걸린 사람마냥 백괴의 시선이 호로병을 따라 이리저리 흔들렸다.

풍천개가 병마개를 딴다. 뽁, 하는 소리와 함께 그윽하고 알싸한 향이 코로 들어와 금세 전신을 휘어잡는다. 술을 즐기기는 하나 밝히는 정도는 아닌 백괴임에도 이제는 마시지 않고는 못 배길 지경이었다.

풍천개가 앞니가 휑한 얼굴로 히죽 웃으며 말했다.

"축하주다. 통째로 마셔라."

백괴가 냉큼 달려가 빼앗듯이 호로병을 낚아채 벌컥벌컥 들이켰다.

"꿀꺽꿀꺽!"

목울대가 위아래로 크게 요동칠 정도로 한껏 치켜들고 들이켰다.

완전한 무방비 상태.

풍천개가 급습을 가하면 꼼짝없이 당할 판인데 전혀 경계하는 빛이 없다. 독? 계략? 그런 것 따위도 일체 신경 쓰지 않고 있었다.

풍천개의 인간됨이야 강호에 널리 정평이 나있는 터. 그것이 아니라도 자식같이 아끼는 술에 독 따위를 탈 풍천개가 아닌 것이다.

백괴는 반 정도 남겨두고 호로병에서 입을 뗐다. 적당히 달아오른 얼굴에서는 아쉬움이 절절이 묻어났다.

"왜, 다 마시지 않고?"

"그러고 싶은 마음이야 굴뚝같다만, 어디 내 입만 입이라더
냐?"

풍천개가 고개를 절레절레 저으며 마개를 던졌다.

"내 술을 입에 댄 놈치고 스스로 중도에 멈춘 놈이 없었는
데, 참으로 네놈 형제도 무던하구나. 단단히 봉해서 가져가거
라. 술은 맛이 하나에 향이 아홉이니라."

백괴가 마개를 받아 단단히 틀어막고는 풍천개 앞에 털썩
주저앉았다. 풍천개가 얼굴을 구겼다.

"이놈아, 가지 않고 또 왜 앉는 게냐? 뭘 더 얻어먹을 게 있
다고?"

"거지야, 미주(美酒)를 통째로 건네준 거야 백번 고맙다만,
한 가지 꼭 알아야 할 것이 있다."

"이놈이 묻는 말에는 함구하더니, 아주 내 밑천은 거덜내려
드는구나. 에잉, 재수가 없으려니까. 어림 턱도 없으니 그만
꺼져라."

풍천개가 벌떡 일어나더니 솟아 나왔던 구멍 쪽으로 휘적휘
적 걸어갔다.

"거지야, 이건 정말이지 중요한 일이다."

풍천개가 걸음을 멈추고 돌아선다.

"좋다. 그럼 남은 술을 돌려다오. 그럼 한 번 생각해 보마."

백괴는 조금도 망설이는 기색없이 풍천개에게 호로병을 던
졌다. 그뿐만이 아니다. 얼굴이 급작스럽게 붉어진다 싶더니,
입으로 맑은 물줄기를 뿜어냈다.

그 직후 사방에 주향이 번졌다. 호로병 마개를 열었을 때 흘러나왔던 청룡주의 향. 백괴는 남은 술만 건넨 것이 아니라 먹은 술까지 고스란히 뱉어낸 것이다.

풍천개의 얼굴이 순식간에 벌겋게 달아올랐다.

"이, 이런 미친 늙은이! 가, 감히 내 술을……!"

풍천개는 화가 머리 꼭대기까지 치솟았다. 지금껏 한 방울의 술이라도 얻어먹겠다고 사흘 밤낮을 쫓아다닌 자는 있었어도 먹은 술을 뱉어낸 자는 결단코 없었다.

"네 술은 틀림없는 천하제일의 명주다. 하지만 내가 알고자 하는 이 일은 한 병의 술이 아니라, 백 항아리, 천 항아리에 담긴 술과도 바꿀 수가 없는 것이다."

백괴의 얼굴이 진지하기 이를 데 없자 풍천개가 분노를 채 식히지 못한 얼굴로 물었다.

"무엇이기에 그렇듯 장담하느냐? 만약 네놈 말이 합당치 않다면 내 반드시 개방의 모든 거지들을 동원해서라도 네놈 두 늙은이를 괴롭힐 것이다."

참으로 모골이 송연해지지 않을 수 없는 말이다.

개방 거지들이 이 한 마리씩만 던져 줘도 이에 물어 뜯겨 죽는다는 말이 우스갯소리만은 아닌 것이, 무공을 떠나서 숫자만으로도 개방은 무서운 방파다.

개방도들이 찰거머리처럼 따라다니며 그들에 대한 온갖 정보를 적에게 흘린다면, 그 즉시로 사형선고나 다름없다. 하다 못해 그 많은 거지들이 흑백괴동이 노망이 들어 똥싸개가 되었다고 노래라도 부르고 다닌다면, 흑백괴동은 하루아침에 노망난 똥싸개가 되는 것이다.

"사람의 목숨이 걸린 일. 수백, 경우에 따라서는 수천의 목숨이 될 수도 있다."

"흥! 어디서 허풍을……."

풍천개가 콧방귀를 뀌며 믿을 수 없다는 뜻을 전하려다 입을 꾹 다물더니 문득 깊은 생각에 잠기더니 한참 후에 약간 창백해진 얼굴로 입을 열었다.

"수백, 수천의 목숨이라 했더냐?"

"틀림없다."

"혹시 지난번 혈사와 관련 된 일이냐?"

백괴는 풍천개가 뭔가 눈치챈 것을 느꼈다. 역시 개방이다. 개방에서도 사람을 갈기갈기 찢어놓은 그 잔혹한 수법을 보고, 천에 하나 만에 하나 의심은 하고 있었던 게다.

백괴가 선뜻 답을 못하자 풍천개가 한층 굳어진 얼굴로 다그쳤다.

"맞구나! 너희 두 괴동은 그 끔찍한 짓거리를 저지른 자를 틀림없이 본 게야. 그렇지?"

백괴가 고개를 저었다.

"보지 못했다."

"거짓말!"

"정말이다. 우리는 아무것도 보지 못했다. 다만 의심 가는 자가 하나 있을 뿐."

풍천개가 입술을 파르르 떨며 다급히 묻는다.

"의심 가는 자! 그 미친 자를 보았더냐, 아니면……."

"그가 피의 굴레에서 벗어난 건 세상이 아는 사실이다. 나는 그의 후손을 말하고 있는 것이다."

"그, 그의 후손! 일곱 번의 폭주, 일곱 번의 혈사!"

"아니지. 이제 여섯 번이다."

풍천개의 얼굴에서 핏기란 핏기는 한 점도 없이 사라져 버리고 말았다. 정말 그의 후예라면 큰일이 아닐 수 없다.

문파가 걸린다면 문파 전체가 초토화될 것이다. 관이 걸린다면 관가 전체가 씨몰살을 당할 것이고, 민가가 걸린다면 한 고을 전체가 피에 잠길 것이다.

그 숫자가 몇이라도 상관없다. 폭주하는 그 순간 놈에게 걸리면 그 즉시로 다져진 고깃덩이가 되는 것이다.

"백괴야, 내게 맡겨라. 반드시 놈을 무림공적으로 지목하도록 만들겠다. 구대문파를 총동원해서라도 기필코 주살할 것이니 속히 말해라. 누구냐, 그놈이!"

"나는 의심 가는 놈이 있다고 했지, 그놈이 확실하다고는 말하지 않았다."

"하면, 말할 수 없다는 얘기냐?"

"아직은 때가 아니다."

"그렇다면 내게 묻고자 한 것이 무엇이냐?"

"혈사의 간격."

풍천개는 비록 지금은 일선에서 물러나 있지만 한때 수많은 정보를 직접 관리하고 정리해 오던 사람이다. 그런 만큼 백괴의 의도를 단숨에 파악했다.

"놈이 한 번 더 그 미친 짓거리를 벌이는 걸 두고 보자는 것이냐?"

"그보다 확실한 증거는 없겠지."

풍천개가 입에서 불을 뿜는다.

"몇백이 죽을지도 모르는데 가만히 두고 보자고? 청룡주 몇 모금에 취하기라도 한 게냐?"

"하면 확실치도 않은 걸 가지고 일단 잡아서 족치고 보자?"

"어쩌면 무고한 목숨일 수도 있을 테지. 하지만 한 생명의 가치를 어찌 수백의 그것과 비교할까."

"그 지긋지긋한 숫자 논리는 집어치워라. 때로는 세상에 백 목숨보다 한 목숨이 중할 때가 있는 법. 만약 우리 두 형제가 오해를 하고 있다면, 그리고 그 오해로 인해 그 녀석을 죽게 만든다면, 세상은 백 명보다 중한 한목숨을 잃게 되는 것이다."

만약 무한이 꾀하고 있는 금의위 정화 작업이 성공적으로 마쳐진다면, 그리하여 정화까지 몰아낼 수 있다면?

무한의 한목숨이 백 명 아니라 천 명의 그것보다 가치있다는 백괴의 말은 절대로 과언이 아닌 것이다.

풍천개가 장탄식했다.

"허! 그처럼 뛰어난 자란 말이로구나. 눈으로 보지 않아도 익히 알겠다. 마선의 후예라면 그쯤은 되어야겠지. 그래 무엇을 보고 놈이 그 괴물의 후예임을 의심한 것이냐?"

"광마인을 보았다. 아니, 광마인일지도 모르는 것을 보았다고 해야 옳겠지."

풍천개의 얼굴이 가일층 굳어졌다.

광마인이라는 세 글자가 깊이 묻어두었던 그날의 기억을 의식 저편에서 끄집어냈다.

풍천개는 이결제자였을 당시 사부를 따라 마선에 의해 멸문당한 한 가문을 조사한 적이 있었다. 햇병아리였던 그를 사부는 한사코 말렸다.

하지만 막 사부로부터 풍천장이라는 강맹한 위력을 자랑하는 장법의 마지막 초식을 전수받은데다, 개방 특유의 타구봉술 또한 수위에 이르도록 익힌 그는 혈기방장하여 도통 겁이라는 것이 없었다.

겁은커녕 세상을 어지럽히는 살인귀와 한판 붙어보고 싶다는 생각까지 하고 있던 차였다.

풍천개가 막무가내로 따라나선 거대한 장원은 황보세가였다. 창술로 산동악가와 쌍벽을 이룬 동시에 당시 강호십대고수를 보유했던 막강한 가문.

시작부터 심상치 않았다. 포탄이라도 맞은 듯 박살난 정문. 그곳으로부터 새어 나오는 짙은 피 냄새는 황보세가의 영화가 이미 옛일이 되었음을 일깨워 주고 있었다.

안으로 들어섰을 때, 그를 비롯한 정파 조사단을 반긴 건 잘 그려진 한편의 지옥도였다. 다리가 후들거려서 서 있기조차

버거울 정도로 역겨운 광경들. 새삼 살인이 똑같은 살인이 아니고, 죽음이라고 똑같은 죽음이 아니라는 걸 깨닫는 순간이었다.

여섯 번이나 게워내면서 간신히 도착한 장원 중심부.

강력한 무력을 자랑하던 이백 수호창대는 잘게 찢긴 육편이 되어 겹겹이 쌓여 있었다.

압도적인 무력과 무력에 못지않은 경영술로 황보가를 단숨에 세가의 반열로 끌어올린 창절(槍絶) 황보천력.

황보천력, 그만은 시체가 온전했다. 눈을 부릅뜬 채로 숨이 멎어 있는 황보천력. 사인은 이마 정중앙에 뚫린 오리 알만 한 구멍이었다.

신병이라 불리기에 손색이 없는 그의 성명병기는 정확히 반토막이 나서 아무렇게나 나뒹굴고 있었다. 순전히 묵철로만 주조하였다는 묵혼이라는 이름의 창.

그 굵기와 한쪽 끝에 진하게 엉겨 붙은 피는 황보천력의 이마에 난 관통상과 무관치 않음을 말해주고 있었다.

이마의 상처 말고는 이렇다 할 상처가 없으니, 죽은 이후에 이마가 뚫린 것이 아니다. 황보천력은 다름 아닌 자기 자신의 병기에 이마를 뚫렸다. 그것도 일격에.

참으로 믿기 힘든 일이었다.

풍천개가 강호십대고수의 죽음 앞에 넋을 잃고 있을 때, 그의 사부는 황보천력의 시신과 오 장 정도 떨어진 곳에 가만히 서 있었다. 사부에게 다가간 그는 또다시 믿기 힘든 현실에 직면했다.

단단한 청석 바닥에 찍힌 족적. 그것은 분명 강력한 진각이 남긴 흔적이었다. 하지만 여타의 그것과는 달랐다.

대게 진각을 구르면 돌바닥이 힘을 못 이겨 깨지기 마련이다. 한데 족히 한 자 깊이로 찍힌 그것은 애초에 거푸집에 넣고 찍어낸 것처럼 주위에 아무런 흔적을 남기지 않고 있었다. 수북이 쌓인 눈 위에 발 도장을 찍은 것처럼 그저 매끈하게 움푹 들어가 있을 뿐이었다.

풍천개가 회상을 거두고 어두운 하늘을 우러렀다.

"허어! 도고일척에 마고일장이라 하더니, 정파에 도천상이라는 걸출한 인재가 나서 기뻐하였더니, 마도에도 새로운 하늘이 섰구나. 핏빛 하늘이!"

"아직 정확한 것은 아무도 모른다. 어서 날짜나 말해라."

풍천개가 하늘로 향했던 시선을 돌려 백괴를 응시했다. 흑백괴동, 확실히 별난 자들이다. 선과 악 중간에 있는 자들. 굳이 나누자면 지나치게 자유분방한 깃을 빼면 징도에 가깝다.

일신에 품은 심법이 선술의 일종인 것을 감안하여도 애초에 심성이 악에 물들 수 없는 자들이었다. 풍천개는 흑백괴동이 필시 그 의심된다는 자의 곁에서 지켜보고 있을 거라는 걸 확신했다.

"좋다. 문서를 뒤져 정확한 날짜를 일러주겠다. 대신 한 가지 조건이 있다."

"날마다 빌어먹는 주제에 죽어도 공짜는 없다는 거로군. 무엇인지 말해라."

"필시 놈은 바로 너희 두 늙은이가 몸담고 있는 금의위에 있는 인물이다. 그렇지?"

질문을 던진 풍천개가 탐색의 시선을 보냈다.

"노부는 조건을 말하라고 했지 질문을 하라고 한 적이 없다."

"쯧, 팍팍한 영감쟁이 같으니라고. 좋아, 말하지. 노부를 너희 일행에 끼워다오."

일행에 끼워 달라?

풍천개의 의도는 명백하다. 흑백괴동이 곁에서 지켜보고 있는 자들 중 하나가 의심 가는 자일 것이 분명한 터. 누구인지 말해주지 않으니 자신이 무리에 끼어서 직접 감별해 보겠다는 것이다.

백괴는 잠시 생각에 잠겼다. 그가 우려한 것은 무한이 마선의 제자임이 확실해지지 않은 상황에서 풍천개가 일을 벌이는 것이다. 한데 그가 일행에 끼게 되어 의심하는 자가 금의위 북진무사라는 것을 알게 된다면, 미치지 않는 이상 진위 여부가 밝혀지기도 전에 섣부른 행동은 못할 터였다.

어쩌면 기회가 될 수도 있겠다는 생각이 든다.

만약 무한이란 녀석이 진짜 마선의 제자라면 제이(第二)의 혈사는 예정된 수순이다. 개방의 요직에 있는 풍천개는 정도무림과 긴밀한 연통이 가능한 자다. 그러면 대책을 강구하여 혈사 중간에 급습하여 참사를 막을 수 있을지도 모른다.

애당초 흑백괴동의 목적은 무한이 마선의 제자가 확실해지면 정도든 마도든 강호에 그 사실을 알려 큰 사단을 막자는 것이었다.

한데 그 모든 것들을 풍천개가 대신해 줄 태세다. 발 벗고 나서겠다는데 굳이 마다할 이유가 없다.

"정말 그러겠다면 도와줄 수도 있다. 하지만 금의위 곁에 머물 수 있는 자는 같은 금의위뿐이다. 만약 우리가 의심하는 녀석이 진짜라면 강호를 구한 협개로 명성이 만천하에 떨치겠지만, 잘못 짚었다면 늙은 거지 너는 꼼짝없이 금의위 위사로 머물러 있어야 한다. 그래도 하겠느냐?"

헛다리 짚은 거라면 개방 장로 자리를 팽개치고 아예 금의위 위사가 되어야 한다는 말이다. 이미 대륙의 기상을 보여주겠노라며 금의위 위사 시험에 응시한 하북삼협이 꼼짝없이 발목이 붙들려 금의위 위사가 되었던 전례가 있었다.

풍천개의 때에 찌든 얼굴에 결연한 의지가 깃들었다.

"상관없다. 마침 장로라는 자리도 질렸던 참이니."

물론 빈말이다. 풍천개가 누구인가. 없어서 거지가 된 자가 아니라, 거지가 되고 싶어 거지가 된 자였다. 지금의 자리와 황제 자리를 바꾸래도 고개를 쩔쩔 내흔들 자라는 얘기다.

"좋다. 우선 할 일이 있다."

백괴가 의외로 쉽사리 허락하자 풍천개가 누런 이를 드러내며 웃었다.

“뭐든 말만 해라.”

“어이쿠, 코가 썩는다, 썩어! 좀 씻으란 말이다, 이 거지 녀석아.”

백괴가 풍겨오는 악취에 코를 싸잡았다.

第四章
풍천개

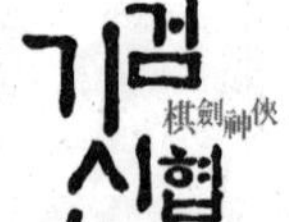

풍천개 1

  이른 시각, 일찌감치 식사를 마친 무한 일행이 짐을 챙겨 출발하려 할 때였다.

  흑백괴동이 이층에서 계단을 내려오고 있는 한 노인을 보고는 반색을 했다.

  "아니, 저게 누구야!"

  "이런! 혹시 천풍이 아닌가? 이게 대체 얼마 만이냐?"

  노인 역시 흑백괴동을 보고 눈을 휘둥그레 뜨며 소리쳤다.

  "어이쿠! 이 친구들, 예전 그대로구나."

  흑백괴동과 숫제 얼싸안고 기뻐하고 있는 남방 억양을 쓰는 노인. 전체적으로 투박해 보이는 인상이었는데, 눈빛만은 정명하기 이를 데 없었다.

예정에 없던 일에 일행의 걸음이 잠시 지체되었다. 일행과 떨어져 한쪽에서 반갑게 이야기를 나누던 세 노인이 무한에게 다가왔다.

흑백괴동은 노인을 자신들의 둘도 없는 벗이라 일행에게 소개하며 말했다.

"무슨 바람이 불었는지 우리를 만나러 불원천리 달려왔다가 금의위에 몸담았다는 소식을 들었다는 게야. 군영으로 가려던 길에 날이 저물어 객잔에 투숙했다가 운 좋게 만난 게지."

청운이 난처한 기색을 숨기지 못했다.

"그렇군요. 한데 이를 어찌합니까, 갈 길이 바쁘니 언제까지고 회포를 풀도록 기다릴 수만도 없는 일이니."

흑괴가 은근히 청운에게 물어왔다.

"허허, 이런 난감할 데가 있나. 거의 십 년 만에 만난 벗을 이대로 보낼 수도 없고. 이 친구도 우리와 동행할 수는 없겠느냐?"

청운은 생각할 것도 없다는 듯 바로 고개를 저었다.

"죄송합니다만 그것은 곤란합니다."

"허허, 이런."

곰곰이 생각하던 백괴가 무릎을 내려쳤다.

"천풍이, 자네도 금의위 위사가 되어보지 그러나?"

천풍이라 불린 노인이 펄쩍 뛰었다.

"예끼, 이 사람아. 농담을 해도 할 것이 있고 안 할 것이 있는 게지. 자네들이야 경천신문 놈들이 괴롭히니 어쩔 수 없었다지만, 나야 어디 그런가? 차라리 그러지 말고 지금이라도 시답잖은 금의위 따윈 때려치우고 고향으로 내려가세나. 경천신문 놈들이 또 달려들면 내 목숨을 걸고서라도 자네들을 도와 줌세."

노인이 소매를 동동 걷어붙이며 금의위를 하겠다고 나서기는커녕 되려 흑백괴동을 나오라고 설득했다.

"시답잖다니? 우리가 고작 놈들이 무서워서 금의위 하겠다고 나선 줄 아나?"

"하면 무슨 부귀영화를 누리겠다고 관에 투신을 해?"

"지금 나라 꼴을 보게. 정화라는 환관 놈의 세상이 아닌가, 이 말이야. 언제까지 두고 볼 텐가. 지금 황제가 어디 황제인가? 우리는 황제의 백성이 아니라 환관의 백성이란 말일세."

흑백괴동이 천풍이라는 노인을 설득하기 시작하는데, 듣고 보니 금의위 위사가 되면 나라를 구할 영웅이 된다는 식이다.

"허허! 자네들이 금의위 위사가 되었다는 말을 듣고 심히 실망하였는데, 알고 보니 그리도 깊은 뜻이 있었군."

노인은 감탄에 감탄, 고심에 고심을 거듭했다.

"어떤가? 할 텐가, 말 텐가? 뜻이 없다면 우리는 지금껏 그래왔던 것처럼 각자의 길을 갈 수밖에 없네. 자, 그럼 여기서 마지막 인사를 하도록 하지."

"성질도 급하군. 누가 하지 않겠다고 했나. 하겠네, 하고말고. 내 반드시 금의위 위사가 되고 말겠단 말일세."

청운이 노인의 말에 눈을 빛냈다. 낯선 남방 지역 사투리라 약간 지장이 있었지만, 알아듣지 못할 정도는 아니었다.

"저 노인도 금의위 위사가 되겠답니다."

청운에게서 노인의 뜻을 전해 들은 무한이 노인에게 말했다.

"금의위 위사가 되겠다고 하셨습니까?"

노인은 이번엔 갑자기 알아들을 수 없는 조선말이 나오자 놀란 표정을 지었다.

"어어? 이건 또 어느 지방 사투린가? 도통 알아들을 수가 없군?"

"진정 금의위 위사가 되러 오신 길이냐고 물으십니다."

노인은 청운의 말을 전해 듣고서야 크게 끄덕이더니 무한에게 도리어 물었다.

"노부야 금의위 위사가 되려고 마음먹은 것이 맞네만, 그러는 자네는 누군가?"

흑괴가 목소리를 한껏 낮춰 핀잔을 주었다.

"어허, 이 사람! 이 친구가 바로 금의위의 북진무사야. 이 젊은 친구에게 잘 보여야 위사가 될 수 있단 말일세."

"허! 지금 뭐라고 했나?"

흑백괴동에게 사전에 아무런 언질도 받지 못했던 노인, 천풍으로 분한 풍천개는 이번만큼은 정말로 놀라고 말았다. 금정 군영에 조선인이 있다는 건 알고 있었다. 조선 중들이 금의위 심사를 하고 있다는 것도 들었다.

하지만 그 직위가 북진무사일 줄이야.

청운은 풍천개가 금의위 위사를 하겠다는 뜻을 보이고부터 그의 얼굴을 세심히 뜯어보았다. 눈빛에 어린 정광으로 보아 강호의 명사가 분명할 텐데, 아무리 떠올려도 마땅한 사람이 생각나지 않았다.

풍천개를 알아보지 못하는 건 청운뿐만이 아니었다. 삶의 대부분을 화산에서 보낸 장량이야 그렇다 쳐도, 강호 경험이 풍부한 하북삼협마저도 풍천개가 설마 개방의 장로라는 것은 생각지도 못했다.

첫째, 생전 본 적이 없으니 알아볼 턱이 없었고, 둘째, 설령 오다가다 한 번쯤 보았다고 해도 백팔십도 뒤바뀐 풍천개의 외모 탓에 알아볼 수가 없었을 것이다.

사실 그들 중 풍천개의 명성만 들었지 실제로 본 사람은 아무도 없었다. 십만 개방도 중에 여덟뿐인 개방 장로는 흔히 길가에 차이는 돌처럼 쉽게 볼 수 있는 존재들이 아니었던 것이다.

청운이 스스로 알아내는 걸 포기하고 입을 열었다.

"흑백 두 분 어르신의 벗이라면 강호에 퍼진 명성이 실로 적지 않을 터인데, 알아뵙지 못해 죄송합니다."

말이야 몰라봐서 죄송하다지만 담긴 뜻은 그게 아니다. 도대체 누구인지 모르겠으니 정체를 밝히라는 말이다.

풍천개가 짐짓 모르겠다는 얼굴로 말했다.

"허허, 죄송할 것까지야. 노부는 평생 광동을 벗어난 일이 없었네. 사문의 장법으로 광동 일각에서는 쥐꼬리만 한 명성을 얻었지만, 이곳 북경 사람이 모르는 건 당연하지."

풍천개의 억양은 정말 광동 지방의 그것이었다. 평생 거지로 살며 가보지 않은 곳이 없던 그라 실제로 광동에서도 일 년 정도 머무른 적이 있었던 차였다. 사투리를 흉내 내는 건 일도 아니었다.

따로 조사를 한다고 해도 상관없다. 광동에 진짜 천풍이라는 장법의 고수가 있었던 것이다. 지금은 마두와의 대결에서 동귀어진하여 산야에 쓸쓸히 묻혀 있지만 말이다.

우연히 지나가다 그의 주검을 목격하고 직접 묻어주기까지 했으니, 그 말고는 천풍의 죽음을 아는 자가 아무도 없었다.

한편 청운은 내심 고개를 끄덕였다.

광동이라면 그야말로 북경과는 남쪽으로 수천 리 길. 명성이 알려지지 않은 것이 이해가 된다. 풍천개의 얼굴 또한 평균 이상으로 거무스름하여 남방에서 왔다는 말도 거짓이 아닌 것 같았다.

"인편을 보내어 따로 알아보겠지만 일단 제가 보기에는 믿을 만한 것 같습니다. 전서구를 날리면 광동 관아에서 조사하여 늦어도 사 일 안에는 신상을 확인해 줄 것입니다."

청운의 말에 무한이 끄덕였다.

"금의 한 벌을 내어드려라."

어딘지 모르게 부자연스러운 기운이 느껴지기도 했지만 그런 기분은 잠시 뿐, 이미 정심한 눈을 본 순간부터 마음을 굳히고 있던 무한이었다.

수가 한 명 더 늘어난 일행은 빠르게 남으로 향했다.

만평 사형제는 여전히 기마 자세가 불안했지만, 전날에 비하면 상당한 발전을 보여 어지간한 속도는 낼 수 있을 정도가 되었다.

일행은 계속해서 역관에 들러 말을 바꾸어 탔다. 그런 식으로 사흘을 꼬박 달려 단현이라는 곳에 도착했다.

단현은 산동과 강소, 안휘 등 세 성과 인접한 지역이다. 당연하게도 물류 이동의 중심지가 되어 성 외곽임에도 사람이 붐볐다.

야심한 시각.

객잔 창문을 통해 나갔던 풍천개는 일각 만에 객잔으로 돌아왔다. 지붕을 통해 처마에 대롱대롱 매달려 창으로 진입하려 할 때였다.

풍천개의 귀가 파르르 떨렸다.

'이건… 인기척?'

들고 나는 걸 들키지 않기 위해 극도로 신경을 끌어올린 덕에 들을 수 있는 기척이었다.

숨죽여 가늠하건대 서넛은 되어 보인다.

허리를 튕겨 다시 지붕 위로 올랐다. 기척이 느껴지는 방향은 객잔 뒤편 야산이었다. 방향을 가늠하자마자 은밀히 신형을 날렸다.

진기 운용을 하지 않아도 인기척이 들릴 정도가 되었을 때,

더욱 기척을 죽이며 근처 나무 위로 올랐다. 풍천개는 뱀이 나무를 타고 오르듯 유연하면서도 일체의 기척을 내지 않았다.

안광을 숨기며 전방을 주시했다.

하나, 둘, 셋, 넷. 짐작대로 넷이다.

'가만… 저들은……?'

달빛이 구름을 뚫고 힘겹게 빛을 실어 나르는 달빛을 고마움도 모르고 파르라니 깎은 머리통이 도로 튕겨내고 있다. 익히 아는 자들, 그들은 만평 사형제였다.

풍천개의 얼굴에 불쾌함이 깃들었다. 중들이 술이라도 마신 모양이다. 취한 듯 이리 비틀 저리 비틀 좀체 균형을 잡지 못하고 흐느적거리고 있다. 뿐만 아니다. 아예 넘어지기까지 한다.

'취한 게 아니었어?'

비틀거릴 때는 영락없이 취객 같은데 넘어졌다가도 벌떡벌떡 일어선다. 그런 걸 보면 취한 것 같지는 않았다. 풍천개가 의문에 싸여 있는 동안에도 만평과 그의 사제들은 넘어지고 일어서고를 반복하고 있었다.

중들 주위를 자세히 살펴보니 잡목이 꺾여 있고, 바닥도 나뭇잎이 쓸려 맨바닥이 드러나 있었다. 그런 것을 보면 한참 전부터 저러한 짓을 하고 있었던 게 분명하다.

'설마 저게 무공 수련이라는 것인가?'

스스로 생각해도 어처구니없는 발상이었지만 어쩌면 그럴 수도 있겠다는 생각이 들었다. 무예 수련이 맞는다면 저건 틀림없이 보법을 연마하고 있는 것일 터였다.

마선의 후예가 사질이라 부르는 자들이다. 진짜 그런지 아닌지는 알 수 없지만 저들도 마선과 관계가 없다고는 볼 수 없다.

순간 풍천개는 등골이 서늘해졌다.

마선, 그리고…… 보법.

마선하면 빼놓을 수 없는 게 바로 보법이다. 마선의 상징이나 다름없게 된 현마진린보가 아니라도 그는 보법과 떼려야 뗄 수가 없는 사람이었다.

절영문(切影門).

그림자마저 절단하고야 만다는 경공과 보법을 장기로 하였던 거대 문파. 마선이 제 손으로 초토화시킨, 자신의 아비가 문주로 있던, 자신이 물려받았어야 했을 문파의 이름이었다.

'필시 저놈들은 단절된 절영문의 보법을 연마하고 있는 게지.'

처음 선한 눈빛과 병색이 완연한 무한을 보았을 때, 마선의 후예라는 생각을 하지 못했다. 오히려 장량을 의심했다가 흑백괴동의 언질을 듣고서야 무한을 유심히 살폈을 정도였다.

흑백괴동의 경우와 비슷했다. 며칠 같이 있어보니 이건 마선의 후예로 보이는 구석이라고는 눈을 씻고 보아도 없다. 숫제 무공이 있는지 없는지도 의심될 정도였다.

하지만 이제는 아니다. 무한의 사질들이라는 자들이 야심한 밤에 몰래 나와 보법을 연마하고 있다면 의심할 여지가 없는 것이다.

풍천개가 무한이 마선의 후예라 확신하고 있는 그때,

"킁킁, 이게 대체 무슨 냄새지?"

넘어진 김에 쉬어 간다고 잠시 수련을 멈춘 중평이 코를 벌름거리며 인상을 썼다.

때마침 앞으로 내딛던 걸음을 급작스럽게 뒤로 옮기던 청평이 균형을 잃었다. 뒤로 크게 두 걸음을 걸어야 될 만한 걸음을 단박에 뛰려 하니 잘될 리가 없다. 넘어지지 않으려 안간힘을 쓰던 청평이 결국에는 벌렁 넘어졌다.

"청평 사제, 사제는 이 냄새가 안 느껴지는 게냐?"

"예, 안 느껴집니다."

"이런 둔감한 놈 같으니라고."

중평의 타박에 청평이 고개를 절레절레 저었다.

"둔감하기는 누가 둔감해요? 둔감한 건 정작 사형이죠. 소제는 아까 전부터 냄새를 참느라 도무지 집중이 안 돼서 숫제 내력까지 동원하여 감각을 틀어막고 있습니다. 그러니 못 느끼는 거지요."

땀을 뻘뻘 흘리며 걸음걸음을 떼어놓던 만평과 오평이 차례로 넘어졌다.

중평이 그들에게 시선을 돌리자 눈빛을 받은 둘은 슬며시 고개를 끄덕였다. 청평과 마찬가지란 얘기다.

도선비기를 전수받은 세 사형제는 오감의 급격한 발전을 보였다. 중평이 이제야 느낀 냄새를 만평 등은 더 일찍, 그리고 훨씬 강하게 느꼈던 이유가 바로 그것이었다.

중평의 눈에 짧은 순간 스친 감정. 그것은 미처 감추지 못한 상실감이었다.

사형과 사제들이 비기를 전수받는 동안 유일하게 비기를 전수받지 못한 그다. 사람인 바에야 전혀 아무렇지도 않을 수는 없는 것이다.

그것을 모를 리 없는 만평이다.

"혹시 산짐승이 똥이라도 싸재끼고 간 거 아닐까? 이를테면 멧돼지나 노루나……."

만평이 화제를 돌리자 오평과 청평이 즉각 호응했다.

꿀꺽!

"맛있겠다."

"얼른 잡아서 굽죠?"

청평은 평소보다 유난히 호들갑을 떨었고, 오평은 숫제 일어서서 눈을 희번덕거렸다.

사형제들의 배려에 의연한 신색을 유지한 중평에 비해 풍천개는 얼굴이 히얗게 질려 버렸다. 그는 은밀하면서도 신속하게 나무에서 내려와 객잔으로 내달았다.

개방 거지들과 접선하느라 잠깐 같이 있었던 것뿐인데, 그 구린내를 맡다니. 대화 내용이야 조선말이라 몰랐지만, 코를 쿵쿵대는 것이 틀림없다.

적어도 삼십 장 가까이 떨어져 있었다는 걸 감안하면 놀라운 후각이다. 오감이 그 정도로 발달했다는 건 단순히 넘어갈 일이 아니다. 짐승처럼 타고나지 않은 이상, 그 정도의 감각이라면 보통내기들이 아닌 것이다.

'마선의 후예만을 경계했거늘!'

중들 또한 무시할 수 없는 존재라는 생각이 들었다.

객잔으로 돌아온 풍천개가 창을 통해 은밀히 방으로 스며들었다.

"알아보았겠지?"

"언제라더냐?"

흑백괴동의 동시다발적인 물음에 풍천개가 품속에서 제법 두툼한 고문서를 내밀었다.

"독개 사숙께서 기록하신 것이다."

마선혈로(魔仙血路).

책 제목이 섬뜩한 붉은 글씨로 적혀 있었다.

첫 번째 혈사부터 시작해 누가 어떻게 죽었고 사건 현장이 어떠했는지 시간순으로 상세히 정리된 마선에 관한 기록이었다.

흑백괴동은 문서를 펼쳐 첫 번째 혈사에 대해 기록된 몇 줄을 빠르게 읽어내렸다.

홍무(洪武) 칠년, 오월 일일.

장강수로맹 본단 상주 인원 사백오십이 명 전원 사망.

범행을 벌인 시간은 축시 말엽으로 추정되며……

이어 두 번째 혈사가 일어난 날짜와 문파를 확인했다.

홍무(洪武) 칠년, 오월 삼십일.

남천협도문…….

　정확히 이십구 일 간격임을 확인한 흑백괴동은 얼른 묘지에서 문정 등과 맞닥뜨렸던 날짜를 계산하더니 얼굴이 점차 딱딱하게 굳어갔다. 식은땀까지 흘리며 짚어보고 또 짚어보았다.

　"흐음, 당장 내일 밤이구나."

　흑괴의 입에서 심음처럼 흘러나온 말이었다.

　당장 내일이라니. 이건 뜻밖이었다. 가까운 시일일 것이라고 짐작은 했다. 하지만 이 정도일 줄이야! 풍천개가 개방 방주에게 전서를 날린 것이 사흘 전. 방주가 각 문파에 전서를 띄운 게 이틀 전이다.

　일 하나 결정하자면 회의에 회의를 거쳐 재고 또 재느라 세월아 네월아 해를 넘기기 일쑤인 것이 소위 정파의 우두머리라는 족속들. 물론 사인이 사안이니만큼 이번에는 발 빠르게 움직일 것이다. 옛적에 저질렀던 과오를 되풀이하고 싶지는 않을 테니까.

　그렇다고 해도 이번 일은 쉽지 않다. 적어도 각파의 장로 급 이상의 거물이 움직여야 뭔가가 되도 될 일. 시일이 걸릴 수밖에 없다는 얘기였다.

　"복안은?"

"대비책은?"

흑백괴동이 혹시나 하는 심정으로 묻자 풍천개가 답답한 마음에 울컥 성질을 부렸다.

"복안? 이 멍청한 난쟁이들아, 고작 하루 남았을 뿐인데 그런 게 있을 리가 없지 않으냐?"

그렇다. 풍천개가 아무리 날고 긴다 해도 벌써 수를 냈을 리 없다. 일러도 너무 이른 것이다.

풍천개가 괜스레 죄도 없는 흑백괴동에게 화를 낸 것이 미안했던지 잠시 후 화를 식히고 냉정히 분석했다.

"앞으로도 하루 이틀은 더 지나야 하산할 고수들의 윤곽을 잡을 수 있겠지. 우리가 있는 곳까지 도착하자면 보름도 부족하다."

보름이면 태자를 호위해 북경으로 돌아가 있을 시간이다. 결국 제이의 혈사는 눈뜨고 지켜볼 수밖에 없다는 얘기다.

"첫 번째와 두 번째 간격은 짧지만 세 번째 폭주는 두어 달 정도의 시간이 있다. 네 번째는 거의 일 년, 다섯 번째는 일 년 반, 여섯 번째는 이 년, 일곱 번째는 다섯 달 만이었다."

어쨌든 이번에는 막을 수 없다. 이제는 희생자가 누가 될 것인가 하는 것이 관건이었다.

이쯤 되면 마선의 전례를 살펴보지 않을 수 없다.

풍천개가 입을 열었다.

"일단 희생자는 정도든 마도든 무림문파가 될 가능성이 크다. 아니, 틀림없이 희생자는 무림문파가 될 것이다."

확실히 마선의 일곱 번의 폭주는 모두 무림문파나 가문을 공격 대상으로 한 것이었다.

풍천개의 말이 계속 이어졌다.

"마지막 일곱 번째 폭주는 급작스럽게 찾아온다. 어이없게도 마선 스스로가 일곱 번째 폭주 때 자신의 문파였던 절영문을 멸문시킨 걸 보면 본인조차도 예상하지 못했음을 알 수 있지. 하지만 나머지 여섯 번은 다르다. 폭주 시기를 스스로가 느끼는 것이라 보는 게 타당해. 한마디로 폭주 직전까지는 지극히 온정한 정신이란 얘기다."

마선은 일곱 번째 폭주를 마친 후 반선의 경지에 오른 후, 홀연히 사라졌다. 이는 자신의 가문을 스스로 피구덩이에 빠뜨린 죄책감 때문이라고 보는 견해가 지배적이었다.

"그러니까 재수가 없어서 놈의 앞길에 놓인 게 아니라, 모두 놈의 선택이었다?"

흑괴의 말에 풍천개가 고개를 끄덕이며 말했다.

"거의 확실하다. 놈은 첫 번째에서 여섯 번째까지 온전한 정신으로 상대를 지목한다. 한 번의 폭주기 있을 때마다 무력이 급성장하는 것으로 보아, 폭주는 곤충의 탈피와 같은 것으로 봐야 마땅하지. 마선의 경우에는 폭주 횟수가 늘어날 때마다 더욱더 강한 문파를 상대했다. 정황상 폭주 자체를 무예 수련의 일환으로 이용했음을 의심할 여지가 없다."

"가만, 그렇다면 이틀이면 우리가 도착하는 곳이 어디지?"

백괴의 물음에 흑괴가 가만 생각해 보더니 말했다.

"돌아가지 않고 홍택호를 거쳐서 간다고 했으니, 이대로라면 사홍에 이르게 되겠지."

풍천개가 놀란 얼굴로 말했다.

"사홍이라면 혼천등마부(混天登魔府)와는 지척이다!"

엄밀히 말해 지척은 아니다. 백 리는 결코 짧은 거리가 아니었으니. 하지만 그것은 어디까지나 일반인의 상식에 기초한 것.

흑괴는 거리가 아닌 다른 것에 대해 의문을 제기했다.

"혼천등마부는 경천신문과 비교해 약간 손색이 있기는 하지만 여전히 거대 문파다. 녀석이 두 번째 상대로 지목하기에는 버겁지 않을까?"

백괴가 고개를 끄덕이며 말했다.

"내가 생각해도 형님 말씀이 옳은 것 같다."

혼천등마부는 절대로 호락호락한 문파가 아니다.

부주 혼천마(混天魔) 사무종. 사무종의 혼천멸겁장은 정말이지 추측 불허의 위력을 자랑한다. 흑백 두 괴동보다 내력이 우위로 평가되는 몇 안 되는 자가 마도 최고 수준의 장법을 소유했으니 그 위력이야 달리 설명할 필요가 없었다.

단순한 비교로 경천신문의 문주 경천도 풍소백과 대등한 자라고 보면 맞다. 오히려 난폭한 성질까지 더하면 공격력만큼은 풍소백보다 한 수 위일지도 모른다는 것이 그에 대한 강호 무림의 평가였다.

또한 혼천등마부에는 사무종만 있는 게 아니다. 그를 제외하고도 흑백괴동 개개인과 견줄 만한 자들이 최소 다섯은 된다. 그야말로 복마전, 마두의 소굴인 것이다.

이모저모 따져 본 풍천개가 생각에 잠겼다.

사십 년 전 마선지로의 두 번째에 놓였던 문파. 사파무림의 일각을 지탱하던 군림패도문이라는 대문파였다. 하지만 역시 냉정히 판단했을 때, 혼천등마부에 비해 여러모로 손색이 있었다.

당시 마선에 의해 몰락한 문파 중 지금의 혼천등마부와 비슷하거나 우위의 전력으로 생각되는 문파는 네 개다. 네 번째 폭주의 희생양이 된 황보세가부터 일곱 번째 폭주 때 사라진 절영문까지.

일곱 번의 탈각 후에는 천하제일고수가 보장된다고 해도 과언이 아니다. 그러한 상황에서 과연 목숨을 걸면서까지 무리한 상대를 골라 탈각을 진행하려 들 것인가.

"휴, 역시 무리인가?"

그렇다면 혼천등마부가 아니라면 어디란 말인가.

백발이 성성한 세 노인이 마주 앉아 머리를 쥐어짜 보지만, 딱히 떠오르는 것이 없었다. 아니, 하나 있기는 했다.

흑괴가 자신없다는 말투로 입을 열었다.

"혹 남궁세가의 오하(五河) 지부라면?"

오하는 안휘성이지만 사홍과는 오십여 리 정도밖에 떨어져 있지 않다.

하지만 풍천개는 단호히 고개를 저었다.

“거리상으로는 오히려 혼천등마부보다 가까우니 문제가 없
다. 하지만 너무 약해.”

흑괴가 말했다.

“오하에 머물러 있는 남궁세가의 고수는 누가 있지?”

풍천개가 즉시 대답했다.

“그곳에 있는 고수라고 해봐야 남궁정뿐인 걸로 안다. 남궁
정 또한 절정고수라고는 해도 간신히 발을 들여놓은 수준에
불과해. 여러모로 손색이 많은 검사란 얘기야. 물론 그 말고도
상주 무인이 백여 명 남짓 되지만 볼 것도 없어.”

본가도 아닌 일개 지단이라. 마선의 혈로에 놓기에는 약해
도 너무 약하다.

혼천등마부, 남궁세가의 오하지부. 이도저도 명쾌한 느낌은
아니다. 그래도 둘 중 하나를 고르라면 혼천등마부 쪽에 무게
가 실리는 것이 사실이다.

무거운 침묵 중에 풍천개가 갑자기 뭔가 생각난 듯 급히 입
을 열었다.

“깜빡 잊고 있었구나. 북경에서부터 줄곧 우리 뒤를 쫓는 심
상치 않는 무리들이 있다.”

“뭐라? 우리 뒤를 쫓는 자들이 있어?”

“본 방 식구들이 전해준 소식이니 거의 확실하다고 보면 된
다.”

경천신문의 원수로 낙인찍힌 흑백괴동은 신경이 쓰이지 않
을 수 없었다.

"누구라더냐? 그 수는 얼마고?"

"한 무리가 아니다. 백오십 명 정도로 구성된 한 무리는 오십 리 정도 떨어진 채 접근하고 있고, 다른 무리는 백여 명 정도에 불과 이십여 리 밖에 있다. 그 두 무리 모두 아무래도 동창의 번복들인 것 같다는 보고다."

경천신문이 아니라니 그나마 다행이다. 문주 경천도가 미친 척하고 고수들을 모조리 끌고 나오기라도 한다면 그야말로 큰일이 아닐 수 없었다.

"동창이라면 이해가 된다. 그 고자 녀석이 금의위에게 태자 호위를 맡겨놓고 뒷구녕으로 농간을 부리는 것일 테지."

백괴의 말에 흑괴가 끄덕이며 말했다.

"녀석이 쥐새끼 같은 동창 놈들이나 깨끗이 정리하면 원이 없겠다."

흑괴는 자신이 말하고도 깜짝 놀랐다. 백괴와 풍천개의 반응도 비슷했다.

가만 생각해 보니 그렇다. 남궁세가의 오하 지부보다는 혼천등마부가, 혼천등마부보다는 뒤따르는 동창 세력이 더욱 폭주 대상으로 입맛에 맞을 것 같았다.

"혹시라도 녀석이 동창이 뒤따르는 걸 모를지도 모를 일이니 알려줘야겠다."

흑백괴동의 얼굴에 웃음이 번졌다.

풍천개가 말했다.

"좋아. 일단 놈의 광기의 화살을 동창 쪽으로 돌리자. 혹시

모르니 남궁세가 오하 지부와 혼천등마부에 주의하라는 연통
을 넣어두겠다.”
  흑괴가 다소 놀란 안색으로 말했다.
  “혼천등마부까지 말이냐?”
  “물론이다. 아무리 우리 정파와는 노선을 달리하는 자들이
라고 해도 인간 같지 않은 괴물에게 허무하게 죽게 내버려 둘
수는 없는 것 아니겠느냐?”
  흑백괴동은 풍천개의 정대한 행동에 내심 감탄을 금치 못했
다.
  마도도 마음에 들지 않았지만, 위군자들이 판치는 정파도
마음에 내켜 하지 않던 그들이었다. 한데 지금 풍천개가 보여
주는 행동은 가히 진정한 정도인의 풍모라 할 만했다.
  풍천개가 얼굴을 일그러뜨리며 말했다.
  “왜 그런 눈으로 보는 것이냐? 설마 날 믿지 못하겠다는 것
이냐? 정 그렇다면 너희 두 난쟁이들이 발로 뛰어가서 일러주
든가.”
  “쯧쯧, 이놈아, 누가 믿지 못하겠다고 했더냐? 흰소리 그만
하고 서둘러라.”

2

  다음날 이른 시각.
  무한 일행이 떠나기 전 서둘러 식사를 하고 있을 때였다. 한

무리의 무림인들이 새벽 이슬을 함초롬하게 맞은 모습으로 객
잔으로 들어섰다.

복장부터 무기, 느껴지는 내력까지 각양각색이다. 무리를
이루고 있지만 한 문파에 소속된 무인들이 아님을 한눈에 알
수 있었다.

분위기는 천차만별이나, 겉에 받쳐 입은 피풍의가 이슬과
먼지로 뒤범벅이 되어 있는 모습들은 엇비슷하다. 그들의 여
정이 짧지 않았음을 알 수 있는 대목이었다.

우르르 몰려들어 와 저마다 자리를 찾아들던 무리는 한쪽
구석을 온전히 차지한 무한 일행을 보고 흠칫 굳어진다.

갑자기 싸해지는 분위기. 약간의 과장을 보태자면, 중평의
젓가락질 소리가 천둥소리처럼 들릴 정도로 정적이 감돌았다.

객잔에 나타난 무림인들의 시선이 빠르게 무한 일행 쪽을
훑었다. 시선이 일렁이고 그다음은 얼굴이 일그러진다.

금의 장포가 무엇을 상징하는지 모를 자는 대명 천지에 아
무도 없다.

곱지 않은 시선들. 하지만 감히 도발하는 자는 없다. 건드리
거나 가까이하기는 싫은 눈빛, 독사를 마주한 자들의 눈빛이
다. 그리고…….

"헉!"

"헉?"

무리 여기저기서 갖가지 헛바람이 터져 나왔다. 작아서 오
히려 튀는 희한한 자들. 흑백괴동을 보았음이다.

한데 의외로 놀라는 건 잠시였다. 무리는 삼삼오오 의견을 교환하느라 바쁘다.

"형씨, 설마 저 두 늙은이 흑백괴동은 아니겠지요?"

"당연히 아니겠지. 그자들이 미쳤다고 금의위를 하겠소?"

무한 일행 중 내가고수 아닌 자가 있던가. 딴에는 낮게 주고받는다고 나누는 말들이 귓구멍을 숫제 후벼 팔 정도로 생생히 들려온다.

무한은 전혀 상관없어 보이는 자들이 무리를 지어 다니는 것이 못내 이상하게 생각되었다. 무리를 바라보는 무한의 시선에서 의문을 읽은 청운이 입을 열었다.

"저들이 이상해 보이십니까?"

무한이 고개를 끄덕이며 말했다.

"낭인이라는 자들이냐?"

"낭인인 자들도 몇 명 정도는 있을 겁니다. 하지만 대부분은 일정한 문파에 소속되어 있던 자들입니다."

밥 세 그릇을 말끔히 비운 중평이 배를 두드리며 말했다.

"그런데 왜 저렇게 몰려다녀? 뭐 얻어먹을 게 있다고."

"얻어먹을 게 있으니까 저러는 거지요. 저들은 지금 제남으로 향하는 길일 겁니다."

중평이 되묻는다.

"제남? 산동악가가 있다던?"

"아시는군요."

"일전에 회도방 사람들이 경천신문을 피해 그쪽으로 갔었지 아마?"

"맞습니다, 그 제남이. 저들도 지금 산동악가를 가는 길일 겁니다."

"거긴 왜? 무슨 회갑 잔치라도 난 거냐? 그렇다고 해도 그렇지, 잔칫상 한 번 받아보겠다고 수백 리 길을 가?"

오평이 웃으며 말했다.

"크크, 중평 사형이라면 그러고도 남죠."

그 말에 호응하듯 곁에 있던 청평이 키득거렸다.

"저도 중평 사형이라면 간다에 걸겠습니다."

"이놈들이 사형을 놀려?"

무한은 화제에서 벗어나 티격태격하는 사질들에게서 청운에게로 시선을 돌렸다.

"저들이 산동악가로 향하는 이유가 뭐지?"

"해마다 이맘때쯤 산동악가에서는 무인들을 받습니다."

"무인을 받는다? 산동의 악가라 하였으니 문파가 아니라 가문일 텐데, 씨족이 아닌 자들을 가문의 일원으로 받는다는 거냐?"

"북진무사님의 의문은 당연한 것입니다. 하지만 저들로서도 어쩔 수 없는 선택입니다. 문파와 달리 세가는 혈족을 중심으로 이루어지기 때문에 실상 가세를 키우는 데 어려운 점이 많습니다. 무공이나 경제적으로는 성장할 수 있어도 인원의 한계란 어쩔 수 없는 것입니다. 그런데 문제는 질적으로나 양적으로 마도 방파들이 덩치를 불리고 있다는 데 있습니다."

잠자코 듣고 있던 만평이 입을 열었다.

“그러니까 옛 방식만을 고수하다가는 먹히기 딱 좋다? 해서 새로운 길을 모색한 것이 일반 문파처럼 외부 인사를 영입하는 것이다?”

“그렇습니다.”

만평이 무리를 힐끗 보며 말했다.

“저런 어중이떠중이를 데려다 어디다 쓰게?”

“전에도 말씀드렸지만 고수를 영입하는 것은 쉽지가 않습니다. 일단 고수라 부를 수 있는 자들 중 단체에 소속되지 않은 사람이 극히 드뭅니다. 혹여 한둘이라면 모를까, 그 이상을 영입한다는 건 불가능하죠. 그러니 우선 중소 문파나 낭인들 중 무재가 있다고 판단되는 자들을 끌어모으는 겁니다.”

“자질을 보고 뽑아서 입맛에 맞게 키운다?”

“맞게 보셨습니다. 세가들 중 산동악가가 사오 년 전에 가장 먼저 시작을 했고, 지금은 혈족에 대해 지극히 보수적인 사천당가와 검의 명가라는 자존심이 남다른 남궁세가 말고는 모두 시행하고 있습니다.”

청운의 설명은 틀린 데가 없었다.

문원을 개방한 세가 중에서도 산동악가의 대접이 가장 좋다고 알려졌다. 그들은 가문을 지탱하는 초극의 비전을 제외하고 어지간한 무예는 숨기지 않고 전수했다. 게다가 영입한 무인 중 상위 두 명에게는 특수한 교육을 한다고 했다. 진정한 고수를 만들겠다는 것이다.

그러니 변변한 무공 비급 한 권이 없는 강호 무인들이 열광

할 수밖에.

강호 무인들의 영원불변한 이상향은 뭐니 뭐니 해도 강력한 무공. 전국 각지에서 산동악가로 향하는 인원이 해마다 수천 명에 달하는 이유가 바로 이 때문이었다.

"그러면 뭘 하나. 듣자니 경천신문에 먹힐 뻔했다면서?"

중평의 말에 청운이 고개를 저었다.

"산동악가의 가세가 다른 거대 문파나 세가들에 비해 기우는 건 사실입니다. 하지만 앞으로도 그럴 것이라 보는 사람은 별로 없습니다. 어디까지나 투자에 의한 단기적인 현상이라고 보는 것이 맞습니다. 날개를 달기 전 허물을 벗는 시기, 즉 과도기지요. 그러니 경천신문이 서둘러 산동악가를 치려고 한 것입니다."

오 년 전 영입해 교육을 받고 있는 자들이 언젠가는 모습을 드러낼 것이다. 그렇다면 이야기는 달라진다. 해마다 기존의 세가 전력에 더해 백 명의 인원이 보강되는 것이다. 최초 영입자들이 모습을 드러내고 오 년이 더 지나면 오백 명의 양질의 무인을 얻게 되는 셈이다. 결코 가볍게 볼 것이 아닌 것이다.

무한은 가만히 생각에 잠겼다. 산동악가 소속의 무인이었으되 구씨 성을 쓰고 있었던 두 형제. 구화엽, 구정협이라 했던가? 무한은 그들이 품은 의기와 무예를 잊지 않았다.

만약 산동악가가 영입한 자들을 구씨 형제와 같은 무인으로 길러낸다면?

경천신문의 위용이 어느 정도인지는 몰라도 목적한 바를 이루기는 쉽지 않을 것이다.

무한이 그런 생각에 잠겨 있을 때,

"어린 노무 자식들! 어르신들 식사 중이니 닥치고 밥이나 처먹어!"

풍천개의 입에서 무리를 향해 거친 말이 터져 나왔다. 본업이 거지인지라 본래의 말투가 드러난 셈이었다.

그 때문에 흑백괴동을 비슷하게 생긴 다른 자들이라고 결론짓고 제 세상이라도 만난 듯 왁자지껄 떠들던 무리가 일제히 입을 다물었다.

풍천개의 안면에 꽂혀드는 수십 쌍의 시선.

무림인들이 관군을 피하는 건 더러워서이지 무서워서가 아니다. 더군다나 무소불위의 동창도 아니고 동창에 이리저리 차이는 금의위인 바에야.

아니나 다를까, 인상 하나로 고수 찜 쪄 먹게 생긴 무사 하나가 껄렁한 자세로 일어섰다.

"카악, 퉤. 내참, 더러워서. 이보쇼, 노인장."

"……."

시정잡배와 동급인 상스러운 말투와 행동. 금의위 감찰단원들은 잠시 할 말을 잃었다.

"우리가 금의위라면 빌빌 대면서 오줌이나 지리는 놈들 같소? 금의위면 얌전히 북경 백성들 고혈이나 짤 일이지 예까지 원정을……."

말하며 건들건들 다가서던 자가 흠칫 굳어졌다. 당장에라도 튀어나올 듯 부릅뜬 눈은 풍천개의 측면, 정확히 말해 흑괴의 등을 향하고 있었다.

전면을 보고 있던 흑괴가 슬쩍 돌아섰던 것. 그 덕분에 흑(黑) 자가 커다랗게 드러나 보였다. 정적이 맴도는 가운데 험상궂은 인상의 사내가 가까스로 정신을 수습해 시선을 돌렸다. 다른 자들의 시선도 일제히 이동했다.

수십 쌍의 시선을 한 몸에 받은 사람은 백괴였다.

"내 등도 보고 싶다?"

그랬다. 무리는 백괴의 등에 혹시 백(白) 자가 적혀 있는 것이 아닌가, 조마조마한 심정으로 그를 본 것이다.

"우리가 흑백괴동이든 아니든 중요치 않아. 중요한 건 네놈들이 무례를 범했다는 것이지. 무례에 대한 대가는……."

우우웅!

방금 전까지 젓가락이 들려 있던 백괴의 작은 손. 공이라도 쥐고 있는 것처럼 둥글게 말린 손에서 심상치 않은 공명음이 들려왔다. 손 주변의 공간이 일그러지는 착각과 함께 막대한 기운이 몰려들기 시작했다.

손 위에 두둥실 떠 있는 유형화된 기운. 이글거리는 어른 주먹만 한 청색 구체가 육안으로도 확연히 드러나 보였다.

"커억!"

"헉!"

"지, 진짜 흑백괴동이다!"

무리는 저마다 비명처럼 한마디씩 외치고 우당탕 객잔 밖으로 도망쳐 나갔다.

　장내를 순식간에 정리한 백괴가 손에 모았던 진기를 거두며 은근슬쩍 운을 떼웠다.

　"험! 어젯밤 개방 거지들을 족쳐 알아낸 사실인데 말이다."

　개방이라는 말이 나오자 청운이 즉각 관심을 보였다. 짐을 챙기고 있던 장량과 하북삼협도 손길을 멈추고 시선을 돌렸다. 만평 사형제들만이 저희들끼리 손짓 발짓을 해가며 무엇인가 심각하게 의견을 교환하고 있을 뿐이었다.

　"두 무리가 우리를 쫓고 있는 것 같다."

　흑백괴동은 어제 풍천개로부터 들었던 내용을 자신들이 알아낸 것처럼 말했다.

　동창의 방해가 있을 거라는 것은 이미 예상했던 일. 하지만 직접 확인하는 것과 '그럴 것이다' 라는 막연한 예측은 부담감부터가 달랐다.

　태자를 호위해 북경으로 향하는 길이 결코 순탄치 않을 거라는 긴장감이 무리를 짓눌렀다.

　흑백괴동은 약간씩 굳어진 일행의 표정을 살피다 자연스럽게 무한의 얼굴을 보았다. 청운에게서 동창에 대한 이야기를 전해 듣고도 무한은 그저 고개를 미미하게 끄덕일 뿐이었다.

　'당최 속을 알 수 없는 놈.'

　흑백괴동은 내심 혀를 차고 말았다. 무슨 생각을 하는지 도무지 알 수가 없었던 것이다.

두두두!

쭉 뻗은 관도를 달리는 마차와 말들의 걸음은 힘차기만 하다. 남쪽으로 향하는 일행의 속도는 더욱 빨라져 있었다.

명조후가 말을 달리며 뒤를 돌아보았다. 무리없이 뒤따르고 있는 만평 사형제가 비춰들자 두 눈동자에 감탄의 빛이 깃들었다.

시선이 중평에 닿았다. 말을 배운 지 고작 며칠이 지났을 뿐인데 벌써 말의 호흡을 읽고 있다. 중평이 그러한 경지라면 다른 세 명은 또 다르다.

말의 호흡을 읽는 것은 물론 말의 움직임에 자신의 몸을 맞추고 있다. 세 사형제 중에서도 만평은 단연 탁월했다. 대단하다는 감탄사가 목구멍까지 올라왔다.

만평 사형제의 장족의 발전은 도선비기와 무한의 조언에 힘입은 바 컸다.

그들은 무한의 조언에 따라 자세며 뭐며 따질 것 없이 오로지 말의 호흡을 읽는 것에만 주력했다.

비기로 인해 바짝 날이 선 오감은 무엇을 하든 천군만마의 위력을 주었다.

말의 호흡은 물론이요, 근육 하나하나의 움직임까지 세세히 읽혔다. 이제는 허리를 세우고 있어도 말의 전신기관이 어떻게 움직이는지 머릿속으로 그려질 지경이었다. 하루하루가 아니라, 매 시간 시간 기마술이 달라지고 있었다.

명조후의 순수한 감탄을 뒤로하고, 만평 사형제를 바라보는 풍천개의 눈빛은 전혀 다른 감정을 표출하고 있었다.

자신이 일행에 합류할 당시만 해도 어설프기 짝이 없던 자들이다. 한데 금방 능숙한 모습을 보이다니. 감탄보다는 욕지기가 치밀었다. 당최 음흉한 자들이 아닌가.

'쯧쯧, 연기를 하려거든 티라도 나지 않게 할 것이지.'

그나마 뚱뚱한 중은 연기력이 쓸 만하다. 그 또한 기마술이 장족의 발전을 이루었지만, 그 정도라면 무인으로서 얼마든지 이루어낼 수 있는 성과였다.

이건 의심하려고 드니 어느 것 하나 진실되어 보이는 게 없다. 이건 도무지 진심이라는 것이 있는 자들인지 의문이었다.

이렇듯 무한과 만평 사형제에 대한 흑백괴동과 풍천개의 일방적인 오해의 골은 끝을 모르고 깊어져만 갔다. 그러는 가운데 일행은 문제의 땅 사흥을 향해 전진 또 전진했다.

문제의 밤은 어느 때보다도 빠르게 찾아오고 있었다.

第五章
혼천등마부

여기 요란한 밤의 서막을 여는 자가 있었다.

낙우산(落雨山).

거대한 도끼를 들어 수직으로 쪼개놓은 듯 산 뒤편은 깎아지른 듯한 절벽이다. 반면 지세가 완만한 전면은 온 산을 뒤덮은 수림으로 장관이다.

장정 대여섯이 팔을 벌려야 겨우 끌어안을 수 있을 만큼 거대한 자태를 뽐내고 있는 나무들은 족히 누천년의 세월을 묵었을 법하다.

낙우송(落雨松).

이 거대한 침엽수는 가을이 되면 잎이 한 번에 우수수 떨어지는데, 그 모습이 마치 하늘에서 비가 쏟아지는 것 같다 하여 붙여진 이름이었다.

산중의 해는 유난히 빨리 저물기 마련이다. 울창한 수림으로 덮인 산이라면 더욱 그렇다.

어둑어둑해질 저녁 무렵 동창은 무한 일행이 여곽에 든 것을 확인하고 곧바로 진을 치기 시작했다. 그리고 얼마 지나지 않아 짙은 어둠이 내리깔렸다.

"일, 이조는 반씩 나누어 동서남북 사방을 경계하고, 나머지는 진을 치는 것을 서둘러……."

당두들을 불러놓고 경계 지시를 내리고 있던 하만이 문득 입을 다물었다. 그의 시선은 숲에 고정되어 있었다. 생각보다 이르게 찾아온 어둠에 몸을 푹 담근 검은 숲.

당두들의 시선이 하만의 그것을 쫓았다. 일류를 상회하는 당두들. 그럼에도 아무것도 느낄 수 없었다. 하만의 행동이 무엇을 의미하는지 모르는 자는 아무도 없었다.

자신들은 느낄 수 없는 누군가가 있다.

당두들의 신중한 기색이 무리 전체에 전해지며 일순 숲이 정적에 묻혔다.

진을 꾸리던 번복들의 손놀림이 멈추고 대신 허리에 찬 세류검에 손길이 닿는다.

당두 중 하나가 어둠 속으로 뛰어나가려 할 때,

"그만!"

하만의 낮고 짧은 제지 명령이 떨어졌다.

당두들과 번복들이 잔뜩 웅크린 자세로 하만의 다음 명령을 기다렸다.

“상대는 하나. 하던 일을 마저 하라.”

처리는 자신이 하겠다는 것이다.

파팟!

어둠을 향해 몸을 던지는 하만에게 주저함이란 찾아볼 수 없었다.

“어떤 경우에라도 자리를 이탈하는 자는 없어야 할 터. 어기는 자는 군령으로 다스려 즉참(卽斬)할 것인즉!”

하만의 음성이 동창 위사들의 귀로 송곳으로 우겨넣듯 파고들었다.

기척은 하만이 다가가는 속도에 맞춰 산정을 향하여 멀어졌다. 그리고 어느 순간 느려지기 시작하더니 우뚝 정지했다. 산의 북편, 깎아지른 듯한 절벽을 십여 장도 남기지 않은 곳이었다.

“그래, 나에 대해 뭘 알아낸 것이 있던가?”

조롱의 기색이 완연한 하만의 음성에 거대한 나무 뒤에서 모습을 드러내는 그림자. 절벽 너머 천공으로부터 내려 쪼이는 월광에 그림자가 천천히 걷혀갔다.

드러난 진면목은 거대한 도를 등에 메고 천신처럼 우뚝 선 장신의 노인. 북경에서부터 줄곧 하만의 뒤를 추적해 온 경천신문의 제일봉공 풍운마도였다.

“이제부터 알아보아도 늦지는 않겠지.”

처척!

팔을 치켜들자 거도가 도감을 튕겨지듯 벗어나 손에 감기듯 빨려들었다. 맨손인 풍운마도와 도를 쥔 풍운마도는 백팔십도 다르다.

장포는 찢어질 듯 펄럭이고 안광은 새파랗게 타오른다. 흡사 눈으로 불을 뿜는 듯하다.

도를 쥐자마자 광포한 살기가 줄기줄기 뻗어 나오는데, 그 살기가 유형에 가까워 피부가 따끔거릴 정도로, 하만으로서도 실로 태연히 받아넘기기 버거울 정도였다.

'이건 생각보다 더하구나!'

역시 풍운마도는 풍운마도다. 일전과는 또 다르다. 허투루 칼을 뽑은 것이 아니다. 이번에야말로 생사결인 것이다.

풍운마도의 엄청난 기세에 하만의 얼굴이 굳어졌다. 봉인된 힘을 쓰려고 마음먹고 온 길. 군법까지 들먹이며 수하들의 발까지 묶었지 않은가.

하지만 정작 쓰려고 마음먹자 걸리는 게 한두 가지가 아니었다. 하만의 얼굴로 어떤 망설임이 눈을 통해 그대로 투영되었다.

백전, 아니, 천전의 노장이 하만의 눈빛을 읽지 못할 리가 없다. 일전 기루의 지붕 위에서 일전을 겨루었을 때도 이와 같은 일이 있었다. 힘이 없어서가 아니라 힘을 감추는 눈빛.

"어리석은 놈. 죽음이 코앞인 바, 본색을 끝까지 숨길 수 있는지 두고 보리라!"

터어엉!

단 한 번의 발 구름에 승천하는 용의 기세를 품는다. 번쩍 솟구친 장신이 떨어질 때는 포효하는 대호의 그것과도 같다.

콰콰콰콰!

거도에 담겼던 막대한 진기가 짙푸른 도기로 탈바꿈되더니 도기의 칼날은 하만을 일말의 온정도 없이 세로로 양단해 갔다.

하만의 억센 손에 틀어 잡힌 세류검이 광속으로 검갑을 벗어난다. 무음(無音). 정작 검갑을 벗어날 때는 소리가 없더니, 검이 거도가 뿜어낸 도기와 맞닥뜨리기 직전에야 요란한 소리가 울렸다.

치리리링!

내치는 검의 속도가 오히려 소리보다 빨라 빚어진 현상이었다.

꽈아아앙!

곧이어 터진 광포한 폭발음이 세류검의 앓는 소리를 압도했다.

"크윽!"

억눌린 신음이 악물린 이 사이를 비집고 나왔다. 하만은 본래 서 있던 자리에서 두 줄기 깊은 고랑을 이 장가량 만들며 속절없이 밀려났다.

이를 어찌나 강하게 악물었던지 이 사이사이 잇몸이 터져 피가 홍건하다.

압도적인 힘을 머금은 거대한 도를 단지 폭이 한 치밖에 안

되는 검으로 맞받은 것치고는 선방이었다. 하지만 풍운마도의
공세는 이제 시작일 뿐이었다.

들이치며 횡격! 광범위한 공세에 도무지 피할 길이 없다. 방
법은 그대로 맞받는 것뿐.

꽈앙!

유려하게 회전하며 전격!

원심력까지 더해진 도기가 하만의 전신을 휘감을 듯 달려들
었다.

까가가강!

세류검의 이가 뭉텅뭉텅 빠져나갔다.

일도마다 노도와 같은 진기가 담겨 하만의 전신을 터뜨릴
듯 짓눌렀다. 거도 앞에 세류검은 너무도 하찮아 보였고, 장신
에서 뿜어내는 마공에 하만은 너무도 연약해 보일 뿐이었다.

애써 초식이란 것을 쥐어짜 낼 필요가 없었다. 내뻗는 일도
일도가 그대로 초가 되고 식이 되는 초절한 경지. 풍운마도 백
여휘의 공격은 그와 같았다.

한 손으로 휘두르는 위력도 그와 같을진데,

처척! 백여휘가 거도를 양손으로 단단히 거머쥐었다.

“풍운마도. 역시나군.”

쩡그렁!

아무렇게나 내던진 세류검이 바위에 부딪치며 불꽃을 만들
어냈다. 이가 다 나가도록 주인에게 충성한 대가치고는 허망
한 최후였다.

한바탕 휘몰아쳐 하만을 궁지에 몰았던 백여휘가 잠시 한숨을 고르며 시선을 나뒹구는 세류검에 머물렀다 이내 하만의 얼굴에 닿았다.

부러졌다면 모를까, 이가 빠졌다고 병기를 버리는 건 있을 수 없는 일이다. 병기에 대한 예우가 아니기도 하거니와, 하물며 지금은 강적을 앞에 두고 있지 않은가.

하지만 백여휘는 그럴 줄 알았다는 얼굴이었다.

“이제야 보이느냐. 너의 진신병기는 결코 검은 아닐 터.”

“잘 아는군. 어디 한번 와보시지.”

입가로 터진 피가 줄줄 흐르는데도 하만의 얼굴은 여유로 넘쳤다.

백여휘의 눈동자에서 꺼졌던 불길이 화악 하고 피어올랐다.

‘놈! 진실로 자신에 차 있다는 얘기냐?

하만이 보인 여유는 위장이 아니었다. 진심으로 우러나온 것. 억지로 만든 것이 아니다. 그것이 백여휘에게는 불쾌하게 다가왔다.

놈은 맨손이다. 설마하니 권장(拳掌)이 주특기는 아닐 터.

암기일까? 아니면 독? 그도 아니면…….

풍운마도는 하만의 자신만만한 얼굴이 그토록 불쾌하면서도 선뜻 나서지 못하고 있는 자신을 발견했다. 그것이 더욱 화가 났다.

“마음에 들지 않아!”

그것은 자신에게 한 소리였다.

　자신이 전투에 임함에 앞서 언제 이렇게 재고 따졌던가. 단숨에 들이쳐 도를 쪼개보면 즉시 답이 나올 것을 이토록 미적미적댈 이유가 없는 것이다.

　부딪친다. 그리고 박살낸다!

　우르릉!

　거도가 다시 뇌력을 머금는다.

　“놈! 가라!”

　진기로 겹겹이 여며진 거도가 거산준령이라도 쪼갤 듯 갈라졌다.

＊　　　＊　　　＊

　한편 초저녁 무렵 사홍에 이른 무한 일행은 다른 날보다 일찍 객잔을 잡았다. 홍택호를 건너자면 배를 타야 했는데 배를 띄우기에는 시간이 어중간했다. 날이 밝을 때까지 기다리는 수밖에 다른 도리가 없었다.

　무한은 식사를 간단히 마치고 곧장 자신의 방으로 들었다. 흑백괴동과 풍천개가 바짝 긴장한 시선을 교환하며 일어섰다. 세 노인이 식사를 하는 둥 마는 둥하며 자리를 뜨려 하자 중평이 능글능글한 웃음을 흘리며 말했다.

　“으응? 노인네들이 강행군에 밥맛을 잃었나?”

　오평이 끄덕이며 말을 받았다.

　“늙으면 밥힘으로 산다는데, 입이 깔깔하더라도 더 드시지 그러십니까?"

세 노인은 만평 사형제들을 슬쩍 바라보았는데 그 시선이 어째 묘하다. 곧 등을 돌려 숙소가 있는 이층 계단으로 올라가는 노인들을 보며 중평과 오평이 어깨를 으쓱해 보였다.

방 안에 든 무한은 촛불도 켜지 않은 채 품속에서 얇은 서신을 꺼내 펼쳤다. 짙은 음영이 드리워 있었지만 무한은 글을 읽는 데 아무런 지장을 받지 않고 있었다.

기존의 자료와 황실의 강호 문건을 종합하여 우선 혼천등마부에 대해 조사하였네.

자네가 찾는 자의 용모와 나이, 무공 수위를 감안하여 장로와 봉공, 빈객 등 고위층 자제들을 위주로 집중 조사하였음을 밝혀두는 바일세.

조사 결과, 미심쩍은 자들의 신상은 아래와 같네.

혼천등마부.

부주. 사무종.

슬하에 사남을 두고 있음.

사남 중 세 명의 신원은 확실함.

단, 삼남의 정체는 이름을 제외한 모든 것이 모호하여 알아낼 수 없었음.

사무종의 삼남.

이름. 사유정.

나이. 이십구 세(추정).

칠 세 이후 대외 활동이 전무하며…….

일찌감치 차기 부주로 지목돼 폐관수련 중이라는 소문이 있으나 확실치는 않음.

선천적인 병이 있어 부중 심처에서 요양 중이라는 소문도 있음. 이 또한 확실치 않음.

제일봉공 탁신의 이남.

이름. 탁마영.

나이. 삼십일 세.

혼천등마부의 전위 삼대 중 마령대의 부대주로 있으며…….

무한은 원적에게서 받은 첫 자료를 다시 한 번 훑어내린 후, 조심스럽게 접어서 품속에 갈무리했다.

남경행이 결정되었을 때, 진로를 이곳 사홍으로 잡은 것은 홍택호를 배로 건너면 거리가 단축되는 이유도 있었지만, 첫째는 혼천등마부를 염두에 둔 것이었다.

혼천등마부는 이곳에서 동북 방향으로 백 리 길. 길에 연연하지 않고 직선으로 산을 넘으면 최소한 이십 리 정도는 줄어들 것이다.

만평과 사형제들이 방 안으로 들어섰다. 중평이 유등에 불을 사르자 어둠이 화들짝 놀라 저만치 달아나고, 무한의 모습이 비춰들었다.

무한은 정갈한 자세로 먹을 갈고 있었다. 그 모습이 하도 경건하여 누구도 선뜻 입을 여는 사람이 없었다. 청학무관 시절 박환에게서 먹을 가는 도를 익혀 그 자세가 몸에 고스란히 밴 탓이다.

연하지도, 그렇다고 너무 탁하지도 않다. 무한은 적당히 갈린 먹물을 옥병에 모두 부어 넣는다. 옥병을 품속에 갈무리하며 일어서자 만평이 물었다.

"사숙, 어디를 가시려는 것입니까?"

잠시 망설이던 무한은 곧 사실을 이야기했다. 무한의 말을 들은 만평은 한껏 굳어진 모습으로 물었다.

"혼천등마부는 어떤 곳입니까?"

"자세히는 모르나 경천신문에 비해 별로 손색이 없는 문파라 하였다."

경천신문의 위력이야 흑백괴동과 백여휘의 등장으로 익히 짐작하고 있었다. 아니, 얼에 하나도 제대로 모른다는 것이 맞을 것이다. 그럼에도 불구하고 그것만으로도 경천신문에 대한 두려움을 알기에는 충분했다.

"이번에는 나 혼자 간다."

경천신문에 준하는 문파에 단신으로 뛰어들겠다는 것이다. 우려가 되지 않을 수 없다.

"안 됩니다!"

“당연히 안 되죠!”

만평 사형제들은 격하게 반대했다. 예상했던 반응이다. 무한은 차분히 설득했다.

“싸우겠다고 가는 것이 아니다. 단지 확인 차 나서는 길이지 않으냐?”

“그러니 동행하겠다는 것입니다. 싸움이 일어날 것도 아닌데 저희를 굳이 떼어놓고 혼자 가실 연유가 없지 않습니까?”

안심시키려 한 말인데 오히려 그것을 꼬투리로 따라나서겠단다. 난감한 한편 가슴 한쪽이 훈훈해져 왔다. 그런 만큼 이들을 더욱 데려갈 수가 없었다.

비기를 전수받았다 하나 아직은 위험하다. 비기와 보법을 몸에 적응시키려면 최소 몇 달은 더 죽어라 고련해야 한다.

“다섯이서 몰려간다면 필시 저들이 오해를 할 것이다. 게다가 내게는 이것이 있지 않으냐?”

반짝, 유등을 받아 찬연히 반짝이는 것은 금의위 북진무사의 신패, 금검패였다.

아무리 금의위의 평가가 바닥이라고는 하나 북진무사면 누구도 함부로 할 수 없는 고관이다. 그에 만평 사형제의 얼굴이 조금은 누그러졌다.

“이번만은 혼자 가겠다.”

만평이 다짐을 받았다.

“분명히 이번뿐이라 하였습니다.”

“물론이다.”

번쩍!

옆방에서 진기를 최대한 순환시켜 무한의 동정을 살피고 있던 흑백괴동과 풍천개가 동시에 눈을 떴다.

"드디어 움직이는가."

풍천개가 말과 함께 창문을 열어젖혔다. 동쪽 방향으로 쏘아져 가고 있는 그림자가 시선에 잡혔다. 금방 까마득해지는 것으로 보아 굉장한 속도였다.

"저 방향은……?"

일단 그림자가 사라진 방향은 혼천등마부가 있는 쪽이다.

"역시 혼천등마부였어!"

흑괴의 말에 풍천개가 고개를 저었다. 아직 속단하기에는 이르다는 뜻이다.

파팟!

세 줄기 신형이 객잔을 벗어나 동쪽 하늘을 갈랐다.

앞서 간 무한은 그림자도 보이지 않게 된 지 오래였다. 정확한 예측이 불가능한 상황에서 섣불리 움직이는 건 좋지 않다고 판단한 풍천개는 흑백괴동과 함께 개방의 토지묘로 향했다.

"방천이 네 이놈, 게 있느냐!"

풍천개가 부르기 무섭게 풀로 교묘히 위장된 돌 뚜껑이 열렸다. 지독한 악취와 함께 흡사 두더지를 연상케 하는 작달막한 거지 하나가 삐죽 머리를 내밀었다. 풍천개를 확인한 거지가 부리나케 뛰어나와 엎드렸다.

"풍 장로님, 그렇지 않아도 새로운 소식이 있어 뵈러 가려던 참이었습니다요."

"새로운 소식이라니? 시간이 없으니 속히 보고하라."

"예예, 우선 동창 무리가 낙우산에 진을 틀었습니다."

"낙우산이라니? 그곳이 어디냐?"

"낙우산은 이곳에서 동북쪽으로 이십 리 쯤 떨어진 곳입죠. 산은 그리 크지 않은데 산 북쪽으로 깎아지른 듯한 절벽이 있고 천 년 수령의 낙우송이 즐비하여⋯⋯."

이야기가 허튼 곳으로 흐르려 하자 풍운개가 즉각 제지했다.

"그만! 다른 소식은 없느냐?"

"아, 하나 더 있습니다. 남궁세가 쪽 동태를 궁금해하시는 것 같기에 그쪽을 조사했는데⋯⋯."

"그쪽에 무슨 변동 사항이라도 있더냐?"

"남궁세가 본가에서 오하 지부로 인원을 추가로 파견했다고⋯⋯."

"뭣이라! 추가 파견이라니? 몸을 피하라 서신을 보냈는데 그게 무슨 귀신 씨나락 까먹는 소리냐!"

방천이 고개가 쑥 들어가서 말했다.

"피하라는 전갈에 혼천등마부 때문에 지부를 단 한시도 자리를 비울 수 없다는 답변을 들었답니다. 본 방의 제자가 끈질기게 채근하니 알았다며 내쫓다시피 몰아내더랍니다."

풍천개의 음성이 다급해졌다.

"그래서? 그냥 물러나왔다더냐?"

"아닙니다. 그럴 리가요. 협의지도가 있는데 어찌 사지로 기어들어 가는 걸 그냥 보고만 있었겠습니까요. 거듭 사태의 심각성을 알렸다고 합니다. 그러자 오하 지부에서 본가에 서한을 보냈으며, 답변을 듣는 즉시 상황에 따라 행동하겠다고 했답니다. 하여, 이제 됐구나 싶어 물러나왔는데……."

그런데 남궁세가의 선택은 무인의 추가 파병이었다는 것이다.

풍천개가 발을 구르며 소리쳤다.

"그래, 누가 얼마나 더 온다고 하더냐?"

방천이 기어들어 가는 소리로 말했다.

"창룡연화검과 존검대인 것으로 보고가 되었습니다. 아마 지금쯤 도착했을지도……."

창룡연화검, 그리고 존검대!

창룡연화검 남궁운은 가까운 예로 풍운마도 백여휘와 비교해도 손색이 없는 고수다. 초절정고수라는 얘기다.

존검대 또한 무시할 수 없다. 대주 화룡검 남궁상의 검술이야 두말할 나위도 없거니와, 이 백에 달하는 대원들 개개인이 일류 고수다. 하지만 문제는 상대가 괴물이라는 데 있다.. 그 정도 가지고는 턱도 없다.

풍천개의 분노는 당연했다. 상대는 마선의 제자다. 광기에 물든 순간만큼은 무적이라 해도 과언이 아니질 않은가.

"이런 멍청한 자들 같으니라고!"

추가 파병이라니. 남궁세가가 이 같은 결론을 지은 것은 남궁세가가 개방의 정보를 온전히 신뢰하지 않은 요인과 검가의 드높은 자존심이 복합적으로 작용한 것이라고 볼 수 있었다.

개방을 신뢰하지 않았다는 것도 화가 치밀지만, 참으로 미련한 자존심에 헛웃음마저 나올 지경이다.

남궁세가 때문에 고민이 늘었다. 혼천등마부에 이어 동창, 이제는 남궁세가까지 염두에 둘 수밖에 없게 되었다.

풍천개가 심각한 얼굴로 턱을 쓰다듬으며 말했다.

"그 광마 놈이 과연 어디로 갔을까?"

흑괴가 말했다.

"창룡연화검이 오하 지부로 오고 있다는 걸 알지 못한다고 봤을 때, 동창 쪽이나 혼천등마부 쪽이 가능성이 훨씬 크다. 둘 중에 고르라면 혼천등마부를 택하겠다."

백괴도 그 말에 동의를 표했다.

"놈이 동창을 친다면 상관할 바 아니다. 하지만 혼천등마부를 친다면 달라. 놈에게 혼천등마부가 무리라면 부상당할 가능성이 그만큼 크다는 것이니, 어쩌면 기회를 보아 뜻밖의 결과를 만들어낼 수 있을지도 모를 일이다."

혼천등마부에도 남궁세가 오하 지부처럼 개방도를 보내 마선 후예의 출현을 알린 상태였다. 하지만 남궁세가가 하는 양을 봤을 때, 혼천등마부도 버티고 있을 가능성이 컸다.

문파를 버리고 잠시 피신해 있는다는 건 쉽사리 결정할 일

이 아닌데다, 정도문파의 한 축을 담당하는 개방이 전해준 정
보를 아예 믿지 않을 수도 있었다.

세 노인의 눈빛이 빠르게 교환되더니 말이 필요없이 의견의
일치를 보았다.

파팟!

내공이라면 셋 모두 둘째가라면 서러워하는 자들. 세 노인
은 내력을 아끼지 않고 각자 펼칠 수 있는 최고의 경공을 발휘
해 야공을 갈랐다.

2

무한은 혼천등마부로 향하며 최선책을 머릿속으로 그려보
았다.

정문으로 당당히 입성할 경우 조용히 부주를 만날 수 있을
가능성은 없다고 봐야 했다. 대장을 만나야겠으니 안내하라고
해서 순순히 따를 자는 없을 테니까. 최소한 몇백 명은 때려눕
히고 큰 사단이 나야 심처에 있는 부주가 나와도 나올 것이다.

가장 의심 가는 자가 부주의 셋째 자제였기에 어쨌든 부주
를 만나야 해결될 일. 그는 조용히 시작해서 최대한 은밀히 끝
내려는 생각을 가지고 있었다.

'역시 은밀히 접근해야겠어.'

일반적인 경우라면 부주의 처소에 잠입하는 걸 성공한다고
해도 부주와의 싸움은 피할 수 없을 것이다. 하지만 금검패가

있으니 어쩌면 싸움이 나지 않고도 완만히 일을 풀어나갈 수 있을지도 모른다. 물론 부주의 셋째 아들이란 자가 전립이라면 상황은 완전히 달라질 것이다.

횡횡!

경물이 순식간에 스쳐 지나갔다.

전립을 잡으러 가는 길에 전립을 통해서 얻은 경공을 사용하고 있으니 기분이 묘하다. 참으로 역설적이지 않은가.

단거리에 있는 적을 공략할 때 유용했던 보법은 역시 보통 것이 아니었나 보다. 약간의 진기 운용 방법을 변형시킨 것만으로도 장거리를 주파하는 데 전혀 문제가 없었다. 문제가 없는 정도가 아니라, 바람이 얼굴을 때려 볼이 얼얼할 정도로 속도가 나고 있었다.

무한은 난생처음으로 전력을 다해 신법을 펼치면서도 마음 한구석이 무거웠다. 새삼 전립과 그가 속한 문파가 크게 다가왔다.

전립도 이와 같은 경공을 쓰고 있을 것이다. 경공 하나만 봐도 이럴진대, 다른 건 어떠할 것인가.

무한은 산정에 서서 어둠에 싸인 거대한 장원을 내려다보았다.

무한이 서 있는 산 건너편, 닭 버슬을 닮은 바위산 바로 아래 터를 잡고 있는 장원이 바로 혼천등마부였다. 수십 채의 크고 작은 전각이 질서있게 배열되어 있는 가운데, 뒤쪽은 수직 절벽이 병풍처럼 버티고 서 있다. 족히 오십 장은 되어 보이는 절벽은 그대로 천연의 방패다.

후면은 적이 침입할 때 가장 방어하기 껄끄러운 곳이다. 그런 면에서 뒤를 신경 쓰지 않아도 되니 외적을 방비하기 용이한 지형이라 하겠다. 반면 막기 버거운 강적이 출현한다면 몰살당하기 딱 좋은 지형이기도 했다.

'배수의 진. 어떤 적이라도 죽을지언정 물러서지 않겠다는 것인가?'

사무종이라 하였다. 저런 극단적인 위치에 터를 닦은 부주의 성정이 어렴풋이 짐작되었다.

장원 전경을 대충 훑은 무한은 안력을 최대한 끌어올렸다. 십 리 거리가 당겨지듯 다가왔다. 비교적 감시가 허술한 곳을 찾아 침입할 경로를 정하기 위해 기감까지 동시에 끌어올렸다.

"……?"

그 순간 무한의 얼굴에 의아함이 깃들었다. 장원 전체를 희미하게 뒤덮은 회색빛 기운은 무엇인가. 날카로운 중에 음울하고, 음울한 중에 살기가 짙다. 그러한 기운은 장원 안쪽으로 갈수록 짙어지고 있었다.

절벽과 가장 가까운 커다란 전각에 이르러 암운은 숫제 해일처럼 일렁이고 있었다. 그쪽은 부주의 거처가 있을 것으로 짐작되는 곳이었다.

소리없는 비명이 먼저 투명하게 빛나는 무한의 눈동자를 파고들었다. 다음은 귓가를 찌르르 울리더니 머릿속까지 뒤흔들어 놓았다.

이건 죽음의 기운이다. 지금도 누군가가 죽어나가고 있다. 변고가 있는 것이다. 그것도 크나큰.

파락!

옷자락 펄럭이는 소리가 산정에서 아래로 길게 이어졌다.

퍼펑! 파아앙!

단숨에 산을 내려온 무한은 장원 후미로부터 터져 나오는 굉음을 들으며 이 장에 이르는 담 위로 솟구쳐 올랐다. 느낌으로 전해졌던 죽음의 기운이 이제야 오감으로 전해진다.

진득하게 풍겨오는 피 냄새에 절로 얼굴이 일그러진다. 피비린내뿐이 아니다. 말로 형언키 힘든 역겨운 향이 장원 전체를 잔뜩 메우고 있었다.

퍼엉! 쿠쿠쿵!

그야말로 지축이 울렸다.

강렬하다는 말로는 태부족한 존재. 광포한 기운을 숨김없이 뿜어대는 엄청난 존재가 저기 있다. 그리고 그에 대항하는 만만치 않은 존재 둘. 막강한 기운 하나에 약간은 처지는 기운 하나. 약한 자의 기운이 백여휘의 기운과 맞먹는 수준이었다.

마지막으로 거대한 존재에 비해 미약하기 그지없는 기운이 하나 느껴졌다.

이 드넓은 장원에 산 사람이라고는 단 넷밖에 없는 것이다.

텅!

무한은 장원 후미를 향해 쏘아져 갔다. 장원 길목마다 널브

러진 처참한 시체들. 도무지 인간이 벌였다고는 믿기 힘든 참상.

텅!

다시 지붕을 박차며 아래로 시선을 돌렸다.

이곳도 마찬가지다. 숨 쉬는 자라고는 없다. 살아 숨 쉬는 자는 고사하고 온전한 시체조차 없을 지경이었다.

피가 내를 이루고 갈가리 찢긴 육편이 도처에 널려 있다. 광포한 진기로 터뜨린 시체. 그것도 모자라 육포 찢듯 육신의 힘으로 찢어발긴 흔적도 보인다.

무한은 치솟는 살기를 좀처럼 억누르지 못했다. 아니, 아예 그럴 필요성을 느끼지 못했다. 놈은 가까이 있다. 이 전각만 넘으면 인간이로되 인간이기를 포기한 자가!

그때였다, 여인의 찢어지는 비명이 들린 것은.

"아악! 안 돼!"

여인의 비명은 곧이어 불어닥친 거대한 진기의 충돌에 삽시간에 묻혀 버렸다.

쿠쿠쿵!

여인의 비명이 있은 직후 무한은 보법을 발동했다.

꽝! 우지끈, 파사삭!

내력이 썰물처럼 용천혈로 내달았고, 보법의 발아래 눌린 전각이 거인의 발에 밟힌 듯 와르르 무너져 내린다. 작용이 있으면 그에 상응하는 반작용이 따르는 법.

꽝!

무한은 수십 장을 촌각으로 일축해 나아갔다. 느리게 움직이는 시간 속에 부주전 처마 밑에 웅크리고 앉아 바들바들 떨고 있는 여인이 먼저 눈에 들어왔다. 방금 전 비명을 지른 여인이었다.

여인에게서 중앙으로 시선을 돌렸다. 마침 광기로 물든 사내가 두 노인에게 쇄도하고 있는 것이 보였다. 치명상. 두 노인은 입으로 피를 꾸역꾸역 게워내고 있었다. 살 가망성은 없어 보였다. 이미 죽음이 확실시된 자를 거듭 공격하다니!

광기로 물든 자. 광마의 쇄도는 빨랐다. 이 또한 생경한 경험이었다.

보법을 극성으로 운용할 때만큼은 자신 이외의 모든 것이 느리게 느껴졌다. 때문에 극심한 내력 소모 속에서도 홍포노조를 가볍게 꺾을 수 있었고, 흑백괴동을 손쉽게 제압할 수 있었다. 한데 놈은 전혀 그렇지 않았다. 느리게 흘러가는 시간 속에서 놈만은 정상적인 속도를 보이고 있었다.

무한은 놈이 적어도 자신에 필적할 만큼 빠르다는 걸 깨달았다.

'막을 수 없다!'

거의 엇비슷한 속도인데 놈과 두 노인의 간격은 자신보다 훨씬 가깝다. 죽음에 임박한 노인들이었지만 눈앞에서 산산이 부서져 나가는 꼴은 가만히 두고 볼 수가 없었다.

좌라라랑!

일부러 극렬한 살기를 뽑아내며 세차게 만화를 풀어냈다.

만화가 뿜어내는 예기는 실로 심상치 않은 바.

흠칫!

두 노인에게 들이치던 놈 또한 간과할 수 없었던 모양인지 이쪽으로 고개를 꺾었다. 몸은 처음 향했던 그대로인데 고개만 급격히 꺾여 돌아오니 괴기스러운 분위기가 연출되었다.

광속과 광속 사이에서 얽힌 두 쌍의 시선.

홍안(紅眼)이다. 놈의 눈동자는 충혈되다 못해 새빨갛게 물들어 있었다.

무한의 눈동자가 걷잡을 수 없이 떨렸다. 긴장감에 가슴 어림이, 정확히는 심장이 뻐근해져 왔다. 믿을 수 없는 존재감이었다.

홍안 깊숙한 곳에 담긴 유일한 감정. 놈의 단상을 보고야 말았다. 단지 눈에 띄는 모든 것을 멸살(滅殺)하고야 말겠다는 차디찬 의지로 똘똘 뭉친 광인에 지나지 않았다. 그것을 빼면 놈의 내면은 아무것도 없었다. 완전히 빈껍데기였다.

어쩌면 의지라고 하기보다는 본능에 가까운지도 모른다.

놈은 상처 입은 맹수였고, 살인 기계였다. 인간이고서는 저런 눈빛을 가졌을 리가 없다.

피로 물든 놈의 입꼬리가 슬쩍 올라갔다. 비웃음이다. 아예 무한을 외면하고 두 노인에게로 다시 시선을 돌렸다. 놈의 몸도 정상이 아님이 분명한데 두 육장에 담긴 기세가 가히 파천의 그것이었다.

이미 다 죽다시피 한 노인들을 앞선 시체들처럼 터뜨리기라

도 할 모양이다. 난생처음 절로 욕지기가 튀어나온다는 기분
을 온몸으로 실감했다.

그 순간 내버려 둘 수 없다는, 결코 뜻대로 되게 하지 않겠
다는 의지가 무한의 전신을 지배했다.

'놈!'

쐐애액!

만화가 짙푸른 기운을 담고 이쪽 공간에서 저쪽 공간으로
날아갔다.

장력을 내쏘려던 놈이 번개같이 돌아섰다. 만화는 이미 놈
의 코앞이다. 놈의 홍안에 당황한 기색이 얼핏 서렸다.

놈의 쌍장과 만화의 정면충돌.

꽈과과광!

이건 생각보다 더하다. 만화에 담긴 절세적인 힘이 씻은 듯
해소되며 저쪽으로 아무렇게나 튕겨져 나갔다.

무한이 힘을 잃고 날아가는 만화를 향해 번개같이 손을 뻗
었다.

치리링! 처척!

만화가 반가운 소리를 내며 손 안으로 빨려들었다.

무한은 만화를 단단히 거머쥐고 굳건히 섰다. 놈은 이제야
두 노인을 포기하고 이쪽으로 돌아섰다. 입가에 비웃음 대신
강렬한 적의를 머금고 있었다.

"크흐흑—!"

놈의 입에서 울음도 웃음도 아닌 기묘한 소리가 흘러나왔

다. 목 언저리에서부터 소름이 전신으로 퍼지는 걸 보니 실로 맨손으로 맹수를 눈앞에 둔 기분이다.

이지를 상실한 놈이다. 미친놈이란 얘기다. 미친 자에게 인내를 기대하는 건 어리석은 짓. 놈의 인내력은 잠깐 서 있는 것만으로도 바닥을 드러냈다.

'온다!'

"크허헝!"

놈이 잠시 쏘아본다 싶더니 예의 섬전 같은 속도로 공격해 왔다.

터엉!

동시에 땅을 박차는 무한이다.

좌라라라!

만화가 새파란 검기를 어두운 창공에 줄기줄기 수놓았다. 찰나지간 놈의 양손도 회색 운무로 덮였다. 검기로 쳐놓은 그물을 놈의 피에 절은 쌍장이 거침없이 파고들었다.

그그그긍!

무한의 눈이 경악으로 물들었다.

참으로 기가 막힌 일. 피와 살, 뼈로 이루어진 육장이 분명하거늘, 금석이라도 가리지 않고 가를 검기를 맨손으로 헤집고 들어왔다.

하지만 정작 무한을 놀라게 한 것은 그것이 아니었다.

놈의 손을 둘러친 잿빛 기운. 저것이야말로 눈에 익은 것이 아닌가.

"전립?"

무심코 튀어나온 이름이다. 하지만 단연코 눈앞에 있는 자는 전립이 아니었다.

놈이 전립이 아니라는 명백한 근거는 적어도 열 가지는 넘었다. 단순히 눈에 보이는 것만 따져 보아도 키가 전립보다 훨씬 컸고 덩치도 좋았으며 얼굴도 전혀 달랐다.

그 냉철하고 치밀한 자가 이런 미친 자라는 것 자체가 말이 안 되는 것이었다. 하지만 놈의 손에 어린 기운은 절대로 놈과 무관치 않음을 외치고 있었으니…….

무한이 잠시 주춤한 순간, 놈이 검기를 낱낱이 흩어놓고 가슴팍을 노리고 장을 내질렀다.

우르릉!

벌써부터 가슴이 섬뜩해졌다. 글자 그대로 노도(怒濤), 성난 파도와 같은 진력이다. 몸이 정상이 아닌 것 같은데도 이 정도라니, 어안이 벙벙해졌다.

"어림없다!"

말이 입으로 흘러나온 순간 그대로 강력한 의지가 되었다.

촤락, 차라라랑!

검첨으로부터 순식간에 퍼져 나가는 푸른빛 자욱한 구름. 볕도 들지 않는 석실에 처박혀 수만, 수십만 번의 칼질 끝에 만들어낸 검화의 정수, 검운(劍雲)이었다.

놈이 창졸간에 장을 조로 변화시켜 열 손가락을 독수리 발톱처럼 구부렸다. 아까처럼 검운을 통째로 집어 뜯을 기세다.

놈이 검망에 두 팔을 담근 순간,

찌지지직!

"크윽!"

무한의 입에서 한줄기 신음과 함께 선홍색 피가 비집고 나왔다. 이번에 손해를 본 것은 무한만이 아니었다.

"끼아아아악!"

놈이 비명과 함께 족히 한 바가지는 될 법한 양의 피를 입으로 내뿜으며 거칠게 튕겨졌다.

"큭!"

놈이 뿜어낸 피를 고스란히 뒤집어쓴 무한은 다시 한 번 신음을 토했다. 문제는 피가 아니라 놈이 내지른 비명이었다. 비명 자체가 그대로 음공과 다를 바 없었다.

무한은 잠시 주춤거렸고, 그 틈에 놈은 더욱 거리를 벌려 안정을 되찾았다.

무한이 일그러진 안색으로 고개를 들어 놈을 바라보았다. 내기가 일순간 뒤엉켰다. 아직도 고막이 터질듯 윙윙대고 심장이 벌렁거린다. 속이 미식거리는 것으로 보아 적지 않은 내상을 입었음을 느낄 수 있었다.

놈도 단단히 화가 난 모양이었다. 당장 갈아 마시지 못해 안달하는 눈빛 그대로였다.

전립을 찾을 실마리를 보았다.

'결코 놓칠 수 없다.'

무슨 수를 쓰든 잡아놓아야 한다. 미쳐서 대화가 통하지 않으면 뇌를 해부해서라도 놈이 누구고 어디서 왔으며 전립과는 무슨 사이인지 알아내고야 말겠다!

무한은 결심을 굳히며 다음 공격을 준비했다. 따로 들이칠 필요도 없이 놈이 다시 쇄도할 기미를 보이고 있었다.

움찔!

"……?"

당장에라도 공격할 태세였던 녀석이 주춤거렸다. 녀석의 빨간 눈동자에 처음으로 이지적인, 사람다운 감정이 스쳤다.

순식간에 파괴 본능을 비집고 모습을 드러낸 감정, 그것의 실체가 망설임이었다는 것을 아는 것은 오래 걸리지 않았다. 하지만 망설임은 나타나기 무섭게 사라지고 놈은 본래의 모습을 되찾았다.

놈이 본성을 되찾고 다시 쇄도하려 전신 근육을 잔뜩 수축시키는 순간,

"삐익—!"

어딘가로 부터 가냘픈 피리 소리가 한차례 길게 울려나왔다.

'이번에는 또 누구냐?

무한이 놈을 경계하며 피리 소리의 근원을 가늠하려 할 때였다.

터어엉!

놈이 공격한다? 아니다. 그 반대였다. 놈은 오히려 피리 소리를 기점으로 무한과 정반대 방향으로 몸을 날렸다. 뜻밖의

행동, 놈은 도주하고 있었다.

"이런!"

파팟!

놈의 행동은 분명 예상을 뒤집은 것이었지만 무한의 반응은
알고 있었다는 듯 빠르기만 했다. 하지만 동시에 뛴 것과 보고
반응한 것은 달라도 너무 달랐다. 놈은 단 한 번의 도약으로
이미 십 장 밖이었던 것이다.

텅, 텅!

놈이 땅을 한 번씩 박찰 때마다, 단단한 화강암으로 포장해
놓은 바닥이 푹푹 꺼진다. 그 반동으로 놈은 어둠을 찢어발기
며 쭉쭉 나가고 있었다.

이미 몇 번의 겨룸으로 짐작은 했다지만 이건 더욱 굉장하
다. 거리가 좁혀지기는커녕 일 장 이 장씩 자꾸만 멀어진다.
이대로는 놓칠 형편이었다.

'절대로 놓칠 수 없다!'

파아앙!

움푹 파인 한 쌍의 발자국을 남긴 채 무한의 신형이 공간을
압축해 들어갔다. 흑백괴동 등이 현마진린보라 부른 보법의
발동이었다.

십오 장… 십… 칠… 사……!

엄청난 진기 손실이 있었지만, 그에 상응하는 속도를 얻었
다. 십오 장까지 벌어졌던 간격이 일순간에 사 장만을 남겼다.
이제 검을 뻗으면 놈의 등이 코앞까지 들이닥치리라.

스스스!

보법의 상식을 벗어난 속도에 바람결을 교묘히 파고드는 상상을 절하는 검속. 그 완벽한 궁합에 오히려 검은 너무도 조용하게 뻗어나갔다. 검첨이 향한 곳은 놈의 다리!

무한은 놈이 만화의 칼 아래 쓰러질 것을 믿어 의심치 않았다. 하지만 그때 다시 한 번 예측하지 못했던 일이 벌어졌다.

파아앙!

이번에는 놈의 발밑에서 난 소리였다.

이건 또 무엇인가. 사 장이라는 거리가 계속 유지되고 있다. 덕분에 놈의 등을 거칠게 갈라놓았어야 마땅했을 만화는 허망하게 빈 공간을 유영했다.

놈의 등은 사 장 이내로는 더 이상 좁혀지지 않았다. 오히려 펼친 보법의 공력이 다할 때 즈음, 놈은 멀어지기 시작했다.

서서히 멀어지던 놈의 등은 공간을 쭉 잡아 늘인 듯 삽시간에 삼십 장 밖이다.

'아뿔싸!'

왜 그 생각을 못했던가. 이 보법은 전립의 걸음을 보고 익힌 것. 놈이 전립이란 놈과 관계가 있는 것이 확실한 이상 놈이 보법을 쓸 수 있다는 걸 염두에 뒀어야 했다. 오히려 보법을 쓴 것에 대해 놀랄 사람은 자신이 아니라 놈인 것이다.

놈과의 거리는 삼십 장 이상. 조바심이 났지만 최선을 다해 뒤쫓았다. 그때 어둠 뒤에 도사린 거대한 어둠이 보였다.

거대한 어둠?

무한의 얼굴에 깃들었던 초조한 빛이 단번에 씻겼다. 입가에 지어진 회심의 미소.

거대한 어둠의 정체. 그것은 다름 아닌 절벽이었다. 산정에서 확인했듯이 놈이 향하는 혼천등마부의 뒤편은 암벽이 병풍처럼 버티고 서 있는 것이다, 자그마치 오십여 장에 이르는.

놈과의 거리는 조금씩 벌어지고 있었지만 무한은 여유가 있었다. 그러나 그 여유는 얼마가지 못했다.

무한의 얼굴에 황당함이 깃들었다. 처음부터 지금까지 줄곧 예측 불가능한 짓만을 하던 놈이 이번에도 사람을 놀라게 하고 있었다. 절벽에 가로막혀 돌아올 줄 알았거늘, 예상을 뒤엎고 절벽을 기어오르고 있질 않은가.

단순히 기어오르는 정도였다면 이처럼 놀라지는 않았을 것이다. 위에서 누가 당기기라도 하는 것처럼 미끄러지듯 쭉쭉 올라가고 있다. 육 장여를 단숨에 솟구친다 싶더니 잠깐 만에 사 장을 더 기어올라 벌써 십 장 위다.

처음 수직으로 솟구친 신법은 어기충소의 절기요, 미끄러지듯 벽을 타고 오르는 신법은 벽공장이라는 양상군자의 전문 신법이다.

어쨌거나 무한으로서는 따라잡기에는 늦어버렸다. 따라잡을 수 없다면 남은 방법은 하나뿐이다.

'떨어뜨린다!'

속히 품속을 뒤져 잡히는 대로 튕겨냈다.

파핫!

강력한 파공음을 동반하며 쏘아진 희고 검은 다섯 개의 물체. 그것은 바둑돌이었다.

이미 한차례 바둑돌로 사람을 떨어뜨린 적이 있었던 그였다. 암기의 효용을 능히 발휘할 수 있다는 것은 익히 증명된 셈.

하지만 상대가 달랐다. 제아무리 날고 기는 놈이라 할지라도 두 팔을 온전히 절벽에 의지하고 돌아선 이상 피하지 못하리라 생각했다. 하지만 그것은 명백한 판단 착오였다.

놈은 절벽에 매달린 상태에서도 놀라운 움직임을 선보였다. 전신을 교묘한 각도로 비틀어 피해내는가 하면, 도저히 피할 수 없는 각도로 던진 돌들은 두 팔을 발처럼 사용해 자유로이 절벽을 옮겨 다니며 유유히 피해냈다.

"……!"

가히 충격적이라 할 만하다. 놈이 선보인 것은 보법이었다. 절벽에 붙어 두 팔로 다리를 대신해 보법을 펼칠 줄이야. 정말이지 혀가 내둘러지는 장면이었다.

목표를 잃은 바둑돌이 애꿎게 바위에 푹푹 틀어박히는 걸 보며 무한의 속이 까맣게 타들어갔다.

이제 남은 방법은 하나뿐.

쐐액!

오늘 벌써 두 번째로 만화가 무한의 손을 떠났다. 검은 쏟아지는 월광을 쪼개며 허공을 차고 날았다. 기세 좋게 날아간 만화는 정확하게 놈의 등을 노렸다.

죽여서는 일이 풀리지 않겠기에 요혈만은 피했는데, 애초에 그럴 필요가 없었다는 걸 알게 된 데는 그리 오래 걸리지 않았다.

암벽을 오르던 녀석은 보지도 않고 등에 이른 살기를 느낀 모양. 기막히게도 한쪽 팔을 손목까지 바위에 박아 넣고 그 팔만을 의지해 절벽에서 물구나무를 섰다.

검은 목표를 잃고 속절없이 바위에 틀어박힐 기세다. 하지만 이번에는 무한도 순순히 물러서지 않았다.

휘익—!

무한이 팔을 재빨리 휘젓자 바위를 향해 돌진하던 검이 방향을 틀었다. 정확히 말해 방향을 바꾼 것은 검끝뿐이었다. 검끝이 옆으로 격하게 휘어진 것이다.

쩡!

검첨이 휘어진 탓에 검은 바위를 파고들지 못하고 거칠게 튕겨졌다. 그때에 맞춰 다시 무한의 손이 허공을 휘저었다. 그리고 놀라운 일이 일어났다.

바위에 부딪친 후 힘을 잃고 떨어지던 만화.

치링!

만화는 경쾌한 음향과 함께 독기 오른 독사처럼 검신을 빳빳이 세우더니 곧장 솟구쳤다. 처음 던진 것과 비교하면 상당히 느린 속도였지만 여전히 위협적이었다.

놈도 이번만은 상당히 놀란 모양인지 당황한 기색이었다. 하지만 당황은 잠깐이었고 몸은 이미 반응을 보이고 있었다.

놈이 한 손으로 절벽에 매달리며 몸을 좌측으로 비틀었다.

찌이익!

탄성이 절로 나올 만큼 간발의 차이였다. 굳은 피로 뻣뻣해진 상의가 허리춤에서 어깨까지 길게 찢겨 나갔다. 한 줄기 혈선이 그어졌지만 경상에 불과했다.

높게 솟구친 검이 이번에는 무한의 손짓에 따라 내리꽂혔다. 놈이 고개를 치켜들어 떨어지는 검을 빤히 응시했다.

퍽!

놈의 왼팔이 잿빛으로 물든다 싶더니 절벽 속으로 사라졌다. 놈은 왼팔을 팔꿈치까지 바위에 박아 넣고 오른팔에 자유를 부여했다.

돌가루가 우수수 낙하하는 가운데, 만화는 놈의 지척에 다다랐다.

놈이 흡사 범처럼 포효하며 만화를 맨손으로 쳐내 버렸다.

쫭!

"크아악!"

포효는 폭음에 묻히고 폭음은 또다시 고통에 찬 비명에 삼켜졌다.

무한은 비틀거리며 튕겨져 날아가는 만화를 향해 손을 뻗었다. 그러나 이번에는 말을 듣지 않았다. 검과의 기감이 완전히 끊겼다. 검에 심어놓은 진기가 놈과의 충돌로 완전소멸된 탓이다.

재차 공격할 기회를 잃었지만 소득도 적지 않았다. 돌먼지가 가라앉은 틈으로 놈의 오른팔이 뜯겨 나가다시피 너덜너덜해진 것이 보였다. 맨손으로 검기를 흩어놓던 놈의 괴력을 생각하면 예상치 못한 결과였다.

"약해졌다?"

그랬다. 놈은 불과 얼마 전에 비해 확연히 약해져 있었다.

놈은 더 이상 바위를 타지 못했다. 아직도 왼팔을 바위에 팔을 쑤셔 박은 그대로 절벽에 매달려 고통에 겨운 비명을 연신 토해내고 있었다. 다량의 피가 떨어져 나간 팔에서 흘러내려 절벽을 붉게 물들였다.

이제 됐다. 다 잡았다! 이제 천천히 올라가서 잡으면 그만이다.

텅!

단숨에 사 장을 솟구쳐 절벽의 튀어나온 면을 움켜쥐었다.

천천히 올라가고 있을 때 놈이 비명을 그쳤다. 불현듯 불길한 느낌이 들어 올려다보니 놈이 위로 올라가고 있었다.

"어떻게……?"

놈이 절벽에서 반 자쯤 떠서 솟아오르고 있었다. 절벽을 붙잡고 오르는 것이 아니라, 새처럼 날아가고 있었다.

사람인 이상 그럴 리가 없다. 안력을 돋워 자세히 살펴보니 놈의 허리에 굵은 밧줄이 감겨 있었다. 자신의 힘으로 올라가는 게 아니라 절벽 위에서 누군가가 당기고 있는 것이다.

어찌나 세게 당기는지 평지를 내달리는 속도와 다름없었다.

무한은 닭 쫓던 개 지붕 쳐다보는 격으로 멍하니 바라볼 수밖에 없었다. 녀석을 끌어올리고 있는 자는 필시 아까 피리를 불었던 자일 터. 피리 소리가 돌아오라는 신호였고, 놈은 소리를 따라 절벽 쪽으로 내달았던 것이다.

뒤늦게 절벽을 타기 시작했지만 놈은 벌써 거의 꼭대기에 다다라 있었다.

이대로 따라 올라가는 건 무모한 짓. 죽여 달라고 목을 들이미는 것과 무엇이 다를까.

아쉬움에 발을 굴러보지만 놈은 이제 시야에서 사라지고 없었다. 부족한 자신에 대한 분노를 곱씹으며 절벽을 내려와 만화를 회수했다.

第六章
구유혈린창

　미친 마귀, 광마(狂魔)가 떠난 혼천등마부는 적막, 그 자체였
다.

　자신을 책망하며 적막을 밟고 놈과 싸움을 벌였던 곳으로
돌아왔다. 마지막까지 서 있었던 두 노인은 이제 차디찬 바닥
에 누워 있었다.

　숨소리도 온기도 없었다. 숨이 끊어진 지 오래. 무한이 놈과
싸우고 있을 때 불귀의 객이 된 그들이었다.

　무한이 처음 뜰에 도착했을 때 그들은 이미 돌이킬 수 없는
치명상을 입은 상태였다. 놈이 후속 공격으로 아예 형체조차
흩어놓으려는 것을 막기는 했지만, 생사 여부와는 상관이 없
었다.

처마에 웅크리고 앉아 오들오들 떨고 있던 여인은 쓰러진 두 노인 중 한 노인의 곁에 앉아 있었다. 여인의 어깨가 잘게 들썩인다. 숨죽인 오열이다.

여인의 모습은 무한의 마음을 짠하게 만들었다. 소리쳐 우는 것보다도 더욱 아프고 또 서글프게 다가왔다.

여인이 붙들고 있는 노인. 무한은 그가 부주 사무종일 것이라 짐작했다. 문제는 마지막까지 살아남은 이 여인이 누구냐하는 것이었다.

'딸인가, 부인인가?'

사정도 모르고 뜰 귀퉁이에서 활활 타오르는 관솔불이 귀화처럼 을씨년스럽기만 하다.

"실례… 하겠습니다."

무한의 입에서 간단한 한어가 나왔다.

여인이 고개를 들었다. 무한은 자신도 모르게 여인의 얼굴을 자세히 살폈다.

'여인이… 아니다?'

왜 그런 생각이 든 것일까. 눈으로 보이는 외모는 의심의 여지없이 여인이 분명하다. 한데 감각은 전혀 다른 이야기를 하고 있었다.

눈을 가리고 감각을 믿을 것이냐, 감각을 닫고 보이는 것을 믿을 것이냐. 둘 중 하나를 택하라면 무한은 고민할 것도 없이 감각을 믿는다고 대답할 것이다.

그렇다. 이 여인은 여인이 아니다. 눈을 배반한 결론이었지만 확실했다.

강호를 거닐다보면 남장 여인도 있고, 여장 남자도 간혹 있다고 들었다. 하지만 이건 여장 수준이 아니다. 턱에 수염이 자랐던 거웃도 없고, 몸매 자체가 여인의 그것이었다.

의아한 감정은 일단 접어두고 무한은 품속에서 지필묵을 꺼냈다.

붓에 미리 준비한 먹물을 찍어 글을 썼다.

실례합니다만, 혹 그 어른이 사무종이라는 분이십니까?

여인도, 그렇다고 사내도 아닌 자가 천천히 고개를 끄덕였다.

"은인, 육신이나마 이렇듯 온전히 보존케 해주신 은혜 감사드립니다."

이슬 젖은 음성 또한 여인의 그것이다.

무한은 다시 글을 적어 내밀었다.

그렇다면 그분과는 어떤 관계이신지…….

여인은 대답을 망설였다. 그렇다고 기분나빠하는 기색이 있는 것도 아니었다.

"이분은 저의……"

입을 떼고도 잠시 주저하던 여인은 어떤 결심을 굳힌 듯 입술을 잘근 씹는다.

"이분은 저의 부친… 이십니다."

분명 부친이라 했다. 부친이라는 말만은 똑바로 알아들었다. 하지만 그럴 리가 없었다. 원적의 조사에 의하면, 사무종의 슬하에 딸은 없었다.

대답하기 싫으면 하지 않으면 그만인 것을 이자는 왜 굳이 거짓을 말하는가.

그때 무한의 머리에 한줄기 생각이 스쳐 지나갔다. 정체불명의 삼남.

하면 그대가 부주의 셋째입니까?

무한은 셋째 아들이냐고 적지 않고 셋째냐고 물었다. 생각했던 대로 여인의 고개가 천천히 끄덕여졌다.

칠 세 이후 세상에 알려지지 않았다던 사무종의 삼남.

당신이 사유정?

여인, 아니, 사무종의 셋째 아들이 고개를 끄덕였다.

이러니 세상에 알려지지 않은 것이다. 보지 않았어도 눈에 선하다. 이 여인, 아니, 이 남자 사유정이 살아오면서 받았을 고통과 냉대의 세월이.

모친을 어미라고, 부친을 아비라 부르지 못했을 것이다. 그

러니 관계를 물었을 때 부친이란 한마디를 꺼내놓기가 그리도
힘겨웠던 게다.

　혹, 아까 그자, 아는 자였습니까?

　사유정은 고개를 가로젓더니 다시 사무종의 가슴팍에 엎드
려 흐느끼기 시작했다.
　무한은 그 모습을 보며 어찌할 바를 몰랐다.
　난감했다. 시간이 깊어 돌아가야 할 시간인데, 이런 곳에 혼
자 두고 떠날 수가 없었다. 그렇다고 데리고 갈 수도 없는 노
릇이었다. 무엇보다도 느껴지기로 내력이 전혀 없어, 데리고
가려면 안고 가야 할 판이다.
　그건 아무리 생각해도 못할 짓이었다.
　그사이 마음을 추스른 것인가? 사유정의 흐느낌이 점차 잦
아들었다.
　"…으응?"
　잦아드는 건 흐느낌만이 아니었다. 사유정의 몸에서 생기가
점차 잦아들고 있음이 확연히 느껴졌다.
　"이보시오!"
　무한이 깜짝 놀라 사유정의 어깨를 잡아 일으켜 세웠다. 사
람이 죽어가는 상황인지라 이것저것 따질 겨를이 없었다.
　시체 위에 엎드려 있던 상체를 일으키자 가슴에서 뜨거운
뭔가가 뿜어져 무한의 옷을 적셨다. 그것은 다량의 피였다.

"이게 무슨……?"

자신의 가슴 어림을 향해 있던 사유정의 팔이 축 늘어졌다.

쨍그랑!

뜨거운 피를 담뿍 머금은 단도가 사유정의 손을 벗어나 바닥으로 나뒹굴었다. 그 순간에도 사유정의 가슴에서는 더운 피가 쉼없이 흘러내리고 있었다.

무한이 황급히 가슴을 틀어막았지만 부질없는 행동이다. 가망이 없다. 왼쪽 가슴이다. 심장에 구멍이 뚫린 사람은 누가 와도 살릴 수가 없는 것이다.

무한은 구멍 뚫린 심장을 옷가지로 틀어막은 채로, 사유정의 몸이 식어가는 것을 망연히 지켜볼 수밖에 없었다.

차 한 잔 마실 시간이 되기도 전에 시체가 하나 늘었다.

온전한 시체 세 구, 그리고 수를 알 수 없는 훼손된 시체들과 주인을 잃은 부러진 병장기들. 이제 장원은 그자체로 거대한 무덤이 되어버렸다.

이 정도 규모의 살인사건이라면 개인이 어찌할 수 있는 단계를 넘어섰다. 관아에서 알아서 할 일. 돌아가 관에 알리는 것이 최선의 방법이다.

문득 북경 일각에서 일어났다던 혈사를 떠올렸다. 직접 본 적은 없었지만 들은 그대로라면 이와 흡사할 것 같았다.

"동일범이란 것인가."

놈이 전립을 찾을 실마리임을 떠나서 이건 간과할 문제가 아니었다. 무한은 창백해진 사유정의 시신을 반듯이 눕혀놓고 일어섰다.

2

풍운마도가 맹렬히 일격을 찍어내렸다. 태산이라도 땅 속으로 우겨 넣을 것 같은 광포한 기세에 맞서고 있는 하만은 적수공권이었다.

암기라면 기꺼이 당해주겠다. 하지만 네놈은 시체마저 찾기 힘들 것이다. 백여휘의 공격은 이러한 확고한 일념에서 출발한 것이었다. 방어를 배제한 만큼 파괴력은 의심할 여지가 없었다.

'자, 모습을 보여라, 무엇으로 버틸 테냐!'

순간적으로 일어난 변화. 거도와 하만의 머리까지의 거리는 고작해야 석 자 남짓. 거도를 둘러친 진기의 폭까지 감안하면 두 자가 채 안 되는 거리다. 한마디로 촌각을 반으로 나눈 시간이면 하만은 두 쪽이 난다는 뜻이었다.

변화기 일어난 것은 바로 그때였다.

끼리릭!

어딘가에서 들려온 미세한 소음. 이건 빠져 있던 무언가가 끼워지는 소리였다.

소음의 근원은 하만의 상체였다. 정확히는 오른팔이었다.

풀어져 있던 무언가가 단단히 끼워 맞춰지는 소리에 이어 핏빛 잔영이 하만의 오른팔에서 화악 하고 풀어져 나왔다.

그것은 잔뜩 웅크리고 있던 독사가 공격을 가한 것처럼 갑작스럽기 이를 데 없었다.

쩌어어엉!

명백한 금속끼리의 충돌이었다. 그렇지 않고서야 사방으로 불꽃이 튈 리가 없질 않은가.

거도와 하만의 머리 사이를 가로질러 놓인 것. 그것은 기묘하게 생긴 병기였다.

기병과 맞닿은 거도로부터 스산한 기운이 팔뚝으로 파고들었다.

"파하!"

전해진 스산한 기운에 놀라 백여휘가 거도를 거칠게 밀어냈다. 그 반동으로 멀찍이 물러섰다. 가슴 답답한 이 기운은 무엇인가.

급작스럽게 출현한 병기를 뚫어져라 바라보았다.

지름이 두 치요, 길이가 여덟 척인 장창이다. 장식을 빼고 보면 그렇다는 얘기다. 장식을 곁들여 설명하자면 창의 생김은 예사롭지 않았다.

교룡의 비늘을 하나하나 떼어 창신 전체에 정교하게 붙이고, 그 위를 다시 붉은 주사로 칠했다. 창두는 청색 수술이 수양버들처럼 늘어져 있고, 한 자에 이르는 뾰족한 창날은 월광을 머금고 찬연히 빛나고 있었다.

실로 범상치 않은 병기. 눈이 틀리지 않았다면, 믿을 수 없게도 창날은 그 자체가 금강석이었다.

두 가지 의문이 머리를 스쳤다.

그동안 저러한 장창을 도대체 어떻게 숨기고 있었란가. 그리고 왜 눈에 익은 것인가.

난생처음 보는 물건이 분명할진대, 낯이 익다?

보지 않고도 본 것 같은 생각이 드는 이유는 이름난 병기라는 뜻으로 해석할 수밖에 없다.

강호에 알려진 신병이기에 초점을 맞춰 빠르게 훑었다.

신병이기의 수는 굉장히 제한적이다. 거기다 창에 한정 짓자면 단박에 두 개로 좁혀진다.

황보가의 가주 황보천력의 묵혼. 그것은 마선에 의해 일찌감치 동강이 난 터. 일단 묵혼은 대상에서 제외되었다.

다른 하나는 천신의 뇌력을 품었다는 뇌정경혼이다. 그것은 산동악가에 고이 모셔져 있다. 알려진 바로는 생김새 또한 하만의 손에 들린 것과는 판이했다.

정파의 창 중에는 없다. 그렇다면?

"설마……!"

"이제야 알아본 무양이군."

"그, 그런… 설마 그것이 마도사대신병이라는… 것이냐?"

마도사대신병.

한 자루의 검과 한 자루의 도, 한 자루의 창, 한 개의 편(鞭)을 일컬음이었다.

모두 한 인물에 의해 주조되었다고 알려진 신병이기.

전설에 의하면 일월신교의 초대 교주 천마는 세상을 어지럽히는 삼각혈룡(三角血龍)을 단신으로 물리쳤다고 한다.

천마는 혈룡의 삼각과 가죽을 취해 당대 최고의 장인에게 맡겼으니, 그가 바로 신공(神工) 요공이었다. 천마의 지엄한 명을 받은 요공은 수십 년 동안 혼신을 기울인바 짧은 뿔 두 개는 검과 도를, 중앙에 돋은 긴 뿔은 창을, 가죽으로는 채찍을 만들기에 이르렀으니 가히 하늘에 닿은 재능과 각고의 노력이 빚어낸 정수라 하겠다.

각기 다른 네 개의 병기는 모두 신병이기라 불리기에 손색이 없었으니, 천마는 매우 흡족하여 친히 각 병기에 이름을 새기고 자신의 절기를 불어넣기에 이르렀다.

구유혈린창이 바로 그중 하나였다.

백여휘는 흔들리는 시선으로 창을 뚫어지게 바라보았다.

전설대로라면 창신은 혈룡의 뿔이요, 창대를 겹겹이 감싼 것은 혈룡의 비늘이겠고, 창두에 탐스럽게 늘어진 수술은 용의 수염일 터였다.

백여휘는 전설을 곧이곧대로 믿을 만큼 멍청하지도 순진하지도 않은 사람이었다. 하지만 병기의 재료가 혈룡의 그것이든 아니든 그런 전설을 만들어낼 정도로 이물(異物)인 것은 확실했다. 최악의 경우 창에 천마의 진전이 들어 있었을지도 모를 일이었다.

하만은 백여휘의 격정적인 반응이 재미있는지 비릿한 미소를 매달았다.

"말은 정확히 해야지."

"무슨 말이냐!"

"마도사대신병이 아니라 신교사대신병이라야 맞지 않겠느
냐는 말이다."

신교라 했다. 마교를 신교라 일컫는 자들은 한 부류밖에 없
다. 놈은 구유혈린창을 기연으로 얻은 것이 아니란 얘기다.

소름 끼치도록 무서운 일이었다. 지리멸렬, 중원 천지에서
사라졌다던 마교의 무리가 권력의 핵심에 위치해 있다니.

"네놈은 마교의 후예!"

하만은 더 이상 입을 열지 않았다. 끝내 정체를 내보일 수밖
에 없었던 바. 오랫동안 숨겨온 진면목을 드러내 속전속결을
결심하고 있었다.

키리릭, 채재쟁!

섬뜩한 음향과 함께 구유혈린창의 비늘이 하단에서부터 일
제히 일어섰다. 전투에 이르러 닭이 목깃을 세우는 장면과 흡
사하다. 놀랍게도 비늘 하나하나에 담긴 예기가 천하 명검에
견주어도 뒤지지 않는다.

"이제 죽어도 여한이 없으렷다!"

파팟!

하만은 더 이상 예전의 그가 아니었다. 가느다란 세류검을
들었을 때 몸에 맞지 않는 옷을 입고 있었다면 지금은 날개를
단 대호의 느낌이었다.

신창합일의 지경을 굽어보며 짓쳐드는 모습은 경각심을 넘
어 두려움을 갖게 하기에 충분했다. 초절한 경지에 오른 백여

휘도 다르지 않았다.

"하아!"

두려움을 밀어내기 위해 내지른 기합은 곧이어 병장기의 충돌에 묻혀 버렸다.

쩡!

충돌의 여파는 굉장했다. 광풍이 불어닥치고 파릇파릇 생기가 넘치던 낙우송 잎이 흩어지는 기파에 베여 부스스 흩날렸다.

반대 방향으로 족히 사 장여를 밀린 백여휘와 하만. 그들은 땅에 발이 닿기 무섭게 서로에게 짓쳐들었다.

터엉!

파앙!

허공에서 수십 합이 얽혀들었다.

쩡, 쩌엉, 쩌저정―!

불꽃이 사방으로 비산하는 모양이 폭죽놀이라도 벌어진 듯하다.

처척!

땅에 발을 디딘 하만이 창끝이 백여휘를 향하도록 매섭게 움켜쥐며 말했다.

"풍운마도! 허명이 아니었구나!"

"과연 마교의 절기로다."

서로에 대한 감탄은 진심이었다. 특히 백여휘의 놀람은 대단했다.

힘에서 거의 비세다. 속도나 기교로 밀린 적은 있어도 이런 적은 거의 없는 일이었다. 감히 누가 자신의 거도를 상대함에 있어 정면으로 맞섰던가. 강할 거라 예상은 했지만 이토록 호적수였다니.

백여휘는 참으로 오랜만에 강한 투지가 솟구쳤다.

"맛을 보았으니."

"끝을 보아야겠지."

하만이 백여휘의 말을 받으며 창을 앞세워 거침없이 쇄도했다. 백여휘도 기세를 배가시켰다.

쩡! 쩡!

두 마리 대호가 산주(山主)의 자리를 걸고 결투라도 벌이는 듯하다. 서로 간에 한 치도 물러서지 않는 치열한 공방이 펼쳐지길 수십 초.

꽝!

"큭!"

지금껏 백여휘의 괴력을 굳건히 버텨내던 하만이 순간 주춤 반걸음 물러섰다. 얼굴이 붉게 상기되어 있고, 창을 거머쥔 손이 미세하게 떨린다. 한계점에 다다른 모습이었다. 내심 하만의 힘에 혀를 내두르던 백여휘는 그러면 그렇지 하는 생각에 더욱 거세게 몰아붙였다.

처척!

한 걸음 두 걸음 밀리기 시작한 것이 어느덧 하만의 등이 거대한 나무둥치에 닿았다. 이 절호의 기회를 놓칠 백여휘가 아니었다.

부아앙!

거도가 지금까지보다 곱절로 사납게 떨어져 내렸다. 거도에 맞선 하만은 처음으로 정면 승부를 회피했다. 속히 자세를 낮추며 현묘한 보법을 펼쳐 거도의 공격권에서 벗어났다.

쿠구쿵!

사납게 그어 내린 도가 거목의 중앙을 직격했다. 거목이 반이나 와자작 파여 나가는 걸 보며 하만은 질린 얼굴이 되었다. 상처를 입은 건 나무뿐만이 아니다. 거도가 뿜어낸 막대한 기세를 온전히 피하지 못했다. 기류에 잠시 휘말린 것만으로도 적잖은 손해를 본 터.

그가 입가에 흐르는 피를 쓰윽 닦아내며 말했다.

"크윽, 괴물 같은 노인네."

"나에게 이만큼 버틴 것만으로도 대단하다는 평이 부족치 않을 것이다."

백여휘는 자신이 젊었을 적, 명 태조가 마교를 쓸어내려 재위 내내 혈안이었던 것을 알고 있었다. 그때는 황제의 소심함을 비웃었는데, 이제는 황제의 마음을 알 것 같았다. 정녕 이런 자가 즐비한 곳이 마교라면 하루도 잠을 편히 자지는 못할 것이다.

"흥! 한 수 득했다고 기고만장한 꼴이라니!"

하만의 얼굴은 분노로 붉게 상기되었을망정 낭패감을 찾아볼 수 없었다. 오히려 독기가 끓어오르는 모습이다.

"승부욕만으로 결과가 뒤바뀌기에는 노부가 걸어온 길이

평탄치가 않다."

백여휘는 결코 방심하지 않을 것임을 시사했다. 한마디로 단 일 푼의 승리도 꿈꾸지 말라는 뜻이다.

"두고 보면 알 일."

간략히 한마디 뱉은 하만은 입을 굳게 다문 채 창대를 으스러져라 움켜쥐었다. 더 이상 입으로 왈가왈부하지 않겠다는 의지의 표시였다.

터어엉!

강력한 발 구름에 바위가 괴로운 신음을 토하고 하만의 몸은 전광석화처럼 쏘아져 갔다. 백여휘는 지금까지 그래왔던 것처럼 예의 엄청난 기세로 맞받았다. 하지만 하만은 달랐다.

스스슥!

득달같이 들이치던 하만은 옆에서 누군가 거칠게 잡아당긴 것처럼 급작스럽게 방향을 바꾸었다. 이제까지와는 달리 거도를 정면으로 받지 않고 피해 버린 것이다.

슈아앙!

거도의 맹렬한 기세를 곁으로 비킨 히만은 좁은 틈새로 빛살처럼 창을 찔러 넣었다.

"어림없는!"

백여휘의 비웃음은 당연한 것이었다. 하만이 거도를 피해버린 탓에 둘 간의 거리는 이 장이 넘어 삼 장에 가까웠다. 구유혈린창은 팔 척, 길게 잡아도 채 일 장이 되지 않았다. 팔을 한껏 편다고 해도 이 장이란 거리의 한계는 명확하다.

그러나 백여휘의 안색에 깃들었던 비웃음이 단번에 지워지는 사건이 발생했다.

창끝으로부터 뼛골까지 시리게 만들 정도의 한기가 뿜어진다 싶더니, 이 장을 격하고 단숨에 코앞까지 덮쳐들었던 것이다.

나선형으로 급격하게 회전하며 들이치는 한기에 백여휘는 아연 긴장했다.

위력이 감소하기는커녕 창에서 뿜어져 나왔을 당시보다 오히려 위력이 배가된 채였으니, 천하의 백여휘로서도 대응이 어려울 수밖에 없었다.

"크읏!"

내쳤던 거도를 혼신의 힘으로 끌어당겨 얼굴을 가렸다.

쩌저저정!

백여휘는 거도를 움켜쥔 호구가 얼얼할 정도로 막강한 힘에 다시 한 번 놀랐다. 도면을 살펴보니 탄기에 적중당한 부분에서 희뿌연 김이 모락모락 피어오르고 있었다. 지독한 한기였다. 그 순간 한 가지 생각이 머리를 스쳤다.

'이것이 천마가 남긴 공부……?'

하만은 백여휘가 소름 돋는 의문에 빠진 사이 재차 들이쳤다.

텅!

슈아앙!

백여휘는 가슴팍을 노리고 들어오는 기운을 허리를 한껏 꺾어 뒤로 흘렸다.

꽈드드득!

창의 강력한 탄기에 정면으로 노출된 거목의 일각이 뭉텅 뜯겨져 나간다. 보는 자로 하여금 간담을 서늘케 하는 장면이었다.

키릭, 키리릭!

창대를 가득 메운 비늘이 괴기스러운 음향을 발하며 신경을 자극한다.

쩌저적! 퍼펵!

거목에 어른 머리만 한 구멍이 뻥뻥 뚫렸다. 워낙 거대한 나무라 관통되지는 않았지만 그것만으로도 입이 떡 벌어질 광경이었다.

백여휘는 나무의 자지러지는 비명을 들으며 거도를 풍차처럼 돌려 반격을 가했다. 거도의 궤적을 따라 새파란 도기가 반월을 그리며 뻗어나갔다.

쿠쿠쿵!

창을 거칠게 휘저어 도기를 흩어낸 하만은 그대로 땅을 박찼다.

터텅!

단숨에 이 장여를 솟구쳐 벽처럼 가로막은 거목 기둥을 차고, 속도를 더해 백여휘에게 내리꽂혔다.

쩌어엉!

구유혈린창의 차디찬 창첨(槍尖)이 거도의 두툼한 도신에 가로막혔다. 백여휘는 떨어져 내리는 기세와 더불어 해일처럼 밀려드는 충격파를 굳건히 버텨냈다.

투툭!

두 발에 짓눌린 바위가 앓는 소리를 내며 모난 부분이 뭉텅 떨어져 나갔다.

곧이어 창과 거도가 맞붙자 또다시 예의 스산한 기운이 밀려들었다. 그것은 천마가 구유혈린창에 남겼다는 절기, 구유혈마공의 지독한 마력이었다.

'어림없다!'

팔이 베어져 나간 듯 쩌릿쩌릿했지만, 백여휘는 거도를 창 끝에서 떼어놓지 않았다.

이렇게 밀려서는 한도 끝도 없다고 판단한 백여휘는 진력을 증강(增强)시켜 거도에 마구잡이로 우겨 넣었다. 창첨에서 거도를 타고 팔꿈치까지 올라왔던 한기가 빠르게 밀려갔다.

진중함과 경험을 버리고 천마의 내력에 정면으로 맞선 것. 그것이 바로 백여휘가 저지른 일대의 실수였다.

쩌리리리링!

쇠를 긁는 듯한, 아니, 실제로 쇠 긁는 소음이 귀를 파고들었다. 거도의 넓은 몸체에 진로를 가로막힌 구유혈린창이 무서운 기세로 회전하기 시작하면서 나는 소리였다.

파스스스!

혈린이 돌아가며 괴상한 소음을 발했다.

구멍이라도 뚫으려는 것인가?

하만의 무모한 행동에 코웃음이 절로 나온다. 어이가 없었다. 마도사대신병만은 못해도 그가 지닌 거도 또한 흔한 물건이 아니다.

한철이 서른 근이나 섞인 기병이다. 강도만 따졌을 때 어떤 신병에 못지않다고 자부하던 바였다. 뿐인가? 규모에 있어서도 일반적인 도와는 비교가 안 된다.

폭이 한 뼘이요, 두께가 손가락 두 마디다.

'어디 그 어리석은 짓을 어디까지 하는지 두고 보마!'

어쨌든 이제는 선택의 여지가 없다. 두고 볼 수밖에 없게 되었다. 내력 대결이 된 탓에 달리 도를 거둘 수가 없었던 것이다.

도를 거두려면 먼저 내기를 거두어야 한다. 맞상대하던 내기를 거두어들이면 막혔던 둑이 터진 것처럼 하만의 내력이 노도와 같이 밀려들어 온몸을 휩쓸 것이다. 예서 멈추는 건 자살 행위란 얘기다.

이처럼 막다른 길에 섰지만 정작 백여휘 본인은 크게 걱정하지는 않았다. 내력에서 밀리지만 않으면 패할 염려가 없는 것이 또한 내공 겨룸이다. 여타의 잡다한 수, 일명 꼼수 자체가 통하지 않는다는 뜻이다. 오로지 진신전력으로 쌓아 온 내력만이 승부의 추가 될 뿐.

하만의 나이는 아무리 많이 쳐야 마흔 안쪽. 제 놈이 설사 천마의 심공을 익혔다 한들 칠십 평생 고련해 온 자신의 내력을 넘어설 수는 없을 터!

순수한 내력의 겨룸이라면 지지 않는다.

크그그궁!

그 순간에도 구유혈린창은 더욱 속도를 높여 회전하고 있었다. 창첨에 닿은 도면에서 연기가 피어올랐다.

그러거나 말거나 내력 대결은 서서히 백여휘에게 유리하게 흘러갔다. 애초에 팔꿈치까지 들이닥쳤던 구유혈마공의 내력은 백여휘의 진력에 밀려 창대 중간에 이르렀다. 조금만 더 내려가면 창을 움켜쥔 하만의 손에 이르게 된다.

겨룸에 집중하여도 부족할 판에 쓸데없이 창을 회전시키느라 심력과 공력을 허비하다니.

'어리석은 놈이로다!'

끈질기게 밀어붙인 끝에 살을 째고 뼈를 바수는 공력이 하만의 손아귀에 다다랐다. 백여휘의 눈에 승리가 뻔히 보이는 듯했다.

암운은 항상 방심하였을 때 뒤에서부터 드리우는 법이라 하였다. 승부의 추가 완전히 기울어졌다고 판단되던 그 순간 전황에 일대 변화가 일어났다.

푸스스!

한철이 섞여 칠흑처럼 검은 거도가 끓는 소리와 함께 붉게 물들기 시작했다. 창끝과 맞닿은 도면에서부터 시작된 변화는 순식간에 도 전체로 번져 나갔다. 도신 전체가 펄펄 끓는 용광로에 넣었다 뽑아낸 것처럼 벌겋게 달아올랐다.

교어 가죽으로 덧댄 도병이 열기를 견디지 못하고 우그러들었다. 이제는 얼굴까지 화끈거릴 지경이었다. 하나, 아직은 도에서 손을 뗄 수가 없었다.

‘이 무슨 변괴란 말이냐!’

속으로 경악성을 내지르며 단전에 남은 마지막 내기까지 몽땅 털어 넣었다.

그때였다.

끼리리릭!

덜컹!

뭔가가 도를 파고든 느낌이 들었다.

백여휘는 무심결에 눈을 치켜떠 하만을 바라보았다.

하만의 지친 기색이 역력한 얼굴에 한줄기 미소가 번졌다. 회심의 미소.

‘너는 끝났어.’

하만의 눈빛은 그렇게 말하고 있었다.

‘어떻게!’

만약 요공이 백여휘의 공허한 외침을 들었다면 구천에서 앙천대소했을 것이다.

구유혈린창을 만든 신장 요공은 창을 만들기로 한 순간, 모순(矛盾)의 고시를 생각하지 않을 수 없었디. 그는 최고의 창이란 모름지기 무엇이든 꿰뚫을 수 있는 창이라 생각하고, 관통력에 모든 초점을 맞췄다.

야장이면서도 무시 못할 고수였던 요공은 수많은 시행착오 끝에 힘만으로 한철 방패를 뚫는 건 한계가 있음을 깨달았다. 고심에 고심을 하던 그가 생각해 낸 방법은 일격에 의한 관통이 아닌 회전력에 의한 관통이었다.

창대에 엇갈리게 붙인 혈린은 손쉽게 회전력을 극대화시키기 위함이었고, 창날을 통째로 금강석으로 주조한 것은 강도 때문이었다.

절대로 뚫리지 않을 것 같았던 거도가 버티지 못한 데는 그런 이유가 있었던 것이다.

백여휘가 마지막까지 짜낸 내력은 기어이 창대를 넘어 하만의 손으로 짓쳐들었다. 하지만 딱 거기까지였다.

최후의 순간 촌각이 모자랐다. 한 수의 차이로 바둑의 승패가 결정되듯 촌각이라는 시간은 생과 사를 가를 만큼 커다란 차이로 다가왔다.

키리릭!

백여휘의 마지막 공력이 하만을 침범한 순간, 구유혈린창은 도신을 거침없이 꿰뚫었다. 요공이 의도한 바 그대로였다.

쿠아앙!

구유혈린창은 엄청난 회전력에 영혼이라도 녹일 듯한 열기를 동반한 채 백여휘의 얼굴로 날아들었다. 이대로라면 하만에게 내상을 안겨주겠지만, 백여휘 본인은 머리를 통째로 잃을 판이었다.

화르르!

먼저 열에 약한 머리카락에 화악 불이 붙었다. 그 즉시 백여휘는 도병에서 손을 떼고 몸을 한껏 젖히며 뒤꿈치로 땅을 힘껏 찍었다.

거도에서 손을 놓고 내력 공급을 차단하자 막혔던 진기의 둑이 터져 버렸다. 창에 이어 거대한 진기의 해일이 몰아닥쳤다. 엎친 데 덮친 격.

펴억! 파지직!

거도를 놓고 머리를 젖힌 덕에 창은 목표를 잃고 머리 대신 왼쪽 어깨를 통렬하게 꿰뚫었다. 지독한 열기에 튀어 올랐던 선혈이 곧바로 증발해 피의 운무를 만들었다.

백여휘의 혼백은 이때 저승과 이승을 넘나들고 있었다. 도를 손에서 놓는 순간 시야가 까맣게 흐려져 아무것도 볼 수 없었다. 시야만이 아니라 의식까지도 희미해져 갔다. 그는 아릿해져가는 의식 속에서 후회하고 있었다.

'도를 놓지 말았어야 했다. 죽어도 이렇게 죽어서는 안 되는 것이었거늘.'

백여휘는 공포를 이기지 못해 무심결에 도를 놓고 몸을 뺀 자신을 탓하고 있었다. 무인은 죽는 순간까지 병장기를 놓쳐서는 안 되는 것이다.

쿠쿠쿵!

창에 이어 구유혈마공의 방대한 진기가 백여휘의 가슴을 여지없이 강타했다.

"컥!"

입에서 검붉은 피 화살이 길게 뿜어졌다.

어깨에 주먹만 한 구멍이 뚫린 통증마저도 저 멀리 날려 버리는 극통이 전신을 내달았다. 천마의 십대진기 중 하나라는 구유혈마공에 오롯이 전신을 내맡긴 백여휘. 단번에 의식의

끈이 끊어지며 훨훨 날아갔다. 그리고 육체마저도 저 멀리 어둠 속으로 사라져 버렸다.

백여휘가 까마득한 절벽 아래로 곤두박질치는 모습을 지켜보던 하만은 그제야 가쁜 호흡을 골랐다.

"후우"

쉽지 않은 일전이었다. 만약 거도에 한철이 단 열 근만 더 섞여 있었다면 결과는 전혀 다른 양상으로 나타났을 것이다. 그 정도로 승부는 간발의 차이였다.

어찌 되었든 이겼다. 그것으로 된 것이다.

"그만 나와라."

하만의 으스스한 음성에 산천초목이 부르르 떤다.

하만이 눈을 부릅뜨자 나무 뒤에서 모습을 드러내는 자가 있었다.

"당두 유표가 첩형님을 뵙습니다."

명석한데다 무력이 출중하여 중요한 일에는 거의 빠짐없이 대동하는 당두 유표.

하만은 유표의 긴장 가득한 군례를 서늘한 시선으로 받으며 말했다.

"아무도 자리를 이탈하지 말라 하였던 말을 잊었단 말이냐."

유표가 부르르 떨며 말했다.

"그, 그게 근처를 경계하는 번복들을 순시하다가 그만······."

부지런한 것이 때론 화가 되는 터. 지금의 유표가 그랬다.

하지 않아도 될 일을 하였기에 닥친 위기였다.

"무엇을 보았느냐?"

"소관은 아, 아무것도 보지 못했습니다."

하만의 냉기 가득한 얼굴에 애석한 표정이 깃든다. 유표는 거짓을 말하고 있다. 유표의 눈동자에 서린 공포와 경악은 그의 진면목을 보지 않고서는 나올 수 없는 것이었다.

구유혈린창을 보았다는 것만으로도 숨을 붙여놓을 수가 없는 터.

"아직 써먹을 데가 많았는데, 아쉽구나."

"그게 무슨……."

쉬리릭!

"컥!"

일격으로 심장을 꿰뚫은 하만은 거추장스러운 물건을 팽개치듯 유표를 절벽 아래로 거칠게 뿌리쳤다.

단숨에 두 목숨을 앗아간 단애(斷崖)는 무심히 어둠만을 머금고 있었다.

3

무한은 장원을 벗어나 왔던 길을 되짚었다.

한편 무한의 뒤를 쫓아오던 흑백괴동과 풍천개는 무한이 머물렀던 혼천등마부가 보이는 맞은편 산정에 도착했다.

풍천개가 먼저 엄청난 속도로 산을 오르는 신형을 발견했다.

“누가 온다!”

풍천개가 나지막이 경고음을 발하며 흑백괴동을 바위 뒤로 잡아끌었다. 셋은 일제히 진기 운용은 물론 숨마저 멈춰 인기척을 완벽히 없앴다.

파라락!

풍천개가 발견한 그림자. 무한은 옷자락 스치는 소리와 함께 차 한 잔 마실 시간이 지나기도 전에 산정에 올라섰다. 짙은 피 냄새가 흑백괴동과 풍천개의 코로 파고든다.

무한은 잠시의 지체함도 없이 산등성이를 타고 서쪽으로 사라졌다.

무한이 엄청난 속도로 사라진 직후, 바위 뒤에서 흑백괴동 등이 모습을 드러냈다. 그들은 무한이 사라진 방향을 넋을 놓고 바라보았다.

풍천개가 십 년 감수한 표정을 지으며 말했다.

“어떻게 된 거지? 저건 전혀 부상을 입은 자의 모습이 아니다!”

어쩌면 뜻밖의 결과를 얻을 수 있을지도 모른다고 생각하며 전력으로 달려온 그들이다. 한데 돌아가는 상황은 전혀 딴판이었다. 예측보다도 훨씬 이른 시간에 무한이 돌아왔고, 별로 부상을 당한 기미도 없었다.

백괴가 끄덕이며 말을 받았다.

“확실히 놈은 건재하다. 혹시 버거우니 도중에 도망쳐 나온 것이 아닐까?”

“그럴 수도 있겠다. 추측은 접어두고 일단 가보자.”

세 노인은 곧장 장원을 향했다.

피로 잠긴 장원이 인기척에 부스스 깨어났다.

파락!

솟구쳐 담에 오른 세 명의 노인. 그들의 낯빛은 장원의 높다란 담을 넘어서면서부터 하얗게 탈색되어 버렸다.

죽음의 적막이 흐를 뿐, 누구도 입을 열지 않았다. 그들은 곧 지옥에나 있을 법한 피 개울을 지나 사무종의 시체가 있는 부주전 뜰에 이르렀다.

“허어!”

“허!”

“흐음.”

세 줄기 탄식을 끝으로 세 노인은 굳어졌다. 그렇게 족히 일다경은 지났을 시점이었다.

“사무종이 맞는 거냐?”

흑괴의 물음에 풍천개가 시체를 차례로 응시하며 말했다.

“사무종이 맞다. 다른 자는 사무종의 오른팔, 창천신마 탁신이고.”

사무종은 말할 것도 없거니와 탁신만 해도 여기 있는 셋보다 윗줄의 고수다. 그런 자들이 앞섶을 피로 물들인 채 죽어 있는 걸 보니 심장까지 스산한 바람이 훑고 지나가는 듯한 기분이 들었다.

백괴가 마른침을 삼키며 입을 열었다.

"이렇게 되면 놈은 마선보다 오히려 더하지 않으냐?"

풍천개가 고개를 끄덕이며 말했다.

"그런 평가를 내려도 하등 이상하지 않겠지."

혼천등마부는 아무리 녀석이라 해도 무리라고 판단했다. 큰 부상을 당할 거라는 예상이 완전히 빗나갔다. 그뿐만이 아니다. 예측한 것보다도 훨씬 이른 시간에 혈겁을 끝마쳤다.

혈사를 자행한 즉시 다음 혈사까지 정체를 감춘다. 이러한 마선의 행동 주기를 기초로 개방에서는 한 가지를 추측했다. 엄청난 기운을 방출한 후에 며칠, 혹은 그 이상의 시간 동안 무방비 상태가 되는 것이 아닌가 하는.

그 추측이 터무니없는 것이었음이 밝혀졌다. 너무나도 건재한 모습으로 생전 본 적이 없는 초절한 경공을 발휘해 객잔 쪽으로 돌아가질 않았는가.

이제는 방법이 없다. 녀석에게 약점이라고는 없다. 있다면 그나마 제정신일 때가 미쳐 있을 때보다 약하다는 것 정도.

"구파의 척살대가 오기만을 기다릴 수밖에."

풍천개의 한마디가 모두의 생각을 대변하고 있었다.

세 노인은 비감에 젖어 무한에 대한 경계심을 높였다. 이제 무한이 마선의 제자가 아닐지도 모른다는 의심은 머릿속에서 영영 사라진 뒤였다.

第七章
오해의 골짜기를 지나

오해의 골짜기를 지나 1

간밤 피에 절은 전경에 비해 홍택호는 평화로웠다.

만평 사형제는 배 후미에 모여 무한에게 전수받은 보법에 대해 의견들을 교환하느라 바빴고, 장량과 하북삼협은 배 좌현에서 담담한 시선으로 경치를 감상하고 있었다.

선수에 선 무한은 경치를 감상하고 있는 듯 보였지만 전혀 그렇지가 않았다. 아침 볕을 찬란히 부수는 잔잔한 물결도 물떼새의 노랫소리도 도통 딴 세상이었다.

청운은 무한의 분위기가 다른 때와는 사뭇 다름을 느꼈다. 태자를 만날 생각을 하니 긴장한 것일까? 그건 아니다. 황제의 면전에서도 얼굴색 하나 변하지 않던 사람이 아닌가.

"무슨 근심이라도 있으신 것입니까?"

무한이 무거운 표정으로 돌아서서 선실 쪽으로 향했다.

"모두 따라와라."

청운을 비롯해 갑판에 나와 있던 만평 사형제와 장량 등은 무한을 따라 흑백괴동과 풍천개가 있는 선실로 들어섰다.

무언가 심각한 의견을 나누고 있던 세 노인은 무한의 등장에 입을 굳게 다물었다.

"혼천등마부가 무너졌습니다."

흑백괴동의 맞은편에 앉아 무한이 처음 꺼낸 말이었다. 청운은 무한의 말을 전해야 한다는 것도 잊고 일순 할 말을 잃었다. 장량과 하북삼협도 그대로 굳어졌다.

청운은 무한의 시선을 받은 후에야 얼떨떨한 얼굴로 물었다.

"진무사님, 방금 하신 말씀은……"

"혼천등마부가 지난밤 무너졌다고 했다."

청운은 최근 원적이 수하들을 시켜 혼천등마부에 대해 지난 기록을 수집하고 조사한 것을 알고 있었다. 무한과의 계약을 지키려는 때문임을 짐작하는 건 쉬운 일이었다.

"그곳을 다녀오신 것입니까?"

무한이 끄덕이자 청운이 곧바로 물었다.

"한데 혼천등마부가 무너지다니요? 설마 북진무사님께서 그리하셨단 말씀이십니까?"

청운은 물으면서 내심 실소하고 말았다. 어처구니없을 정도로 어리석은 질문이다. 어디 혼천등마부가 일개인에 무너질

문파던가.

"내가 찾는 자는 그곳에 없었다."

역시 무한이 벌인 일은 아니다. 그렇다면 떠오르는 것은 하나밖에 없었다. 혼천등마부를 하루아침에 괴멸시킬 수 있는 문파.

남궁세가.

남궁세가와 혼천등마부의 사이가 좋지 않음은 세상이 아는 일. 그럼에도 불구하고 전면전을 예상하는 사람은 아무도 없었다. 전력상 세가들 중에서도 수위를 다투는 남궁세가가 우위에 있다고는 하나 완벽히 압제할 만큼의 차이는 아니다. 때문에 소소한 힘겨루기는 있었을지언정 전력 손실을 가져올 정도로 심각한 상황은 여태 단 한 차례도 벌어지지 않았었다.

하지만 무한은 허튼소리를 할 사람이 아니었다. 이해가 되지는 않는 부분이 많았지만 혼천등마부가 멸문했다면 그런 것일 게다.

"지금 무슨 말들을 하고 있는 게냐?"

칭운이 마른침을 삼키며 무한에게 전헤 들은 소식을 전했다.

"어젯밤 혼천등마부가 멸문했다고 합니다."

청운의 말에 흑백괴동과 풍천개가 야릇한 표정을 지었다.

"누가 그러더냐?"

"방금 진무사님께서 하신 말씀입니다."

"그걸 어찌 알았다더냐? 그리고 누가 그런 짓을 했더란 말이냐?"

흑괴의 차분한 물음에 청운은 흑괴가 무한의 말을 믿지 않는다고 생각했다.

"어젯밤 그곳을 다녀오신 모양입니다. 그리고 그런 일을 벌일 자들이라면 남궁세가밖에 더 있겠습니까?"

청운의 말에 흑백괴동과 풍천개의 안색이 잔뜩 일그러졌다. 누구의 짓인지 하늘이 알고 땅이 아는데 남궁세가에게 뒤집어 씌우려는 것인가. 가증스럽기 짝이 없는 노릇이었다.

세 노인은 의식적으로 맞은편에 앉은 무한을 보지 않으려 노력하고 있었다. 이가 갈리는 걸 참기 힘들 정도인데 눈이라도 마주쳤다가는 감정을 절제하지 못하고 출수할 것 같았다.

"남궁세가라고? 그가 정말 그러더냐?"

청운이 무한을 돌아보았다.

"혹 혼천등마부와 싸웠던 자들의 복장을 기억하십니까?"

"자들이 아니다. 혼천등마부를 멸문시킨 자는 한 사람이었다."

청운은 무한의 말에 잠시 멍한 표정을 지었다.

무한은 천천히 어제 있었던 일을 풀어냈다.

불신의 빛이 깃들었던 청운의 얼굴은 점차 하얗게 탈색되어 갔다. 감정의 기복이 배제된 무한의 나직한 음성은 잔인한 한 편의 공포소설을 읽는 것처럼 생생하기만 했다.

청운은 혼란스러운 와중에도 무한의 이야기를 들을수록 어떤 사건과 닮았다고 생각했다. 그때 무한이 이야기를 이렇게 마무리 지었다.

"북경에서 벌어진 혈사를 직접 보지는 못했으나 어쩌면 비슷할지도 모른다는 생각이 들었다."

맞다. 바로 그거다. 북경 일각에서 빚어진 참사. 청운이 생각한 것도 바로 그것이었다. 하지만 어떻게 그것이 가능하단 말인가. 그의 상식으로는 일인이 거대 문파 하나를 송두리째 무너뜨린다는 것은 상상도 할 수 없는 일이었다. 정마쌍선이 동시에 나선다면 모를까, 개개인이라면 그들조차도 불가능할 것 같았다.

청운이 믿을 수도 그렇다고 믿지 않을 수도 없는 일에 당혹해하고 있을 때, 흑괴가 다소 신경질적인 어조로 말했다.

"정녕 남궁세가라더냐?"

청운이 퍼뜩 정신을 차리고 말했다.

"그게 아닌 것 같습니다. 진무사님 말씀으로는 한 사람에 의해 그리되었다고 하시는데……."

청운의 말에 장량과 하북삼협은 오히려 바짝 굳어 있던 몸을 풀었다. 대체 말이 안 되는 소리라 농담이라도 하는가 보다 하고 여긴 것이다.

반면 흑백괴동과 풍천개는 긴장한 얼굴로 서로를 마주 보았다. 그리고 약속이나 한듯 시선을 무한에게로 돌렸다.

이건 예상 밖이다. 원흉을 남궁세가에게로 떠넘기려는 줄 알았는데 그게 아닌 모양이다. 진실을 말하다니, 대체 이건 또 무슨 꿍꿍이인가.

세 쌍의 의문 섞인 시선을 받은 무한은 저들이 자신의 말을 믿지 않고 있다고 생각했다.

"사실입니다."

"그런데 자네는 무엇 때문에 그곳에 가게 되었는가?"

도선비기에 대한 말을 함부로 흘릴 수는 없는 일.

"지극히 사적인 일이라 그것까지는 자세히 말씀드릴 수 없습니다."

청운은 바삐 둘의 대화를 옮겼다.

무한의 말을 전해 들은 세 노인은 찰나 그럴 줄 알았다는 눈빛을 짓다가 곧바로 속내를 감추었다. 흑백괴동과 풍천개가 어찌 대응해야 할지 고민하는 사이 무한이 입을 열었다.

"아시겠지만 북경에서 혈사가 있었습니다. 그곳에 직접 가 보지는 못했지만, 여러 정황을 비추어 판단컨대 동일인이 저지른 일일 가능성이 크다고 판단됩니다."

북경혈사가 언급되자 흑백괴동의 안색이 절로 찌푸려졌다. 범인으로 몰려 쫓겨 다니던 걸 생각하면 지금도 이가 갈린다. 한데 진범이 직접 그 일을 언급을 하다니, 대체 얼굴에 철판이라도 깔았단 말인가?

악을 원수처럼 미워하는 풍천개는 무한의 뻔뻔함에 숫제 부들부들 몸을 떨고 있었다. 무한의 시선이 풍천개를 향하자 곁에 있던 백괴가 황급히 풍천개의 허벅지를 지공으로 찔러 주의를 환기시켰다.

실책을 깨달은 풍천개가 절로 터져 나오는 신음과 함께 말했다.

"크흐으음! 강호에 또다시 살성이 출현했단 말인가!"

청운이 무한에게 풍천개의 말을 전하기에 앞서 놀란 음성으로 물었다.

"그 말씀은 전에도 이런 일이 있었단 말씀이십니까?"

풍천개가 불그죽죽한 안색으로 무한을 일견하며 말했다.

"있었지. 그 지독한 일을 어찌 잊으랴. 지금은 관에 투신했다 하나 약하나마 매화향이 풍기는 걸로 보아 너도 강호문파에 몸담았을 터이니 필시 들어보았을 것이 아니냐?"

풍천개의 음성은 너무도 진중했다. 청운은 금의위 천호라는 직급을 떠나 명사 앞에 선 무림의 말학이 된 기분이 들어 매무새를 가다듬고 말했다.

"저는 도무지 무슨 말씀을 하시는지 모르겠습니다."

"너는 네 사부에게 마선지로에 대해 들어본 적이 없단 말이냐?"

풍천개가 마선을 언급하자 장량의 눈빛이 크게 흔들렸다. 청운이 뭔지 모르겠다는 듯 미간을 좁히며 묻는다.

"마선지로라니요? 정마쌍선의 그 마선과 관련이 있는 것입니까?"

중원무림에서 전설과 진배없는 마선이 언급되자 다들 촉각을 곤두세웠다.

풍천개가 혀를 차며 고개를 저었다. 다들 아무것도 모르고 있는 것이다.

"마선지로. 이 네 글자는 공포인 동시에 정파와 사파 모두에 있어 치욕과 다름 아니다."

풍천개의 입에서 강호 비사가 흘러나오기 시작했다.

강호공적으로 지목해 주살해야 마땅함에도 그를 처단하겠다고 나선 무림은 그의 응징을 망설였다. 이러지도 저러지도 못하는 것은 마선이 주는 공포 때문이었다.

감히 누가 마를 넘어 선(仙)의 경지에 이른 자에게 죄를 물을 것인가.

누구도 선뜻 나서지 못하고 있는 그때, 마선은 자신의 척살을 위해 모인 고수들 앞에 제 발로 나타났다. 세상을 피로 물들게 했던 마성에서 벗어난 뒤였다.

결말은 싱겁기 그지없었다. 마선은 얼어붙어 있는 무림인들에게 고개를 숙였다. 자신의 잘못을 통탄하노라 한 서린 음성을 남기고 그길로 꺼지듯 종적을 감추었다. 단단한 바위에 한 자 깊이의 발자국을 남긴 채였다.

마선과 마주한 정사의 고인들은 내심 가슴을 쓸어내렸음은 물론이었다.

"그렇게 사십여 년이 흐르고 마선이 안겨준 치욕은 세월의 물살에 서서히 씻어졌다. 어쩌면 잊으려 애썼다는 표현이 옳을지도 모르지. 마선을 입에 담지 않는 것이 하나의 불문율처럼 되어버린 지난 세월이었으니."

말을 마친 풍천개의 얼굴은 붉게 달아올라 있었다. 숨죽인 채 듣고 있던 모두의 얼굴도 별반 다르지 않았다. 참으로 부끄러운 일이 아닐 수 없었다.

풍천개의 말을 흑괴가 받았다.

"그건 정도문파일수록 더욱 심했다. 화산에서 대부분의 시간을 보냈을 네가 마선의 과거를 모르는 것도 이상한 일이 아니지."

청운이 풍천개의 말을 무한에게 옮기고 있을 때 명조후가 의아한 표정으로 묻는다.

"하지만 저희는 강호에 발을 담근 지 오래입니다. 한데 그런 이야기는 처음 들어봅니다. 그런 난리라면 민가에도 널리 알려졌을 일이 아닙니까."

"민초들 중 그 일에 대해 자세히 아는 사람은 거의 없다. 설령 알았다고 해도 크게 달라지지는 않았겠지."

하북삼협의 고개가 절로 끄덕여졌다.

관과 무림이 맹수라면 민초들은 초식동물이다. 민초들은 관과 무림에서 부스럭대는 소리만 들려도 귀를 세우고 몸을 낮춘다.

그 이야기를 입에 담아 좋을 것이 없다는 걸 아는데 누가 감히 함부로 입에 올리겠는가.

그것이 바로 힘없는 자들에게는 최선의 생존 전략인 셈이다.

청운에게서 풍천개의 이야기를 전해 들은 무한은 심각한 얼굴로 깊은 생각에 잠겼다.

그사이 청운이 흑백괴동에게 물었다.

"그렇다면 마선이 사십 년 만에 재등장했다는 말씀이십니까?"

흑괴가 잠시 생각한 뒤 말했다.

"그렇지는 않을 것이다."

백괴가 말을 받았다.

"노부 또한 동감이다. 마선은 극에 이른 마성을 절제하는 지경에 이르렀다. 그는 수천 명을 죽이고 반선의 반열에 올라 다시는 미친 짓을 저지르지 않을 자란 말이다. 뿐만 아니라 그가 직접 나선다고 해도 혼천둥마부를 통째로 어쩌지는 못할 것이다."

사람들은 어리둥절한 표정을 지었다.

"그건 또 무슨 뜻입니까? 그동안 마선의 무예가 약해지기라도 했다는 말씀이십니까?"

"그의 무예는 마성을 벗으면서 완성도와 안정성을 얻은 대신 폭주했을 때보다는 현저히 약해졌다고 예상되고 있다. 그렇다고는 해도 인간의 범주를 넘어선 경지겠지만."

"하면 누가 그런 짓을 벌였단 말씀이십니까?"

"그가 아니라면 그의 진전을 이은 자겠지."

굳은 얼굴로 대답한 흑괴가 무한을 바라보았다.

"한 사람이 그런 짓을 저질렀다고 한 걸로 봐서는 직접 그자를 본 것 같은데, 어떤가?"

무한이 시선을 청운에게 옮기자 청운이 빠르게 말을 전했다.

"그자를 직접 목격했냐고 물으십니다."

"그렇습니다. 직접 보았습니다."

무한의 말에 찰나 흑괴의 눈빛이 강렬하게 빛났다.

"젊지 않더냐?"

무한이 끄덕이며 말했다.

"아무리 많이 잡아도 사십은 넘지 않아 보였습니다. 한 가지 묻겠습니다. 듣자니 마선이라는 분의 무예가 하늘에 닿은 것 같은데, 혹 그분의 기예 또한 그와 같지 않습니까?"

흑괴는 속이 부글부글 끓는 것을 간신히 참으며 말했다.

"맞다. 그의 기예는 입신지경에 이르렀다는 평가를 받고 있다."

흑괴는 '그래서 네놈의 바둑이 그토록 뛰어난 것이 아니냐!' 라는 말을 꿀꺽 삼켰다.

무한이 갑작스럽게 바둑 이야기를 꺼낸 것은 다름 아니라 문득 떠오른 일이 있어서였다. 명나라로 오는 배 안에서 원적이 말하길, 명나라에는 입신의 무예를 지닌 자가 세 명이 있는데 세 명 공히 바둑 또한 입신의 반열이라 하지 않았던가.

그렇다면 전립이 마선의 제자란 말인가? 하지만 이해가 되지 않는 부분이 있었다.

"그렇다면 하나 더 묻겠습니다. 마선이 마를 벗었다면 과연 자신의 무예를 전수했겠습니까?"

무한의 지적은 타당했다. 마선이 진심으로 개과천선했다면 제이의 자신을 만들었을 리가 없었다. 그토록 해악이 되는 무공이라면 필시 사장시켰어야 옳았을 것이다.

"너는 그자가 마선의 제자가 아니라고 말하고 싶은 것이냐?"

무한이 고개를 저었다.

"꼭 그렇다는 것은 아닙니다. 하지만 어르신 말씀대로 마선이 개과천선하여 선의 반열에 들었다면 과거의 그와 같은 제자는 세상에 나오지 않았을 것입니다. 만약 제가 본 그자가 마선의 제자가 확실하다면 마선은 세상이 알고 있는 것과 다른 인물일 것입니다."

꽝, 푸스스!

급작스러운 일이었다. 무한이 앉았던 의자는 선실 벽에 부딪쳐 박살이 나고 정작 있어야 할 사람은 사람들의 시야에서 감쪽같이 사라져 버렸다. 그야말로 연기처럼 사라졌다. 청운 등은 그렇게 생각했다.

그러나 절정의 화후를 자랑하는 흑백괴동과 풍천개의 시선은 무한을 쫓고 있었다. 그들의 파르르 떨리는 시선이 향한 곳은 활짝 열려 있던 선실 문을 지나 선수에 닿아 있었다.

뚜벅뚜벅!

눈 깜짝할 사이에 뱃머리에 섰던 무한이 사람들의 시선을 한 몸에 받으며 이번에는 천천히 걸어 선실로 되돌아왔다.

흑백괴동은 무한을 향해 있던 시선을 무한이 앉아 있던 자리로 옮겼다. 발을 굴렀으리라 판단되는 자리가 눈 위에 발자국을 찍은 듯, 한 치 남짓 내려앉아 있었다. 바닥이 나무이고 보면 기가 막힌 일이었다.

무한이 펼친 보법, 그것은 단 일성으로 펼친 현마진린보였다.

마선이 사라진 지 사십여 년이라 했다. 하지만 그토록 대단한 사람이 지니고 있던 절기라면 인구에 회자되었을 것이고, 흑백괴동 정도의 나이라면 충분히 알아볼 수도 있을 것이다.

무한은 흑백괴동의 표정을 살폈다. 흑백괴동과 풍천개의 표정에는 당황한 기색이 역력했다.

그들은 혼란에 빠져 있었다. 살인마가 마선의 제자냐 아니냐를 놓고 이야기를 하고 있는 마당에 자신들 눈앞에서 버젓이 마선의 절기를 펼쳐 보일 줄이야.

흑괴는 자신들의 표정을 살피는 무한을 보자 갑자기 등골이 오싹해짐을 느꼈다.

'혹 알아보았다면 입을 막겠다는 심산이구나!'

흑괴는 그렇게 지레짐작하고 안색을 바꾸었다. 차라리 잘되었다. 가만히 앉아서 당하느니 선공을 택하는 편이 옳으리라. 또한 이곳은 강 한가운데니 배가 부서진다면 천에 하나, 만에 하나라도 어쩌면 놈을 처치할 수 있을지도 모를 일이었다.

흑괴는 양손에 서서히 공력을 끌어올렸다. 백괴와 풍천개도 흑괴와 비슷한 생각을 하고 은밀히 내력을 쌍장에 모으기 시작했다.

"이건 어젯밤 그자가 펼친 보법입니다. 알아보시겠습니까?"

말을 마친 무한은 흑백괴동과 풍천개의 양손에 막대한 내력이 모인 걸 느끼고 양미간을 좁혔다. 만평 등은 주변 공기가 급속히 냉각됨을 느끼고 흠칫 떨었다.

"네가 본 그자가 그 보법을 펼쳤다? 그렇다면 너는 어찌하여 그 보법을 시전할 수 있는 것이냐?"

풍천개의 음성에 숨길 수 없는 진한 살기가 묻어 나왔다. 무한의 안색도 덩달아 굳어진다.

"지금 이 상황은 무슨 뜻입니까?"

"네가 어찌 현마진린보를 구사할 수 있는지를 물었느니!"

급작스럽게 냉각된 분위기에 좌중은 갈피를 잡지 못했다. 그건 청운 또한 마찬가지였다.

"어르신들, 뭔가 오해가 있으신 것 같습니다. 대체 무엇 때문에 진무사님을 이토록 몰아붙이는……?"

청운이 말하는 중간에 장량이 푸르죽죽해진 얼굴로 끼어들었다.

"지, 지금 현마진린보라 하셨습니까?"

풍천개가 말했다.

"흥, 네놈은 그래도 화산의 가짜 도사들에게 들은 게 있는 모양이로구나."

사문의 존장들을 가짜 도사라 표현하다니, 평소 같았으면 불같이 성내며 따질 일이었지만, 지금은 상황이 달랐다.

상황을 제대로 파악하기는 힘들었지만 분위기가 험악하게 돌아가자 만평과 그의 사제들이 무한을 중심으로 모여들었다.

중평이 흑백괴동을 삿대질하며 말했다.

"이봐, 청운. 저 영감들 대체 뭐냐? 감히 우리 사숙 앞에서 공력을 돋우다니."

만평 등이 나섬으로써 분위기가 더욱 악화되자 청운이 황급히 중간으로 끼어들며 말했다.

"그게 뭔가 오해가 있는 것 같습니다. 잠시만 기다리십시오."

청운은 만평 사형제를 말려놓고 흑백괴동에게 물었다.

"대체 현마진린보라는 것이 무엇이관데 이러시는 것입니까?"

대답은 장량의 입에서 나왔다.

"현마진린보는 마선의 대표적인 절기다. 내가 알기로는 그의 사문이자 멸문한 절영문의 최고 신법이었다고 알고 있다."

흑백괴동과 풍천개가 일제히 고개를 끄덕였다.

"바로 그러하다. 현마진린보야말로 마선의 상징이나 다름없는 것이다."

청운의 얼굴이 하얗게 질린다.

"그, 그렇다는 것은……?"

흑괴가 한심하다는 듯 말했다.

"이제야 알았느냐. 저자가 바로 마선의 제자다!"

쿠쿵!

그것은 엄청난 충격이었다. 그렇기에 더욱 믿을 수가 없었다.

"그 말을 어찌 믿는단 말입니까?"

명조후의 고함에 백괴가 코웃음 치며 풍천개를 가리켰다.

"흥, 멍청한 놈 같으니라고. 이 늙은이가 누군 줄 아느냐? 네 녀석들이 평생 한 번 보기를 소원하는 개방의 장로니라!"

사람들의 시선이 일제히 풍천개를 향했다.

"지금 개방의 장로라 하셨습니까? 천풍 노인이? 천풍, 풍천… 서, 설마……?"

풍천개가 무겁게 끄덕였다.

차자장!

중간에 어정쩡하게 서 있던 하북삼협은 흑백괴동 쪽으로 일제히 물러서며 무한을 향해 검을 뽑아 들었다. 하북삼협까지 급작스레 검을 뽑아 들고 살기를 높이자 오평이 눈을 휘둥그레 뜨며 말했다.

"이것들이 단체로 미쳤나?"

"모두 비켜들 나라."

무한의 나직한 목소리에 만평 사형제들이 움찔 놀라 한쪽으로 비켜섰다. 이제 흑백괴동과 무한 사이에 있는 사람은 청운밖에 없었다.

"결국 그런… 것이었습니까? 정말 진무사님이 잔악무도한 마선의 제자였습니까?"

실소가 절로 나온다. 그간 흑백괴동과 천풍이라 소개한 노인의 눈빛이 영 껄끄럽다 싶더니, 이런 것이었던가?

태자를 호위해야 하는 막중한 임무를 앞둔 시점이다. 동창

무리가 지척에 있고 다른 누가 언제 어디서 습격해 올지 모르는 상황이다. 한데 내분까지 일어난다면 어찌 되겠는가.

"전해라, 나는 마선의 제자가 아니라고."

뭔가 물으려던 청운이 한숨을 깊이 내쉬며 흑백괴동에게 돌아섰다.

"아니라고 하십니다."

"흥! 헛소리! 증거가 명백한데도 발뺌이냐?"

무한은 백괴의 호통에도 얼굴색을 바꾸지 않고 침착하게 말했다.

"나의 사부는 혜명이라는 분으로, 조선에서 국사까지 지내신 기승입니다."

풍천개가 분노 가득한 음성으로 추궁했다.

"그렇다면 그 보법은 어찌 된 것이냐? 설마 구결도 모르는 상태에서 한 번 보고 그대로 따라했다고 말하고 싶은 게냐?"

"그렇습니다."

무한은 부인하지 않았다. 전립이 보법을 펼친 것을 본 것은 수년 전 일이었지만, 익힌 것은 근래의 일이다. 하지만 실제로 보법을 펼치는 걸 본 것은 단 한 번뿐이었으니.

"허! 기가 차도록 간교한 놈이로다. 네놈은 혼천등마부에서 네놈이 말하는 가공의 인물을 보기 전에도 그 보법을 썼다. 경천신문의 세 봉공을 제압할 때도 그랬고, 우리 두 형제를 제압할 때도 마찬가지였다. 그건 어찌 설명할 테냐!"

"제가 이 보법을 처음 본 것은 어젯밤이 아니었기 때문입니다.”

“뭐라? 전에도 보았더란 말이냐?”

“그렇습니다. 칠 년 전쯤이었습니다.”

“칠 년 전이라? 홍, 이제야 바른말을 하는구나. 그 말은 칠 년 전부터 마선의 제자였다는 말이렸다?”

“어르신, 그런 식으로 의심만 키우실 참입니까? 제가 만약 어르신들 말씀대로 그런 사람이라면 이토록 참고 있을 이유가 없지 않습니까?”

“홍, 그야 무슨 꿍꿍이가 있어서겠지. 대체 무엇이냐, 원적을 꼬드겨 고관이 되고, 이렇듯 힘을 가지고도 감언이설로 우리를 속이려는 이유가.”

말하는 도중에도 꾸준히 내력을 돋워 이제는 흑백괴동과 풍천개의 양손에는 엄청난 내기가 모여들어 있었다. 일행이 탄 배가 결코 작지 않았음에도 이 정도 힘이면 단숨에 박살낼 수 있었다.

무한은 이대로는 오해를 풀기가 쉽지 않음을 인정할 수밖에 없었다. 얽히고설킨 오해를 풀자면 전립의 일을 소상히 밝히는 수밖에 다른 도리가 없을 것 같았다.

“이제부터 할 이야기는 본인의 사문과 관련된 이야기입니다.”

무한의 말에 눈치 빠른 오평이 팔을 동동 걷어붙인다. 사문의 보물을 강탈당한 건 치부나 다름 아니었기에 아무에게나 드러내서는 안 될 일이었다.

"뭣들 하는 거야? 다들 나가라는 명령 못 들었나?"

명조후가 다가서는 오평에게 칼끝을 곧추세웠다.

"게 서라!"

오평은 명조후의 경고에도 아랑곳 않고 건들거리며 느릿하게 다가섰다.

"끝까지 내게 칼을 겨눠? 기어이 또다시 뜨거운 맛을 봐야겠다는 거지?"

"멈추라 했다! 베어버릴 수도 있음이야!"

"호오, 각오가 대단하군. 그래, 어디 한번 그래보시던가."

검파를 움켜쥔 명조후의 손아귀에 힘이 배가될 즈음,

파팟!

오평의 어깨가 크게 한 번 일렁인다 싶더니 명조후를 향해 득달같이 짓쳐들었다.

"어딜!"

명조후는 일갈하며 방어 절초를 발휘해 전면을 세차게 쓸어갔다. 만평에게 어이없는 패배를 당하기는 했지만 그보다 훨씬 이린 사제에게까지 질 생각은 추호도 없었다.

그런 다짐답게 검세가 사납기 이를 데 없었다.

검이 들이치기도 전에 찬바람이 얼굴을 쓸어온다. 예전이었다면 틀림없이 크게 당황했을 법한 공격이었다. 하지만 지금의 오평은 예전의 그가 아니었다. 엄청난 속도로 달려들던 오평은 무릎을 기이한 각도로 꺾어 속도를 대번에 줄여 버렸다.

화산의 보법을 두루 섭렵한 장량조차도 헛바람을 삼킬 정도로 기가 막힌 수법이었다. 현마진린보의 공능이 아니라면 절대로 있을 수 없는 일.

장량이 그 정도였으니 명조후는 어떨까. 오평이 검의 사거리에서 반 치 벗어난 자리에서 우뚝 멈추자 명조후는 그야말로 대경실색하여 검속을 줄였다. 하지만 전력으로 내친 검이 쉽사리 멈출 리가 만무했다.

스팟!

검풍이 귓불을 스치고 지나가자 오평은 기다렸다는 듯 오른손을 매의 발톱처럼 구부려 명조후의 좌측 옆구리를 쓸어갔다.

터무니없는 일! 너무도 쉽게 거리를 빼앗겼다. 그러나 형산파의 절기를 이은 명조후도 만만한 상대는 아니었다.

명조후는 검을 되돌려 저지하기에는 백지장만 한 틈새가 있음을 직감하고, 좌수를 굳게 말아 쾌속하게 뻗어냈다.

오평은 파공음을 동반하며 뻗어 나오는 명조후의 주먹을 맞아 독수리 발톱 같이 세웠던 손을 굳게 말아 권으로 변형시켰다.

파아앙!

충돌 후 오평과 명조후는 약속이라도 한 듯 각기 두 걸음씩 비척비척 물러섰다. 겉으로 나타난 모습은 막상막하였지만, 얼굴색은 정반대였다. 오평의 얼굴이 처음 그대로인 데 반해 명조후의 얼굴은 붉게 상기되어 있었다.

명조후가 얼굴을 붉힌 건 손해를 보아서가 아니었다. 착실히 닦아온 내력이 얼마인데 고작 한 번의 부딪침에 내상을 입 겠는가. 그가 얼굴을 붉힌 원인은 당혹스러움 때문이었다.

생각보다 만만치가 않다. 아니, 이건 장난이 아니다. 만평 사형제 중 작달막한 체구에 가장 존재감이 없어 별 볼일 없는 줄 알았는데, 웬걸 부딪쳐 보니 이건 예사 고수가 아니다.

임전무퇴. 싸움에 임해서는 결코 물러섬이나 망설임이 없었 던 그인데 이번만큼은 불길한 예감이 등골을 타고 스멀스멀 기어 올라오는 것을 느꼈다.

짤막한 대결로 호승심이 치솟은 오평이 손을 우두둑 꺾으며 다가오고 있을 때였다.

"그만!"

풍천개가 내력 깃든 호통을 내질러 오평의 호승심을 단숨에 꺾어 걸음을 멈춰 세웠다. 오평에게서 시선을 돌린 풍천개가 장량과 하북삼협을 쓸어보았다.

"나가 있어라. 내 저자가 무슨 말을 하는지 들어보아야겠 다."

날카로운 눈빛으로 무한을 주시하고 있던 장량이 입을 열었 다.

"그건 안 됩니다. 우리를 따로 떼어놓으려는 심산입니다."

"쯧, 우둔한 놈. 상대는 혼천등마부를 홀로 쓰러뜨린 자다. 네 녀석이 화산에서 무얼 얼마나 배웠는지는 모르나, 전혀 도 움이 되지 않을 테니 나가 있어라. 사단이 나면 그때 들어와도 늦지는 않을 터."

"풍 장로님, 하지만……."

"놈! 기어이 나의 말을 어길 참이더냐!"

우르릉.

풍천개의 고함에 배 전체가 쩌렁 울렸다. 풍천개의 진노가 있고서야 장량은 하북삼협과 함께 선실을 나섰다.

"너희들도 나가보아라."

"저희도 말입니까?"

무한은 중평의 반문에 끄덕이며 답했다.

"소란을 일으키지 마라."

"사숙, 하지만 하던 것은 마저 해야 하지 않겠습니까?"

"우리는 적이 아니다. 잊었느냐?"

"휴, 알겠습니다."

밖으로 나가서 본격적으로 한판 벌이려던 오평은 실망감에 어깨를 축 늘어뜨린 채 중평에게 끌리듯 밖으로 나간다.

흑백괴동과 풍천개, 그리고 통역해 줄 청운만 남았을 때 무한은 흑백괴동 등을 둘러보았다. 그리고 다시 입을 열었다.

"제 말을 끝까지 들으시고도 저를 의심하시겠다면 어쩔 수 없습니다. 무력을 불사하겠다면 저 또한 물러서지만은 않겠다는 뜻입니다."

풍천개가 의심의 기운을 풀지 않으며 말했다.

"모든 것은 듣고 난 후에 판단하겠다."

무한은 눈을 감고 잠시 정리를 마친 후, 전립과 얽힌 사연을 최대한 짤막하게 이야기했다. 청운으로부터 무한의 말을 전해

들은 흑백괴동과 풍천개는 한동안 말이 없었다. 믿어야 할지 말아야 할지 모르겠다는 표정들이다.

흑백괴동과 눈빛을 교환한 풍천개가 무한을 보며 입을 열었다.

"너를 네 사문과 이간질시켜 죽음 직전까지 몰아넣었다던 전립이란 자에게서 현마진린보를 처음 보았다는 것이냐?"

"그렇습니다."

"네 스승 혜명이라는 중이 마선일 가능성은?"

"전혀 없습니다."

"어찌 그리 단정하느냐?"

"그분은 불도를 깊이 깨달은 고승이셨습니다. 무(武)로써 세상을 놀라게 하실 만한 분이 아니었습니다. 더군다나 현마진린보라는 이 보법은 그분께 배운 것이 아닙니다."

"좋다. 네가 전립이란 놈에게서 처음 그 보법을 보았다고 치자. 하면 너는 전립이란 녀석이 현마진린보를 펼치는 것을 몇 차례나 보았더냐? 설마 자신의 절기를 수시로 노출시켰을 리는 없을 텐데."

"한 번이었습니다."

반신반의하는 감정을 보이던 흑백괴동과 풍천개의 얼굴에 다시 짙은 불신의 감정이 드리워졌다. 당연한 반응이다. 무한 본인 또한 잘 알고 있었다. 극상승의 무예를 한 번 보고 익힌다는 게 있을 수 없는 일임을.

"네 자신도 알 것이다. 그게 얼마나 얼토당토않은 말인지를. 한 번 아니라 수십수백 번 보아도 그것은 불가능하다.”

“알고 있습니다만, 제 말에는 한 치의 거짓도 없습니다.”

실상 무한이 현마진린보라는 희대의 절기를 익히게 된 것은 결코 우연이라고 할 수 없는 것이었다.

무한이 현마진린보를 일신에 품게 된 과정은 이랬다.

무한은 전립이 일부러 노출한 보법을 보면서 홀린 듯 기보에 대입시켰다. 자신도 모르는 사이 전립의 일 보 일 보를 바둑알 삼고 전립이 밟은 대지를 바둑판 삼은 것이다.

너른 땅이라는 바둑판에 전립의 일 보 일 보가 찍힐 때마다 기보를 만들 듯 한판의 바둑을 완성해 외워 버렸다. 당시 무한이 극도의 집중력을 발휘한데다 전립의 현마진린보 수위가 높지 않아 눈과 뇌리에 확연히 들어왔기에 가능한 일이었다.

물론 보법에 맞는 심법이 있고, 그에 대한 운용법이 따로 있다. 때문에 보법의 순서를 안다고 해서 보법 자체를 익힐 수는 없다. 하지만 무한에게는 도선비기라는 획기적인 심법이 있었다.

이렇듯 보법을 익힐 수 있는 거의 모든 요건을 갖춘 상태였지만, 무한은 칠 년이 넘도록 보법을 익히지 못했다. 아니, 익히지 못한 것이 아니라 무한은 자신이 보법을 기억하고 있다는 것조차 까맣게 모르고 있었다. 무한에게는 보법이 아니라 한 장의 기보였던 것이다.

결과적으로야 한 번 보고 외운 것을 칠 년이 지난 후 한 번만에 익히게 된 꼴이었지만, 사실은 훨씬 복잡했다.

무한은 두 장짜리 도선비기를 완성하는 동안 신선 노인이
남긴 기보뿐만 아니라 자신이 알고 있던 수백수천 종의 기보
를 연구했다. 그 과정에서 기보로 위장된 현마진린보 또한 수
도 없이 풀어졌다 합쳤다를 반복했다. 그러면서 무의식중에
오의의 일부가 스미어 뇌리에 박혔고, 흑백괴동의 합공이라는
결정적인 계기를 기점으로 밖으로 분출되었던 것이다.

과정없는 결과는 없는 법이다. 무한 또한 이런 과정을 거쳐
희대의 보법이라는 결과물을 얻게 되었지만, 정작 본인이 어
떻게 해서 보법을 익혔는지 설명하지 못했다. 모든 과정이 무
한 본인이 의식하지 못하는 사이 이루어진 탓이었다.

풍천개가 빈정거리는 투로 말했다.

"흥, 한 번 본 것을 그냥 익히게 되었다니, 결국 명확한 설명
을 하지 못하는구나."

양측에 깊게 파인 골은 좀처럼 좁아질 기미가 보이지 않았
다.

선실의 공기가 또 다시 무겁게 가라앉았다.

흑괴가 밀했다.

"사십 년 전 마선이란 자가 저질렀던 끔찍한 살육이 사십 년
만에 되살아났다. 그리고 마선의 대표 절기였던 보법을 익힌
자가 눈앞에 나타났다. 한데 그자는 다른 자가 한 번 내보인
것을 보고 익혔다고 말한다. 어떠냐? 너 같으면 이 말을 믿을
수 있겠느냐?"

무한은 고개를 가로저었다.

"제가 어르신들이었다고 해도 쉽게 믿지는 못했을 것입니다."

"흥, 아주 양심이 없지는 않구나."

뜬금없이 마선의 제자라는 의심을 받게 된 무한이었지만, 저들의 의심을 풀 방도가 딱히 보이지 않았다.

더군다나 지금은 태자를 무사히 북경까지 호위해야 하는 중차대한 임무를 맡고 있다. 합심하여도 태자를 무사히 호위할 수 있다는 보장이 없는데 내분이라니.

"지금 당장 믿어달라는 말씀은 하지 않겠습니다. 하지만……."

"하지만 뭐냐?"

"우리는 태자를 호위하기 위해 왔고, 그 임무를 완수해야만 합니다. 그러기 위해서는 어르신들의 힘이 절대적으로 필요합니다."

"네 말은 태자를 무사히 호위해 북경에 도착할 때까지 잠자코 있으라는 것이냐?"

"그렇습니다."

풍천개가 냉소했다.

"너는 무척이나 들어주기 힘든 요구를 하는구나. 나는 네가 무엇 때문에 금의위 북진무사라는 자리에 올랐는지 그 저의가 심히 의심스럽다. 너를 그런 고위직에 앉히고 이런 중차대한 임무를 부여한 원적 또한 믿을 수 없다. 한데 네 일에 협조할 것 같으냐?"

청운이 얼굴을 붉혔다.

"원 대인을 모독하지 마십시오. 그분은 그런 분이 아닙니다!"

"하면 어찌 된 건지 네놈이 설명해 보아라, 원적이 무엇 때문에 저 녀석을 북진무사 자리에 앉혔는지를."

"그건 일종의 거래였습니다."

"이제야 실토를 하는구나. 양자 간에 모종의 거래가 없고서야……."

"어르신들이 생각하시는 그런 검은 거래가 아닙니다."

"검은 거래가 아니라면 어찌 된 건지 네가 한 번 말해보아라."

청운은 무한과 원적의 만남부터 정화의 사주를 받은 해사방의 공격, 그리고 무한과 만평 사형제의 활약으로 위기를 극복한 것 등 핵심적인 내용을 간략하게 이야기했다.

"원 대인은 정화에게 대항할 인재를 필요로 하고 있었습니다. 그러던 차에 진무사님이 나타나신 것입니다. 마침 사질과 함께 전립이란 자를 잡기 위해 명국으로 넘어오신 진무사님은 명나라에 대한 아무런 사전 지식이 없었기에 전립을 잡을 수 있도록 도와주는 조건으로 원 대인 곁에 머물러 달라는 제의를 수락하신 것입니다."

흑백괴동과 풍천개가 서로를 마주 보았다. 아귀가 들어맞는다. 그럴 수 있겠다 싶기도 하다. 하지만 뭔가 부족했다.

"말만으로는 안 돼. 믿을 만한 증거가 있느냐?"

무한은 문득 원적에게서 받은 혼천등마부에 대한 보고서를 기억해 내고 품속에서 꺼내어 건넸다.

"흐음, 이 정도라면 믿겠다. 하지만!"

무한은 풍천개의 내심을 읽고 고개를 끄덕였다.

"알고 있습니다, 그것만으로는 온전히 믿지 못하신다는 것을. 그것으로 저를 완전히 믿어달라는 무리한 부탁을 하지는 않겠습니다. 다만 호위를 마칠 때까지는 그에 대한 이야기를 꺼내지 말아주십시오. 일이 모두 끝난 후에 결백을 스스로 증명해 보이겠습니다."

"좋다. 네가 말했던 전립이란 자가 정말 마선의 제자라면 남의 일이 아닌 터. 우리는 우리대로 그에 대한 정보를 모아보겠다."

개운하지는 않았지만 꽤나 만족스러운 대답이었다.

第八章
태자와 세자

한 무리의 군사가 홍택호를 건넌 무한 일행을 맞이했다. 십여 명으로 구성된 단출한 무리였으나 군기만은 제법 삼엄했다.

무리의 수장으로 보이는 대도를 비껴 찬 남의 군관이 배에서 막 내린 일행 앞으로 빠르게 다가섰다. 일행을 살핀 군관은 청운의 옷을 보고 일행의 수장이라 생각한 모양인지 바짝 굳어서 군례를 올렸다.

"금의위 천호님을 뵙게 되어 영광입니다. 소관은 태자호위대 소속 정백호 구영입니다."

청운은 졸지에 수장 대접을 받은 꼴이라 다소 난처한 입장이었지만, 무한이 드러나는 건 좋지 않았기에 끄덕이며 말했다.

“전하는 어디 계시냐?”

구영이 청운의 뒤에 서 있던 감찰단의 면면을 빠르게 훑으며 말했다.

“어제 도착해 이곳에서 십여 리쯤 떨어진 진영에 계십니다. 한데 다른 군사들은 언제 오는 것입니까?”

“다른 군사는 없다.”

“예에?”

분명 잘못 들은 것일 게다. 그래야만 한다.

“우리가 전부다. 무슨 문제라도 있는 거냐?”

물론 문제가 있었다. 이번 태자의 북경행이 험난한 여정이 될 거라는 건 삼척동자마저도 짐작할 수 있는 일. 한데 태자를 호위하겠다고 나선 자가 고작 십여 명이라니?

금의위 위사라는 작자들의 면면을 보노라니 더욱더 기가 찬다. 그렇지 않아도 적은 수에 노인이 셋이나 딸린데다 키만 멀대같이 크고 비리비리한 청년 하나까지 딸려 있지 않은가.

‘아, 내 명도 예서 다하는구나.’

구영이 판단하기에 이건 금의위장이 정화의 편에 섰다고밖에 볼 수가 없었다.

“어디다 정신을 팔고 있는 것이냐, 태자께 안내하지 않고?”

내심 장탄식을 내뱉은 구영은 청운의 재촉이 있고서야 간신히 무한 등에게서 눈을 뗐다.

“아, 예. 죄, 죄송합니다. 소관을 따르십시오.”

무한 일행은 어깨가 축 처진 구영을 따라 태자 진영으로 이동했다. 갑주와 번뜩이는 도로 무장한 군사들이 겹겹이 에워싼 너머로 대명루라는 현판이 붙은 삼층 누각이 보인다. 주루를 둘러싼 군사들만 헤아려도 족히 오백은 넘을 것 같았다.

주루 앞에 이르니 구영을 본 군사들이 양 갈래로 빠르게 갈라졌다. 그 속에서 백염을 늘어뜨리고 대감도를 비껴 찬 체구가 당당한 노장수가 터벅터벅 걸어 나왔다.

태자호위대의 대장 명탁이다. 성정이 대쪽 같아 도무지 타협이라고는 모르는 이 시대에 얼마 없는 장수 중에 장수였다.

언젠가 원적이 그에 대해 평하기를, 세상과 타협하는 방법을 터득했다면 일개 태자호위대의 대장이 아니라 수십만 명을 거느린 대장군이 되고도 남을 인물이라 하였다.

"대장님, 북경에서 오신 금의위 위사님들이십니다."

구영의 보고에 명탁이 딱딱하게 굳은 얼굴로 무한 일행을 쓸어보았다. 부리부리한 눈이 청운을 지나 무한으로 다시 흑백괴동에 이르러 반짝 빛이 났다.

평소 명탁의 인간됨을 흠모히고 있었던 청운은 얼른 한 걸음 나서서 군례를 올렸다.

"뵙게 되어 영광입니다."

"그대가 청운이라는 자인가?"

청운은 명탁의 입에서 자신의 이름이 불리자 귓불까지 빨개져서 대답했다.

"그렇습니다, 대장님."

"잘 왔다. 원적에게 그대가 올 것이라는 서신을 받았다."

"그러셨습니까."

원적으로 말할 것 같으면 태자호위대 대장을 맡고 있는 명탁보다 적어도 서너 계단은 서열이 위였다. 그럼에도 명탁의 입에서 원적의 이름이 스스럼없이 언급된다. 하지만 누구도 그에 대해 이의를 제기하지 않았다. 오히려 청운의 경우 당연하다는 반응이었다.

명탁은 단출한 인원을 보고도 놀라지 않았다. 그 또한 이미 원적을 통해 알고 있었던 모양이다. 하지만 놀라지 않는다고 의아함마저 없는 것은 아니었다.

인원이 적다기에 엄청난 자들만을 보냈거니 했는데, 막상 보니 그렇지가 않았다. 솔직히 실망이 이만저만이 아니었다. 아주 잠깐이었지만 혹시 원적이 정화 편에 선 것이 아닐까 하는 의심이 들었다.

하지만 명탁은 이내 고개를 저었다. 원적이 그럴 사람이 아닐뿐더러 만약 원적이 정화의 사람이 되었다면 더욱더 강력한 자들을 보냈을 것이다. 태자를 지키기 위해서가 아니라 해치기 위해서.

"허허, 원적 그 사람. 대체 무슨 생각을 하는 것인지 모르겠군."

청운은 명탁의 고민을 알아챘다. 그가 명탁의 입장이었더라도 아마 똑같은 고민을 하고 있었을 테니까.

"대장님, 고민은 접어두십시오. 여기 이분은……."

청운이 무한을 소개하려 하자 명탁이 손을 들어 말을 막았다.

"되었네. 먼저 전하를 배알하는 것이 순서가 아니겠는가."

명탁이 등을 돌려 주루로 향하려 할 때였다.

"험, 배를 타고 왔더니 속이 좋지를 않군."

"허참, 형님도 그러시오? 나도 아까부터 속이 부글부글 끓어오르는 것이 영, 마땅치가 않소. 이러다 태자 앞에서 쏟는 건 아닌지 걱정이오이다."

흑백괴동이 과장된 말투로 말을 주고받자 명탁이 돌아서서 흑백괴동을 응시했다.

왕년에 금의위 천호까지 지낸 적이 있던 명탁이다. 그는 처음부터 흑백괴동을 알아보았다. 가는 길이 다르다고 하나 강호에서 명성이 자자한 흑백괴동을 몰라볼 리가 없었던 것이다.

흑백괴동이 왜 지금 엄살을 부리는지도 알고 있었다. 태자 앞에서 오체투지까지는 아니더라도 고개를 바닥이 닿게 숙여야 하니 그것이 싫어 저러는 것이다.

아닌 게 아니라 명탁이 판단하기에도 말썽이 일어나는 것보다야 아예 들어가지 않는 편이 나을 성싶다. 금의를 입었다지만 무림인 기질이 단박에 없어질 리가 없다. 타협을 모르는 명탁이었지만 결코 어리석은 사람은 아니었다.

명탁은 난처한 표정을 짓고 있던 청운에게 슬며시 고개를 끄덕여 보였다.

"모두 들어가는 건 번잡스러울 듯싶으니 자네가 대표로 배알하게."

뻣뻣할 것만 같았던 명탁이 쉬이 승낙하자 청운은 지옥에서 건져진 기분이었다. 흑백괴동도 흑백괴동이지만 그는 무한과 만평 사형제를 더욱 걱정하고 있었다.

흑백괴동은 명국의 백성이니 태자에게 고개를 숙이지 못할 바 아니지만, 무한은 달랐다. 일전 기대조 시험을 치를 때 황제를 배알하는 자리에서 오체투지를 하지 않아 얼마나 진땀을 뺐던가. 황제에게도 그리하였거늘, 하물며 태자임에랴.

청운은 심호흡을 깊이 쉰 후, 홀로 태자가 있는 방으로 안내받아 들어갔다. 안으로 들자마자 달달한 차향과 함께 은은한 묵향이 코를 간질였다.

살짝 내기를 돌려서 남은 긴장을 털어내려 애쓰며 오체투지 했다.

"신(臣) 청운, 태자 전하를 뵙습니다. 천세, 천세, 천천세!"

"되었으니 그만 편히 일어나라."

청운은 오체투지를 풀고 고개를 살며시 들었다. 족히 삼백 근은 나갈 것 같은 거한. 거한이라기보다는 비대하다는 표현이 옳을 정도로 엄청난 덩치의 태자의 모습이 눈에 가득 들어왔다.

먼발치에서 두어 차례 본 적은 있지만 이토록 가까이에서 마주 대한 적은 처음인지라 청운은 표정을 관리하기가 여간 어려운 게 아니었다.

그때 태자는 가느다란 붓을 들어 난 잎사귀를 일필로 쳐내고 가만히 내려놓았다. 그리고는 살에 파묻힌 실눈으로 그림을 감상하기 시작했다. 엄숙한 분위기와는 달리 가만히 앉아 있는데도 태자의 숨 쉬는 소리가 마치 한바탕 달음질친 사람의 그것과 같아 우스꽝스러웠다.

시간이 더디 흘러 일다경쯤 지났을까? 태자가 조용히 입을 열었다.

"네 보기에 어떠하냐?"

청운의 시선이 탁자에 놓인 난화를 향했다. 시선이 눈에 띄게 흔들린다. 시나 서화에 문외한인 청운이었다. 하지만 한눈에 보기에도 태자의 솜씨가 보통이 아님을 느낄 수 있었다.

태자가 시서화에 능한 것은 이미 정평이 나 있는 바, 이미 알고 있었음에도 청운이 새삼스럽게 놀란 것은 솜씨가 뛰어나서가 아니었다. 난에서 풍겨지는 분위기.

분명 부드럽게 뻗은 잎사귀인데 가슴 한구석이 서늘해진다. 이건 마치 벼려진 칼날과 같지 않은가. 마냥 청초한 것 같은, 한 송이 활짝 핀 난화(蘭花) 또한 왠지 모를 강렬한 힘이 느껴졌다.

현명한 것에 비해 성정이 지나치게 온화하고 굼뜨다고까지 평가받는 태자였다. 대게 글씨나 그림은 사람의 성정을 반영한다고 알고 있던 청운이었기에 의아하지 않을 수 없었다.

'역시 황제 폐하의 아들. 피는 역시 속이지 못하는 것인가?'

"마음에 흡족하지 않았던 모양이지?"

"아닙니다. 그럴 리가 있겠사옵니까. 소신은 미욱하여 그림을 볼 줄도 모르옵니다."

낮을 붉히는 청운을 본 태자의 얼굴이 부들부들 떨렸다. 청운은 그것이 바로 태자의 웃는 표정이라는 것을 짐작할 수 있었다.

"그래, 그렇겠지. 문무를 겸전한 무인이 어디 흔하겠느냐."

태자는 그림을 접어 한쪽으로 밀어두고 본론에 들어갔다.

"그래, 너는 처음 보는 얼굴이구나."

"소신, 청운이라 합니다. 화산의 속가로 무예를 닦은 후 관에 투신하였고, 근래 원 대인의 중용으로 감히 능력 밖의 천호 직책을 맡고 있사옵니다."

태자는 실눈을 더욱 가늘게 떠 청운을 살폈다. 이제 스물 중반이나 됐을 성싶은 아이를 천호에 앉힌 것만도 파격적인 일인데, 차기 황제인 자신을 호위하라 보냈으니 필시 범상한 자가 아니겠는가.

태자는 고개를 모로 뉘였다. 깔끔하고 정갈한 외모, 맑은 눈빛이 무척 인상적이기는 해도 압도적으로 대단한 자로 보이지는 않았던 것이다.

"그래 금의위 병사들은 몇이나 대동하고 왔더냐?"

"이번에 전하의 호위를 책임지고 온 금의위 위사는 모두 열세 명이옵니다."

별안간 태자의 얼굴이 굳어진다.

"지금 뭐라 하였느냐?"

"열세 명이라 하였사옵니다."

긴 침묵이 이어졌다. 그리고 긴 한숨과 함께 태자의 침중한 음성이 울렸다.

"기어이 원적마저 정화의 편에 선 게로구나."

청운이 깜짝 놀라 즉시 부정했다.

"전하, 그것이 무슨 말씀이시옵니까? 대인께서 태감의 편에 서다니요? 당치 않사옵니다."

태자가 비곗살을 부르르 떨며 호통 쳤다.

"내 어리석은 위인이 아니거늘, 어찌 손바닥으로 하늘을 가리려 하느냐? 금의위마저 정화의 편에 섰다면 더 이상 이 나라는 방법이 없으니, 이 한목숨 연연하여 무엇 하겠느냐? 오래 끌 것도 없으니 지금 당장 네 손으로 목숨을 취하라."

청운은 창백하게 질려서 부정했다.

"전하, 크게 오해를 하신 것 같사옵니다. 저희들이 소수로 온 것은 원 대인께서 변심하였기 때문이 아니옵니다. 오히려 전하를 안전히 호위하고자 대인께서 더없이 출중한 인물들로만 보냈으니 심려 거두시옵소서."

그때였다. 청운의 말이 끝나자마자 태자 뒤편에 있던 병풍에서 나직한 음성이 들려왔다.

"호오, 더없이 출중한 인물들이라… 너는 스스로의 얼굴에 금칠을 하는구나. 뻔뻔한 것이냐, 아니면 그만큼 자신이 있다는 것이냐?"

음성에 이어 이윽고 사람 그림자가 비쳤다.

청운의 안색이 몰라보게 굳어졌다. 병풍 뒤에서 나타난 자는 모두 세 명이었다. 내실에 들어서면서부터 병풍 뒤에 인기척이 있음은 느꼈었다. 하지만 그가 느낀 사람의 기운은 하나였지 셋이 아니었다.

청운이 지척에서도 아무런 기척을 느낄 수 없었던 자들. 그들은 육십을 훌쩍 넘겨 흑백괴동과 비슷한 연배로 보였다. 하지만 연배 외의 것들은 흑백괴동과 정반대였다.

동글동글한 인상의 흑백괴동과는 달리 길고 비쩍 마른 얼굴은 무척이나 신경질적으로 보였다. 또한 단신인 흑백괴동에 배해 키가 육 척에 달했다.

깡마른 두 노인은 짙은 회색 옷을 입고 있었는데 무척이나 염세적인 분위기를 물씬 풍겼다.

그들은 청운에게 심상치 않은 존재감으로 다가왔다. 툭 불거져 나와도 시원치 않을 태양혈은 일반인처럼 밋밋하기만 했고, 안광 또한 형형한 것과는 거리가 멀었다. 하지만 그것이 더욱 그들의 존재감을 부각시켰다.

무공을 드러내지 않고 일정 부분 갈무리할 수 있다는 것. 그것은 이미 절정 이상의 경지에 올라섰음을 뜻하는 것이었으니.

대단한 고수라는 생각이 들었다. 하수가 고수의 경지를 판단하는 것은 아무래도 무리가 있었지만, 분위기만으로는 흑백괴동과 견주어도 손색이 없을 것 같은 예감이 들었다.

흑백괴동과 동급. 그만한 고수라면 한 번쯤 들어보았어야 정상이다. 한데 머릿속을 아무리 더듬어보아도 두 노인과 부합하는 인물은 떠오르지 않았다.

청운의 시선이 노인들을 떠나 이번에는 중앙에 선 청년에게로 옮겨졌다. 백의를 정갈히 차려입은, 약간 말랐다 싶은 체형의 사내. 빼어난 용모와 훤칠한 키가 인상적인 사내는 대략 이십대 초반으로 보였다.

호흡에서 내력의 낌새는 조금도 느껴지지 않는다. 하지만 어딘지 모르게 좌중을 휘어잡는 기개가 있다. 내력도 없이 이런 기운을 뿜어내는 자라면 태생부터가 다르다는 얘기.

청운은 즉시 사내를 향해 한쪽 무릎을 꺾었다.

쿵!

"신 청운, 왕세자님을 뵈옵니다."

병풍 뒤에서 나타난 자 중 청운이 유일하게 인기척을 느낄 수 있었던 백의인. 그는 청운이 짐작한 대로 태자의 맏아들 주첨기였다.

청운은 잠시 항간에 떠도는 소문을 상기했다.

건강이 극단적으로 좋지 않은 주고치가 강력한 경쟁자인 주고후를 제치고 태자 위에 오를 수 있었던 원동력. 그것은 바로 태자가 아닌 주첨기의 영명함을 높이 산 황제의 결단이었다는 것.

태자와 왕세자를 한 자리에서 본 청운은 그 소문이 상당히 사실에 근접하다고 생각했다.

존재를 드러낸 왕세자 주첨기가 태자 좌측에 굳건히 서며 말했다.

“너는 아직 나의 물음에 답하지 않았다.”

“신이 원 대인께서 태자 전하께 더없이 출중한 인물을 보냈다고 감히 말씀드린 것은 뻔뻔해서도, 객기도 아니옵니다.”

“하면 무엇이냐?”

“소신을 제외한 금의위 위사들의 면면이 그러하옵니다.”

“홍, 그래 봐야 한낱 위사가 아니더냐?”

“직책만 놓고 보자면 저하의 말씀이 맞사옵니다.”

“직책만 두고 보면 그렇다? 실력은 다르다는 뜻이냐?”

“물론이옵니다.”

청운의 자신에 찬 대답에 왕세자가 태자에게 말했다.

“아바마마, 소자가 저자의 말이 사실인지 직접 확인해 보겠사옵니다. 윤허하여 주시옵소서.”

태자는 실눈을 몇 차례 끔뻑거리다 이내 고개를 저었다.

“어차피 금의위마저 정화 그 악적의 손에 넘어갔다면 더 해 볼 것도 없질 않느냐?”

“아바마마, 그건 절대로 그렇지가 않사옵니다. 황제는 천자이온데, 어찌 환관의 힘으로 천자의 위가 결정되겠사옵니까? 또한 그런 일이 있더라도 만약 숙부께서 황통을 잇게 된다면 그야말로 이 나라에 크나큰 재앙이니 끝까지 막아야만 하지 않겠사옵니까?”

주첨기의 간곡한 말에 태자가 다소 붉어진 안색으로 끄덕인다.

“아우의 잔인함은 나 또한 크게 경계하는 바. 좋다. 속히 가서 원적의 내심이 어떤 것인지 알아보도록 하여라.”

태자는 원적이 아직 변절하지 않고 굳건한 충심을 지니고 있다면 그와 더불어 대사를 도모하리라는 의지를 전했다.

태자의 허락을 득한 왕세자는 걸음을 떼기에 앞서 청운에게 말했다.

“너의 말이 부디 사실이길 바란다. 감히 알량한 세 치 혀로 우리를 기망한 것이라면 너의 목숨은 그 자리에서 즉각 사라질 것이니.”

“……”

무한에 대한 끝없는 믿음을 간직한 청운은 세자의 서릿발 같은 경고에도 당당히 앞장서서 내실을 나섰다.

2

명탁은 저녁 시간에 맞춰 무한 일행을 불러 자리를 같이했다. 그는 식사하는 내내 깊은 고민에 잠겨 있었다.

명탁은 이전부터 원적의 인간됨을 알고 있었다. 그런 만큼 왕세자와는 달리 원적이 정화와 결탁했다는 의심은 별로 하지 않고 있었다. 하지만 그래서 더욱 의아함을 떨치기 힘들었다.

열세 명이라니, 아무리 생각해도 터무니없는 숫자다.

정화가 태자 호위건을 원적에게 맡긴 것은 분명 다른 의도가 있다. 확실치 않지만 원적에게 태자를 호위하라 시켜놓고 뒤에서는 태자를 시해하기 위해 음모를 꾸밀 가능성이 컸다.

그렇다고 본다면 태자를 시해하는 과정에서 원적의 수하들을 같이 죽여 증거를 없앨 것은 자명했다. 그 후 태자 호위에 실패한 책임을 원적에게 물어 그까지 제거할 수도 있는 것이다. 정화 입장에서 본다면 그야말로 일거에 눈엣가시를 동시에 제거하게 되는 셈이다.

그런 만큼 정화는 이번 일에 총력을 기울일 것이다. 어지간해서는 감당키 힘든 공격이 될 것이 뻔한데, 원적은 고작 열셋을 보냈다.

'원적, 대체 무엇이냐. 저들로 정화를 막을 수 있다는 것이냐?'

입맛을 잃은 명탁은 젓가락을 내려놓았다. 그리고 탐색의 시선으로 청운과 함께 온 감찰단원들을 둘러보았다.

열세 명 중 가장 눈에 띄는 자라면 아무래도 흑백괴동이다.

흑백괴동의 무위야 의심할 나위가 없다. 다른 한 노인 또한 흑백괴동과 스스럼없어 보이는 것으로 보아 평범한 노인은 아닐 터였다.

시선이 장량에게로 옮겨진다. 고개가 절로 끄덕여진다. 떡 벌어진 어깨하며 그에 반해 날씬한 허리, 그리고 흔들림없는 눈빛은 절세검객의 풍모에 어긋남이 없었다. 하지만 문제는 나이다. 내력도 내력이거니와, 경험 면에서 흑백괴동과 비교하기에는 무리가 있을 듯했다.

장량을 향했던 시선이 하북삼협에게로 옮겨갔다. 장량만큼은 아니지만 태양혈이 툭 불거진 것이, 셋 모두 만만치 않은 무력을 쌓은 자들이 틀림없다. 냉정히 평가해 자신의 수하 중 저들만 한 자가 없었다.

시선이 만평 사형제에게로 옮겨진다.

마침 국수를 깨끗이 비워낸 중평이 주방을 향해 빈 그릇을 치켜들고 흔들어대고 있었다. 사환이 대기하고 있다가 쪼르르 달려와 국수 한 그릇을 두고 사라진다. 그러고 보니 이미 중평 옆에는 빈 그릇 다섯 개가 차곡차곡 포개져 있었다. 잠깐 만에 중평은 국수 다섯 그릇을 먹어치웠던 것이다. 곁에 있는 만평 등도 만만치 않아 각기 세 그릇씩 해치우는 기염을 토해내고 있었다.

모름지기 소식(小食)이 일상화된 것이 중들의 생활이다. 썩 보기 좋은 광경은 아니었다. 하지만 백번 양보해 식성이 좋은 중들인가 보다 하고 넘어가면 그만인 일이었다.

그러나 문제는 그뿐이 아니었다. 식사를 하면서도 무슨 할 말이 그리도 많은지 손짓을 해가며 쉼없이 이야기를 주고받고 있었다. 그러면서도 끊임없이 국수 가락을 퍼 넣고 있으니 입 안에서 내용물이 튀어나오는 것은 예삿일이었다.

그뿐이 아니었다. 식탁에 가려져 있었지만 온몸이 크게 들썩이는 것으로 미루어 하체 또한 부산히 움직이고 있음을 알 수 있었다.

만평 사형제는 밥 먹는 시간조차 아까워 현마진린보에 대해 의견을 교환하는 한편, 보법이 몸에 완전히 배도록 발을 놀리고 있는 것이었다. 그런 사정을 알 리 없는 명탁은 그들에게 최악의 평가를 내렸다.

'허허, 참으로 경망스러운 자들이로다.'

만평 사형제의 엄청난 식사량에 한 번 놀라고 경망스러운 태도에 두 번 놀란 명탁은 얼굴을 와락 일그러뜨린 채 마지막으로 시선을 무한에게로 돌렸다.

명탁은 다시 한 번 실망하고 말았다. 까칠한 털로 덮인 병색이 완연한 얼굴. 앙상하기까지 한 팔 다리를 보노라니 동정심이 절로 일어난다. 어느 면으로 봐도 무림인은 아니다. 무림인은 고사하고 업혀 들어온 걸 보자니 필시 앉은뱅이일 가능성이 크다.

'힘보다는 머리를 쓰는 모사라는 것인가?'

만평 사형제와 무한을 번갈아 보고 있자니 흑백괴동 등을 보고 내심 모락모락 피어나던 희망이 순간 연기처럼 사라진다.

명탁이 보다 못해 눈을 질끈 감고 속으로 장탄식을 토해내고 있을 때였다.

저벅저벅.

위층으로 향하는 계단 쪽에서 발자국 소리가 들린다 싶더니 급작스럽게 주루 분위기가 일신되었다. 왕세자의 등장이었다.

명탁은 급히 자리를 털고 일어나 세자에게 예를 취했다.

"전하, 어인 걸음이시옵니까?"

"내 대단한 자들이 왔다기에 한번 보려고 왔네."

세자의 음성에는 가시가 박혀 있었다.

세자와 함께 등장한 두 노인에게 관심을 보이고 있던 흑백 괴동은 느릿하게 자리에서 일어섰다. 시선은 여전히 적의노인들에게 향한 채였다.

무한 일행 중 세자의 등장에 표정 변화를 보인 것은 하북삼협뿐, 다른 이들은 심드렁한 표정을 짓고 있었다.

"세자 저하이시네. 뭣들 하는 것인가, 어서 예를 취하지 않고!"

당황과 노기가 반씩 섞인 명탁의 말에 세자가 팔을 치켜들어 제지했다.

"그만두시게. 거드름이나 피우자고 온 것이 아니니 거추장스러운 예 따위는 필요없네."

싸늘히 일갈한 세자는 무한 일행을 쓸어보았다. 청운의 자신에 찬 대답에 어느 정도는 기대를 하고 있었던 세자였다. 한데 이건 뭔가.

난쟁이 노인 둘에 별 볼일 없어 보이는 중들, 게다가 병자라니. 오합지졸도 이보다는 나을 성싶다. 그런 마당에 세자 정도는 안중에도 없다는 태도라니. 어이가 없어 헛웃음이 나올 지경이었다.

원적이 정화의 편에 섰다는 확신이 굳어졌다. 그렇지 않고서는 저자들이 감히 세자인 자신 앞에서 저러한 태도를 보일 리가 없었다. 원적이 이런 말도 안 되는 자들을 자신에게 보낸 것은 자신들을 조롱하고자 함이 아니겠는가.

세자는 더 볼 것도 없다고 판단하고 싸늘한 얼굴로 돌아섰다.

"청운이라고 했더냐?"

"예, 전하."

세자는 끝까지 당당함을 잃지 않는 청운을 보자 이가 갈렸다. 도대체 놈은 자신을 어찌 보기에 이리도 뻔뻔하단 말인가.

세자는 지독한 분노와 모멸감을 잘근 씹어 삼켰다.

"어디 목이 떨어지고도 그 표정을 유지할 수 있는지 두고 보겠다. 청로(靑老)!"

그것은 다름 아닌 청운에 대한 즉결 처단 명령이었다.

스르륵!

세자의 입에서 처단 명령이 떨어지기 무섭게 세자 곁에 서 있던 노인 중 하나가 유령 같은 움직임을 보였다. 청로라 불린 노인의 쇄도에 청운은 스산한 살기가 밀어닥치는 것을 느꼈다.

청운의 오른손이 반사적으로 허리춤을 찾았다.

"……!"

아뿔싸! 손에 닿는 것이 없었다. 검이 없다?

퍼뜩 떠오른 생각. 태자를 만나러 들어가면서 풀어서 경비에게 맡기지 않았던가.

청운은 긴장으로 바짝 움츠렸던 전신을 느슨하게 풀어버렸다. 검이 있다면 또 어쩔 텐가. 결과가 바뀌었을까?

아니다. 청운은 그래도 달라지는 건 아무것도 없었을 거라는 걸 인정할 수밖에 없었다.

다름 아닌 세자의 명령이다. 세자가 죽음을 말했으니 죽는 수밖에 없다. 거부하거나 반항했다가는 스스로 역도임을 자복하는 꼴이 되고 만다.

또한 그것이 아니라도 어쩔 수 없었을 것이다. 벌써부터 거미줄에 걸린 힘없는 곤충처럼 몸이 움직이지 않았다. 정신은 멀쩡한 반면 몸은 이미 공포로 인해 딱딱하게 굳어져 버렸다. 예상했던 대로다. 아니 그것보다 훨씬 더 청로라 불린 노인의 무공은 대단한 것이었다.

청운은 동공 안으로 노인의 푸르스름한 손 그림자가 비춰들자 아예 눈을 질끈 감아버렸다.

참으로 허망한 목숨이라는 생각이 들었다.

철이 들기 전부터 검을 들었고, 짧은 생이나마 무인으로 살았다. 한데 마지막 순간 검도 뽑아보지 못하고 죽게 되다니. 그나마 위안이라면 엄청난 고수에게 목숨을 잃게 된다는 것 정도.

청운은 이렇듯 죽음을 준비하고 있었지만 변화는 시작되고 있있다. 청운의 목숨이 경각에 달해 있을 때였다. 생을 포기한 청운을 대신해 청로의 움직임에 반응을 시작한 이가 있었다. 그것도 하나가 아니라 여럿이었다.

만평 사형제가 바로 그들이었다.

사형제 중 무공이 가장 고강한 만평이 가장 먼저 반응을 보였다. 만평은 청운과 청로라 불린 노인과의 거리보다 자신과의 거리가 월등이 멀었기에 몸을 날려서는 늦다는 걸 즉각 계산했다.

직접 몸을 날릴 수 없다면 방법은 하나밖에 없다. 장거리 무기를 사용하는 것.

활? 물론 가장 좋은 수단이었다. 당장 쏠 수만 있다면 말이다. 지금은 강한 탄력을 유지시키기 위해 시위를 풀어놓은 상태. 촌각을 다투는 순간에 시위를 걸고 살을 먹여 쏜다는 건 어불성설.

다급해진 만평은 일단 손에 잡히는 것을 힘껏 던졌다. 만평이 내던진 것은 다름 아닌 방금 전까지 옆에 가지런히 쌓여 있던 국수 그릇들이었다.

세자 앞에서 사발을 날리다니. 어처구니없는 노릇이었지만 빈 그릇이라고 마냥 무시할 수만도 없는 일이었다. 던진 자의 내력이 범상치 않은데다 그릇의 재질까지 여러 번 구워 단단하기 이를 데 없는 무겁고 강한 자기였다.

하지만 청로의 손길을 멈추게 하기에는 아무래도 부족한 듯 보였다. 세자와 함께 나타난 또 다른 깡마른 노인이 다소 붉어진 안색으로 반응을 보였던 것이다.

노인의 무위가 청로라 불린 노인과 비슷하다고 계산했을 때 만평의 공격은 어렵지 않게 막히고 청운은 불귀의 객이 될 판이었다.

그때였다.

부앙!

다시 한 번 무시무시한 소리를 동반하며 예닐곱 개의 그릇이 허공을 날았다. 오평과 청평이 만평과 거의 동시라고 할 만큼 비슷한 시간에 던진 것이었는데, 만평의 그것에 비해 거의 손색이 없었다.

한편 청로를 보호하기 위해 몸을 날린 노인은 청로와 동문수학한 적로라는 무명을 가지고 있었다. 그는 육십 평생 이토록 참담한 꼴은 처음이었다. 세상에 세자까지 있는 자리에서 사발 공격이라니.

"갈!"

파락!

버럭 소리친 적로는 눈꼬리를 치켜뜨며 소맷바람을 일으켰다. 막는 것뿐만이 아니라 오히려 도로 튕겨내 공격까지 할 요량으로 엄청난 내력을 일으켰다.

막대한 내력을 포함한 소맷바람은 적로의 의도대로 모든 그릇들을 아울렀다. 쏘아져 오는 힘이 찰나지간 완전히 상쇄되어 반대편으로 쏘아질 즈음,

적로의 예측을 완벽히 뒤엎는 일이 벌어졌다.

파픽! 파사삭!

갑자기 그릇들이 산산조각 나서 사방으로 비산했다. 아무리 생각해도 난데없는 일이었다.

적로는 어째서 이런 결과가 발생했는지 가늠할 시간도 없이 세자에게 몸을 날렸다. 조각조각 부서져 숫돌에 갈린 칼 못지않게 날카로워진 파편은 그것 자체로 흉기나 다름없었다. 한데 그 흉기나 다름없는 그것은 눈이 없었다. 지위 고하를 따지

지 않고 어김없이 세자에게도 날아들었다는 얘기다.

파파팟!

주루에 모여 있던 자들은 저마다 정신없이 무기를 휘둘러 자신에게 날아오는 파편을 막아냈다.

"으아악!"

와장창, 우당탕!

채찍과 칼질이 난무하는가 하면 그릇이 박살나고 탁자가 통째로 날아가는 등 주루 안은 삽시간에 난장판이 되었다. 억눌린 신음도 간헐적으로 터졌다.

그리고 잠시 후.

거짓말 같은 정적이 찾아왔다. 소란이 진정된 주루는 싸늘한 냉기가 흘렀다.

적로는 세자를 무사히 보호하는 데 성공했다. 청운은 아직 죽지 않았다. 목에 핏기가 비치기는 했지만 그뿐이었다.

청로는 마지막 순간 청운을 죽이는 걸 포기하고 자신과 명탁 등을 향해 쏟아진 수많은 파편들을 모조리 막아낸 상태였다.

무력이 딸리는 명조후 등은 저마다 한두 개씩 파편을 허용해 피를 흘리고 있었지만 다행히 심각한 정도는 아니었다.

주루 안에서 벌어진 소란에 밖에서 지키고 있던 병사들이 우르르 몰려들어 왔다.

"저놈들을 당장 포위하라!"

명탁이 칼을 들어 무한 일행을 가리키자 병사들이 일제히 도검을 겨누었다.

　병사들이 무한 등을 겹겹이 에워싸는 사이 적로의 살기 어린 눈빛이 중평을 향했다. 반면 만평은 병사들은 안중에도 없는 듯 흐뭇한 눈빛으로 중평의 어깨를 토닥이고 있었다.

　그랬다. 이번 사단의 주인공은 바로 중평이었다.

　도선비기를 전수받지 못한 중평은 다른 사형제들보다 반응 시간이 느릴 수밖에 없었다. 하지만 반응이 느린 대신 그에게는 다른 사형제에게는 없는 능력이 있었다. 눈치와 계산이 빠르다는 것이었다.

　그는 앞서 만평 등이 던진 그릇들이 적로의 소맷바람에 휘말리는 것을 보고 청로나 적로를 향해서가 아닌 공중에 떠 있는 그릇을 겨냥했다. 그리고 그것은 탁월한 결과를 가져왔다.

　연이어 같은 방식의 공격을 받은 적로는 별로 심각하게 생각하지 않고, 약간의 내력만 더해 밀어붙였다. 그리고 그것이 실수였다는 것을 알기까지는 촌각의 시간도 걸리지 않았다.

　다섯 쌍의 자기 그릇은 정확히 허공에서 부딪쳤고, 수백수천 조각으로 부서져 막대한 경기와 더불어 사방으로 퍼져 나갔던 것이다.

　가까스로 목숨을 건진 청운은 시커먼 안색으로 땅이 꺼져라 한숨을 쉬었다. 그는 만평 사형제가 순전히 자신을 위해 무모한 일을 벌인 것을 알고 있었지만, 고맙다는 말을 할 수가 없었다. 이로 인해 만평 사형제의 목숨도 위태로워지질 않았는가.

　"휴우, 하지 말아야 할 일을 하셨습니다."

오평이 팔짱을 끼며 말했다.

"어쨌거나 네놈은 우리의 상관이 아니냐."

청평이 끄덕이며 말을 받았다.

"그럼 상관이 눈앞에서 뒈지는데 가만히 보고만 있어야 한단 말이냐?"

중평이 길게 찢어진 눈으로 장량을 쏠어보며 말했다.

"안 될 말이지! 우린 그런 비열하기 짝이 없는 놈들과는 태생이 다르단 말이지."

청운과 오고 가는 말이 무엇인지 대충 짐작한 하북삼협은 중평의 시선을 피했다.

한편 적로의 도움으로 목숨을 건진 세자는 의외로 담담한 표정을 보이며 서늘한 시선으로 사방을 둘러보았다.

자칫 심각할 수 있는 상황. 아니, 죽어도 여럿 죽는 게 당연했을 상황이었다. 한데 벌어진 사태에 비해 나타난 피해는 지나치게 경미했다. 가장 이해할 수 없는 것은 주루에 고용된 사환들이었다. 그들은 주루 왼편 주방으로 이어진 통로 앞에 몰려 있었는데 죽기는커녕 다친 사람이 한 사람도 없었다.

의아함으로 물든 세자의 시선이 통로 앞, 바닥을 향했다. 기다란 탁자가 파편이 빼곡하게 박힌 채로 형편없이 부서져 나뒹굴고 있었다. 방금 전까지 명탁 등이 만찬을 즐기던 바로 그 탁자였다.

그 짧은 순간 누가 저 탁자를 던져 사람들을 보호했단 말인가.

“명은 잠시 보류한다.”

세자의 명령에 청운에게 다가가던 청로와 몸을 날리려던 만평 등도 움찔 동작을 멈췄다.

세자는 방금 전 있었던 공격이 자신을 시해하려는 의도라고 생각했다.. 한데 주루의 미천한 사환의 목숨까지 돌보는 자들이라면 다시 생각해 볼 일이었다. 처음으로 자신의 짐작이 틀릴 수도 있다는 생각이 들었다.

“누구냐?”

세자의 음성은 다소 누그러져 있었다.

3

“누구냐?”

세자의 물음은 앞뒤가 다 잘려 있었다. 하지만 세자가 무엇을 물은 것인지 모르는 자는 이곳에 아무도 없었다.

그러나 대답하는 자 또한 아무도 없었다. 자기 한목숨, 혹은 곁에 있는 사람을 보호하느라 사람들은 탁자가 언제 어떻게 날아갔는지 보지 못했던 것이다.

“정녕 아무도 모른단 말이냐?”

세자의 거듭된 물음이 있고서야 주방 쪽에서 작은 음성이 들려왔다.

“저, 저기……”

세자의 시선이 이제 막 열두어 살쯤 되었음직한 앳된 사환에게 꽂혔다.

"네가 보았느냐?"

"제, 제가 보, 보았습니다. 저기, 저분, 아니, 저 사람……."

사환의 덜덜 떨리는 손가락은 의자에 앉아 있는 무한을 가리키고 있었다. 모처럼 펴졌던 세자의 안색이 와락 일그러졌다. 탁자를 집어 던지기는커녕 애초에 일어설 힘도 없는 자를 지목하다니.

명탁 또한 믿을 수 없기는 마찬가지였다.

"이놈! 제대로 본 것이냐!"

어린 사환은 질책 어린 명탁의 추궁에 다리를 떨다 못해 숫제 풀썩 주저앉았다.

"마, 맞습니다. 저분이, 아니, 저 아저씨가 분명히……."

세자는 눈동자에 힘을 풀고 가만히 사환을 관찰했다.

어린 사환은 불안에 떨면서도 무척이나 괴로워하고 있었다. 무한을 가리켜 분이라고 했다가 금세 아저씨라고 호칭을 바꾼 것이 그것을 대변했다. 자신의 목숨을 구해준 은인이 세자를 해하려 한 역적 편에 있었으니 그럴 만도 했다.

상황 파악은 제대로 하고 있는 셈이었다.

"저 아이의 말이 사실이더냐?"

세자의 물음에 다른 나이 든 사환들은 벌벌 떨며 고개를 저었다.

"저, 저희들은 아무것도 보지 못했습니다요."

세자의 시선이 무한을 찾았다.

‘과연 비쩍 말라 볼품없는 저자가 무공을 가지고 있단 말인가?’

사환의 말이 사실이라면 그저 무공을 익히고 있는 정도가 아니다. 그 짧은 순간 자신은 물론이고 사환들의 목숨을 구했으니 말이다.

“저하, 실은…….”

그때 뒤쪽에 있던 청운이 조용히 세자 곁으로 다가갔다. 청로가 즉시 제지하고 나서자 세자가 손을 들어 막지 말라는 의사를 표시했다.

청운은 청로가 길을 터주자 천천히 다가가 세자의 반보 뒤에 멈춰 섰다.

“뭐냐?”

고민하던 청운이 이윽고 나직이 입을 열었다.

“저하, 저분은…….”

“그만!”

짧고 강한 음성으로 청운의 입을 막은 사람은 무한이었다.

무한이 간찰단의 수장이면서도 시종일관 방관한 이유는 되도록 자신을 노출시키기 않기 위함이었다. 청운도 그 점을 알고 있었기에 목숨이 경각에 달한 순간까지도 섣불리 무한을 입에 담지 않은 것이다.

한데 상황이 예상했던 것보다 훨씬 나쁘게 돌아가고 있었다. 세자의 명령 한마디면 병사들이 달려들 것이다. 흑백괴동뿐만 아니라 만평 사형제가 순순히 오라를 받을 리 없으니 필시 돌아오지 못할 강을 건너게 될 것이 뻔했다.

결국 청운은 무한을 노출시킬 수밖에 없다고 판단했다. 한데 무한이 그걸 막고 나선 것이다.

청운은 답답한 마음을 담아 말했다.

"지금은 다른 방법이 없습니다."

무한은 조용히 고개를 가로저었다. 아직은 이르다고 말하는 것이다.

무한은 현재의 태자가 그 자리에 오를 수 있었던 것은 본인의 능력이 아니라, 황제가 세자의 영명함을 높이 산 덕분이라는 원적의 말을 잊지 않고 있었다. 세자가 그토록 영리하다면 알아차릴 것이다.

명탁은 청운과 무한이 알아듣지 못할 말로 대화를 나누자 버럭 소리쳤다.

"무슨 수작들이냐? 내 원적 그자를 그리 보지 않았거늘, 기어이! 놈들을 쳐라!"

"멈춰라!"

일촉즉발의 순간 명탁의 명을 번복한 사람은 다름 아닌 세자였다.

무한은 세자가 호위 군사들을 제지한 순간 자신의 결정이 옳았음을 확신했다.

무한의 생각대로 세자는 어리석지 않았다. 아니, 오히려 더없이 영특했다. 근래 들어 말 못할 고민으로 총기가 흐려지기는 했지만, 청운이 무한에게 저분이라는 호칭을 쓴 것을 사사로이 넘길 그가 아니었다.

금의위 천호에게 존칭을 받을 위치라면 남북, 두 진무사밖에는 없다. 세자는 북진무사 자리가 공석이라는 것을 익히 알고 있었기에 무한의 위치를 단번에 가늠할 수 있었다.

'그대가 북진무사인가.'

무한은 세자의 마지막 의문에 눈빛으로 답했고, 세자는 능히 눈빛을 읽어냈다. 선입견을 버리고 눈꺼풀에 씌워진 의심의 휘장을 걷어내니 무한이란 존재가 새삼 달라 보인다.

마지막 의심까지 말끔히 털어낸 세자는 목청을 돋워 소리쳤다.

"모두 물러가라!"

"저하, 저들의 죄가 심히 크옵니다. 엄단하셔야 하옵니다."

명탁의 간언에도 세자는 고개를 가로저었다.

"내 말을 듣지 못하였는가."

세자의 명석함을 익히 알고 있던 명탁이다. 잠시 원적을 의심하는 마음이 일었으나 세자가 이리 나오는 이유가 분명 있으리라 판단하고 즉시 군사들을 물렸다.

第九章
가흥이라는 호위

가흥이라는 호위 1

그날 밤, 무한은 세자의 부름을 받고 은밀히 세자의 처소를 찾았다.

"크게 한 방 먹었군. 그대가 신임 북진무사였을 줄이야."

무한이 내실에 들어서자마자 세자가 꺼내놓은 말이었다.

"때로는 눈에 보이는 것이 전부가 아닐 때가 있는 법이지요."

세자는 청운에게서 무한의 말을 전해 듣고 얼굴빛이 침중해졌다.

"그렇지. 눈에 보이는 것이 전부가 아닐 수도 있지. 하지만 말이야. 사람이란 동물은 실체를 확인하지 못하면 끊임없이 의심하게 되어 있어."

무한은 세자의 말에 뼈가 있음을 깨닫고 진의를 파악하기 위해 세자를 가만히 바라보았다.

통역을 위해 자리를 함께한 청운은 크게 당황했다. 세자를 빤히 바라본다는 것은 그의 상식으로는 있을 수 없는 일이었다. 책을 잡고 들자면 목을 벨 수도 있는 중죄였다.

하지만 무한은 태연히 중죄를 저지르고 있었다. 더욱 이해할 수 없는 것은 세자의 태도였다. 세자는 노한 기색은커녕 오히려 입가에 미소를 매달고 있었다.

"무엇을 고민하고 계십니까?"

무한의 말에 세자는 순식간에 미소를 지웠다.

"그대는 어쩌면 내가 생각하는 것보다도 훨씬 대단한 사람인지도 모르겠군."

"무엇입니까?"

무한의 직선적인 물음에 세자는 고개를 저었다.

"아직은 시기상조야. 확실하지 않을 뿐 아니라, 섣불리 입에 담을 성질의 것이 아니지."

세자는 확실한 선을 그었다. 무한을 믿지 못해서가 아니라 그만큼 사안이 중대했다.

"그보다 그대의 계획은 무엇인가? 동창이 강 건너에 있는 건 확인되었고, 드러나지 않은 모종의 세력들도 있을 거라 보는데?"

"아마도 그럴 것입니다. 어쩌면 저하께서 상상하신 것보다도 상황이 더 좋지 않을 수도 있습니다."

"꽤나 솔직하군. 이리 허심탄회하게 나오니 나도 솔직히 말하지. 나는 그대가 정화의 암중 계획들을 모조리 뚫고 태자 전하와 나를 무사히 호위하리라고 보지 않아. 이제 진무사의 생각을 듣고 싶군."

"물론 힘든 여정이 될 것입니다. 하지만 한 가지 말씀드릴 수 있는 것은, 태자 전하와 세자 전하께서는 안전히 자금성에 드실 것이란 것입니다."

청운은 무한의 결의 넘치는 모습에 주먹을 불끈 쥐었다. 무한의 말이라면 그게 어떤 것이든 반드시 이루어질 거라는 믿음이 생긴다. 어느새 그는 무한의 추종자가 되어 있었던 것이다.

하지만 그런 감상적인 생각은 청운에 한한 것이었다. 세자는 오히려 안색을 굳히고 화난 기색을 숨기지 않았다.

"내가 사람을 잘못 본 모양이군. 내가 듣고 싶은 건 그런 터무니없는 자신감이 아니야. 내가 바라는 건 귀신도 속일 만한 주도면밀한 계획일세. 태자 전하의 생명은 곧 명국의 국운과 일치하는 것. 한낱 진무사와 같은 일개 무장의 호언장담에 냉큼 맡길 만큼 가벼운 목숨이 아니란 말이야!"

세자의 차디찬 음성에 무한은 덤덤한 안색으로 대답했다.

"애초에 계획 같은 건 없었습니다."

"지금 뭐라 하였나?"

"계획 같은 건 없다고 했습니다. 또한 앞으로도 계획 같은 건 세울 생각이 없다는 것 또한 말씀드리지요."

세자는 당당한 태도로 아무 생각이 없다고 밝히는 무한을 잠시 멍한 얼굴로 바라보았다.

"제정신으로 하는 소린가? 힘으로 안 될 건 자명한 사실. 하면 신묘한 계략으로라도 대응해야 할 것이 아니냔 말이야!"

무한은 차분히 자신의 생각을 밝혔다.

"힘의 우열이 명백한 이상 저쪽에서는 우리가 계책을 쓰리라는 걸 이미 잘 알고 있을 것입니다. 상대가 만반의 준비를 하고 있는데 머리를 굴린다는 것 자체가 우스운 일이지요. 그런 상황에서 통할 계책이 얼마나 되겠습니까?"

"그래서 백책이 무효하다? 하니 아예 시작도 하지 말자? 그것이 지금 진무사가 할 소리인가?"

"계책은 암습과도 같습니다. 죄송한 말씀이지만 만약 현묘한 계책을 내어 그 계책이 먹힌다고 해도 일시적으로 적을 당황케 할 수 있을지는 몰라도 절대로 그로 인해 원하는 결과를 얻기는 힘들 것입니다."

무한의 말은 백번 옳았다. 더군다나 냉정히 판단해 현재 정화와 금의위 측의 힘은 계책으로 극복할 수 있는 범주를 벗어나 있었다.

"그러면 어쩌겠다는 것인가? 무슨 생각이 있었기에 원적이 자네를 보냈을 것이 아니냔 말이야."

그에 대한 대답은 청운이 했다.

"원 대인께서는 특별한 계책을 바라고 진무사님을 보내신 것이 아니옵니다."

세자는 청운의 말을 언뜻 알아듣지 못했다.

"그건 무슨 뜻이냐?"

"진무사님 본인이야말로 최선의 계책이기 때문이옵니다."

"북진무사가 호위를 맡는 것 자체가 최상의 계책이다, 이 말이냐?"

"그렇사옵니다."

세자는 잠시 생각에 잠겼다.

청운이라는 천호는 진무사 자체가 계책이라 한다. 그렇다면 진무사에게 정화가 모르는 뭔가가 있다는 뜻이다. 여타의 계책은 있지도, 세우지도 않을 거라 했으니 그 뭔가라는 것은 필시 무력일 터!

이 같은 결론을 도출해 낸 세자는 고개를 가로저었다. 얼마 전 있었던 사건으로 예상외로 진무사의 무공이 만만치 않으리라는 것은 짐작하고 있었다.

하지만 최대한 높여 잡아도 서른이 될까 말까 한 나이다. 병색이 있는데다 얼굴이 수염으로 덮여 있어서 그렇지 실제로는 더 젊을지도 모를 일이었다. 대체로 무공이란 나이와 비례하는 바.

청운은 세자의 의문을 익히 짐작했다.

"진무사님의 무력은 저하의 짐작을 넘어서 있사옵니다."

세자는 무한과 함께 온 자들을 떠올렸다.

저녁나절 소란이 있은 후 청로와 적로에게서 그들에 대한 평가를 들을 수 있었다.

청로와 적로는 별 존재감이 없었던 사십대 검사에게는 정통의 검술을 익힌 빼어난 검사라는 평가를 내렸고, 깨진 그릇을 모두 막지 못해 경미한 부상을 입었던 자들에게는 그저 그렇다는 평가를 내렸다.

또한 채찍을 귀신같이 휘두르던 두 난쟁이 노인에 대해서는 강호에서도 당적할 자가 드물다는 평가와 함께 자신들과 견주어도 손색이 없다는 말을 덧붙였다. 세자로서는 꽤나 놀라운 평이었다.

그리고 다른 한 노인에 대해서는 난쟁이 노인에 비해 반 수 정도 처지지만 그 또한 드문 고수라 하였고, 그릇을 던지는 임기응변으로 천호의 목숨을 구한 중들에게는 판단을 유보했다. 그들이 보인 반응 속도로 보건대, 겉보기보다 실력이 상당할 수 있다는 것이 그 이유였다.

마지막으로 결정적인 순간 무력의 일부를 드러냈던 무한에 대해 물었을 때, 청로와 적로는 고개를 가로저었다. 그들은 무공이 있다면 자신들로서는 가늠할 수 없는 경지일 것이고, 그렇지 않다면 아예 무공이 없을 거라고 했다.

사환이 잘못 보았을 가능성이 구 할이라는 말도 덧붙였다. 즉, 무공이 없을 가능성이 훨씬 크다는 얘기였다.

한데 청운이라는 천호는 짐작을 벗어난 경지라 했다. 그게 어느 정도를 말하는 것인지 세자는 도무지 감이 잡히지 않았다.

"흑백괴동이라 불리는 노인들의 무력이 대단하다 들었다.

그들과 비교해 어떠냐?"

장고 끝에 세자가 꺼낸 물음에 청운은 말없이 웃기만 했다.

"둘이 한번에 덤빈다면?"

청운은 고개를 가로저었다.

"소신 또한 그 끝을 보지 못했으니 어찌 진무사님의 무력을 논하겠습니까?"

청운은 확답을 하지 않았다. 하지만 세자는 그들로서도 무한을 어쩌지 못할 거라는 느낌을 받았다. 시험해 보기 전까지는 도무지 믿기 힘든 일이었다.

"말해주지 않겠다면 직접 알아볼밖에."

스윽!

세자의 말이 끝나기 무섭게 희끗한 그림자가 휘장을 뚫고 번개같이 쏘아져 나왔다. 그림자가 노리는 대상은 무한이었다.

모든 상황이 무한에게는 악조건이었다. 등을 돌리고 있었던 데다 그림자는 불과 이 장도 채 안 되는 곳에서 공격해 왔다. 또한 그림자는 전문 살수라도 되는 듯 등을 향해 검을 뿌리는 데 조금의 망설임이 없었다.

스팟!

촤라라락!

그그그긍!

"윽!"

폭발할 것 같은 긴장감이 사그라진다. 금방이라도 꺼질 듯 일렁이던 촛불도 안정을 되찾자, 방 안의 정경이 세자의 눈에 일목요연하게 비춰들었다.

마지막 순간까지 등을 돌리고 있었던 무한은 어느새 살수를 향해 돌아서 있었다. 믿을 수 없게도 살수의 무자비한 검은 뭔가에 단단히 붙들려 있었다. 물론 그 뭔가는 기병 만화였다.

무한은 틀어쥔 검으로 내력을 흘려 넣으며 자신을 암습한 자를 말없이 바라보았다. 녀석은 눈같이 새하얀 백포를 온몸에 겹겹이 두르고 있었다. 심지어 얼굴까지 모두 가려 밖으로 보이는 건 두 손과 시리게 빛나는 눈뿐이었다.

녀석은 표독스러운 감정을 표출하고 있었지만 드러난 눈매가 유난히 고왔다. 손 또한 투박한 검을 쥐고 있기에는 지나치게 가냘팠다.

"살수가 아니군. 게다가……."

상대는 여인이었다.

"으음, 그 아이를 그만 놓아주게."

무한은 세자의 말에 내력을 풀고 만화를 거두어들였다. 급작스럽게 내력 대결에서 풀려난 여인은 자신의 의지와는 상관없이 두어 걸음 밀려났다.

"어떠냐?"

세자의 물음에 백포여인의 눈빛이 침중하게 가라앉았다.

세자의 명령은 시험을 해보라는 것이었다. 때문에 애초에 죽일 계획이 없었던 그녀는 마지막 순간 힘을 일 푼가량 줄였다. 마지막 순간 일 푼의 힘이란 결정적인 순간 성패를 뒤바꿀 수 있을 만한 힘이었다.

하지만 그렇다고 하더라도 너무 쉽게 막혔다. 더욱 놀라운 것은 한번 시작하면 좀처럼 끝내기 힘들다는 위험천만한 내력 대결을 본인의 의지대로 매듭지어 버렸다. 무공을 익힌 이래 이토록 스스로가 하찮게 느껴진 적이 없었다.

세자는 무한에 대한 평가를 바랐지만 그녀는 끝내 아무런 말도 할 수가 없었다. 자신의 공격이 어떻게 막힌지도 모르는 데 어찌 상대를 평가할 수 있겠는가.

세자는 여인의 무언이 무엇을 뜻하는지 모르지 않았다.

"그만 자리로 돌아가라."

여인은 무한을 일견하고 나타날 때처럼 순식간에 사라졌다. 어딘지 모르게 풀이 죽은 느낌이었다.

"대단하군. 가흥의 암습을 그리도 쉽게 막아내다니."

세자의 입에서 가흥이라는 이름이 언급되자 청운이 흠칫 놀란다.

"가흥이라면 혹 소신이 알고 있는 그……."

세자가 고개를 절레절레 흔들며 쓰게 웃었다.

"맞아. 기어이 나를 호위하겠다고 따라 나섰지."

청운은 거듭 놀라고 말았다. 가흥이 누군가. 다름 아닌 세자의 여동생이다. 태자의 금지옥엽, 공주라는 얘기다.

청운은 태자의 칠녀 중 첫째의 성격이 털털하여 마치 사내와 같다던 오래된 소문을 기억해냈다. 그렇다고 해도 공주의 신분으로 호위무사 흉내라니, 도무지 못 말릴 아가씨였다.

무공을 익힌 것도 놀라울 지경인데, 저토록 파격적인 차림새는 뭐며 오라비의 호위는 또 무엇인가.

"어쨌든 놀랍군. 그 아이의 무공은 그녀를 가르친 사부조차 감탄할 정도인데 그리도 쉽게 막아내다니."

"꽤나 쓸 만한 솜씨였습니다. 하지만 완벽한 암습이었다고 생각하셨겠지만 소관은 처음부터 이 방에 누군가 있다는 걸 알고 있었습니다. 모르고 있었다면 조금은 당황했겠지만 그래도 결과는 같았을 것입니다."

무한은 암습을 세자가 말하는 계책에 빗대어 말하고 있었다.

세자는 고개를 끄덕일 수밖에 없었다. 계책이란 암습과 같다는 말이 이제야 피부로 느껴진다. 실력 차가 확연한 이상 암습이 통하지 않는 것처럼 어떤 계책도 정화에게는 통하지 않을 것이다.

세자는 비로소 모든 의심을 거두었다. 정화는 진무사의 무공을 모르고 있다. 계책이란 결국 상대의 예상을 뛰어넘는 것. 그 점은 그 어떤 것보다 뛰어난 계책이 될 수 있을 것이다.

"좋아. 기왕 이리된 것 진무사를 한번 믿어보지. 자네들이 아니라도 도와주겠다고 나선 적지 않은 무리가 있으니 그들 또한 큰 힘이 될 걸세."

2

이른 새벽, 한 척의 배가 물안개를 뚫고 홍택호를 건너고 있었다.

해가 떠오르기 직전 안개에 싸인 홍택호의 전경은 그림처럼 신비로웠다. 무한은 그 신비로움의 전면에 서 있었다.

폭풍이 몰아치기 전은 항상 고요한 법. 무한은 눈앞에 펼쳐진 아름다운 전경을 보면서 오히려 답답함을 느꼈다. 풍광이 아름다우면 아름다울수록 도사린 위험이 크게 느껴졌다.

저 안개가 사라지고 뭍에 발을 딛고 나면 상황은 백팔십도 달라질 것이다. 위험이 크면 클수록 손속에 사정을 두기 힘들어진다.

무한은 가만히 두 손을 펴서 내밀었다. 평생 문필만 취급해 온 그것처럼 매끄러웠다. 고된 수련에 물집이 잡히고 터지기를 수백수천 번 반복한 손이라고는 믿기지가 않았다.

어쩌면 이 매끄러운 손으로 수십 명의 사람을, 아니, 어쩌면 더 많은 사람을 죽일지도 모른다.

뚜벅뚜벅.

선실 문을 열고 나온 만펑 사형제들은 뱃전에 선 부한을 발견하고 일부러 기척을 내며 다가갔다. 피곤한 기색이 역력한 오펑이 기지개를 켜며 말했다.

"사숙, 좀 쉬시지 그러십니까. 곧 있으면 뭍에 닿을 텐데요."

"너희들이야말로 들어가서 조금이라도 쉬는 게 어떠냐."

무한은 만펑 사형제들이 간밤에도 하얗게 지샌 것을 알고

있었다. 무공 수련에 몰두하느라 북경을 나서면서부터 거의
눈을 붙여본 적이 없을 정도였다. 심지어 식사를 할 때도 새로
익힌 보법에 대해 의견을 교환했고 쉼없이 발을 놀리며 보법
을 익혔다. 덕분에 명탁에게 경박한 위인들로 낙인찍힌 그들
이었다.

오평이 짐짓 알통을 만들어 보이며 말했다.

"하하, 아직은 버틸 만합니다."

무한이 정색하며 말했다.

"견딜 만한 것 정도로는 안 된다. 지금은 무공을 수련하는
것보다 당장 몸을 최상의 상태로 만드는 것이 중요한 시점임
을 명심해라."

무한의 충고에 중평이 머리를 습관적으로 긁적이며 말했다.

"그래도 사숙이 계신데 별일이야 있겠습니까?"

무한이 정색하며 말했다.

"최악의 순간 오직 믿을 건 자신뿐이다. 다른 때라면 모르겠
지만 지금은 태자의 호위다. 마지막 순간 나는 너희들이 아닌
태자를 보호해야 한다는 걸 잊어서는 안 된다."

어찌 들으면 냉정하기까지 한 말이었지만 만평 사형제는 누
구도 서운하게 듣지 않았다.

그 후로 반 시진. 해가 물안개를 완전히 녹여 없앨 즈음 일
행은 육지에 닿았다.

먼저 도착한 병사들이 철통같은 호위를 하는 가운데 힘깨나
쓸 것 같은 네 명의 군사가 태자가 탄 거대한 가마를 들고 배에

서 내려왔다.

　무한은 태자가 가마에서 내려 여러 장정의 부축을 받으며 마차로 옮겨 타는 것을 바라보며 만평 사형제에게 말했다.

　"너희들에게 일러둘 말이 있다."

　말에 올라 채비를 맞춘 오평이 딱 벌어진 가슴팍을 두드리며 말했다.

　"뭐든 말씀만 하십시오."

　"오늘 만큼은, 아니, 이번 임무가 끝나는 동안에는 손을 씀에 있어 인정을 두지 마라."

　"그 말씀은……."

　"알고 있다. 승려인 너희들에게 해서는 안 될 말임을. 하지만 다른 도리가 없지 않느냐. 나는 너희들에게 불상사가 일어나는 걸 결코 원치 않는다."

　무한의 음성은 얼굴 표정만큼이나 어두웠다.

　눈치 빠른 중평이 짐짓 대수롭지 않은 듯 말했다.

　"저희들이 어디 중입니까? 순 사이비지요. 그런 걱정은 하지 마십시오."

　청평이 어색하게 맞장구친다.

　"하하, 중평 사형 말씀이 맞습니다. 그렇지 않아도 손이 근질근질하던 참이라 보이는 족족 작살을 내자고 얘기하던 중이었습니다."

　장난스러운 사제들과는 달리 만평이 진지하게 말했다.

　"저희들 걱정은 하지 마십시오. 절대로 짐이 되는 일은 없을

것입니다. 또한 어쭙잖은 인정은 베풀지 못하도록 제가 단단
히 일러두겠습니다."

만평이 믿음직한 모습을 보여주었지만 무한은 마음이 좋지
않았다. 사질들의 안위도 안위지만 저들의 손에 얼마나 많은
피를 묻혀야 할지 알 수 없었다. 만일 일이 벌어진다면 만평
사형제들이 가장 많은 사람을 부상 입히거나 죽게 할 터였다.
활을 주무기로 삼는 이상 어쩔 수 없는 일이었다.

"태자가 마차에 올랐습니다. 사숙도 오르셔야지요."

만평이 의자에 앉아 있던 무한을 번쩍 안아 태자가 탄 마차
로 옮겼다. 이 또한 무한이 가진 단 하나의 패를 지키기 위한
수단이었다.

바짝 마른 무한과 비대하기 이를 데 없는 태자. 마주 앉고
보니 극도의 부조화다.

"뵙게 되어 광영입니다. 무한이라 합니다."

태자의 맞은편에 앉은 무한은 고개를 조아렸다. 마차가 비
좁아 오체투지를 못하는 게 천만다행이었다.

"고개를 들어라."

무한은 맑은 눈을 들어 태자를 바라보았다. 태자의 숨이 막
히도록 비대한 몸집은 정상을 한참이나 벗어난 것이라 일찍이
본 적이 없었다. 가까이서 보니 이건 고개가 절로 저어진다.

태자의 숨소리는 가만히 앉아 있는데도 무척이나 거칠었다.
이래서야 건강이 좋을 리가 없다. 폐가 진기를 제대로 흡수하
지 못하고 있으니 다른 건 볼 것도 없었다.

태자는 태자대로 무한을 세심히 살폈다. 세자에게 들은 대로라면 대단한 자가 틀림없는데 막상 보니 참으로 볼품없는 외모가 아닌가.

"네가 날 곁에서 지켜주겠다고 했다지?"

태자의 음성에 조롱과 분노가 고스란히 실려 있다.

무한은 태자의 심정을 이해했다. 누구라도 자신의 모습을 본다면 그러한 의심이 들 것이니. 무한은 품속에서 지필묵을 꺼내 한자한자 적었다.

어떤 일이 있어도 전하를 무사히 호위할 것입니다.

무한이 써놓은 글자를 말없이 바라보던 태자는 전신을 부르르 떨었다. 지극한 분노다. 이윽고 등받이에 몸을 기댄 채 눈을 감아버렸다. 비애다.

무한은 순간적으로 태자의 전신을 휩쓴 감정의 변화를 알아차렸다.

"아, 그 아이가 기어이……"

태자가 탄식처럼 내뱉은 말에 무한은 흠칫 놀랐다. 음성 속에 서린 짙은 한이 오롯이 피부에 와 닿는다. 간단한 말이라 알아들을 수 있었다. 분명 그 아이라 했다. 대체 태자가 말하는 그 아이가 누굴까.

왠지 그냥 넘어가서는 안 된다는 생각이 강하게 들었다.

황송하오나 그 아이라 하심은…….

무한이 글을 쓴 지 한참 만에 태자가 눈을 떠 바라본다.
"무엄한 놈!"
그것으로 끝이었다. 태자는 실눈을 떠 무한을 노려보고는
다시 눈을 감고 미동도 없었다.
태자를 태운 마차는 철통같은 경계 속에 대로로 천천히 나
아가기 시작했다. 마차를 중심으로 이십 장 전방과 후방에 각
각 오십 명의 군사가 열을 지어 말을 몰았고, 오 리 간격으로
이십 리 부근까지 총 마흔이 넘는 정찰대가 나가 있었다.
흑백괴동과 풍천개도 동창의 정황을 알아본다며 한발 앞서
정찰대에 합류해 있었다.
무한은 창을 살짝 열어 군기가 바짝 들어서 열을 지어 걸어
가는 병사들을 씁쓸한 눈빛으로 바라보았다. 일이 벌어지면
별 힘도 쓰지 못할 이들이었다. 가장 먼저 죽게 될 자들이기도
했다. 황족들에게 저들은 한낱 소모품에 불과할 테지만 저들
개개인은 한 가족의 가장이거나 어느 부모의 귀한 자식들이
아니겠는가.
무한으로서는 어쩔 수 없는 일이었다. 그나마 그의 설득이
있었기에 이 정도지 그렇지 않았다면 이보다 수배에 이르는
병사들이 동원되었을 것이다.
병사들은 칼 외에도 각자 각궁을 들고 있었다. 특별히 궁수
들을 중심으로 뽑은 것인데, 이 또한 무한의 의견이었다. 유사

시 얼마나 도움이 될지는 미지수였지만, 일반 보병이나 창병보다는 훨씬 도움이 될 터였다.

그때 뒤쪽에서 청평의 혀 차는 음성이 들려왔다.

"쯧쯧, 정말이지 요란들 하군."

무한은 청평이 말하는 대상이 누구인지 알 것 같았다.

태자를 실은 마차 뒤로 세자가 탄 이두 마차가 따랐는데, 도검을 휴대한 이십여 명의 청년이 마차를 호위하고 있었다. 한데 청평의 말마따나 그들의 차림새가 지나치다 싶을 정도로 화려했다.

청년들은 이십대 중반에서 삼십대 초반까지의 연령대였는데, 화려한 옷을 빼면 하나같이 기체가 헌앙했고 생기가 넘쳐보였다. 저들이 바로 지난밤 세자가 언급했던 자들이었다.

청운이 한심하다는 눈빛으로 청년들을 일견하고는 입을 열었다.

"의혈단이라는 청년 고수 모임인데 남경 일대에서는 나름대로 이름이 나 있는 자들인 모양입니다."

오평이 의아한 얼굴로 말했다.

"그래도 보기보다 된 놈들이네. 죽을 자리인지 알고도 따라올 정도면 말이야. 의혈단이라더니, 우국충정만은 알아줘야겠는데?"

청운의 생각은 달랐다.

"그건 너무 순진한 생각입니다. 제가 보기에는 이참에 공을 세워보겠다고 나선 자들이거나, 젊은 혈기에 나선 자들입니다."

청운의 말은 사실이었다.

이미 대명 천지는 정화의 힘이 미치지 않는 곳이 없었다. 한데 정화는 태자가 있는 남경만큼은 되도록 손을 대지 않았다. 때문에 태자의 힘이 상대적으로 크게 작용할 수밖에 없었다. 그런 남경에서 일평생을 살아온 자들이니 현실에 둔감할 수밖에 없었다.

만약 현실을 직시할 수 있는 눈이 저들에게 있었다면 결코 이곳에 있지 않을 자들이었다.

청운의 말에도 오평은 긍정적인 평가를 내렸다.

"부나방이든 뭐든 어쨌든 일손은 늘었으니 된 것 아니냐."

이번에는 잠자코 있던 만평이 부정했다.

"그렇지 않을 것이다. 무공이야 나름대로 있는 자들이지만 세자를 맡기기에는 터무니없이 부족한 자들이야. 무공의 강약을 떠나 실전 경험이 거의 없다. 더군다나 정말 위험한 순간이 닥치면 세자를 위해 목숨을 바칠 자들이 아니다."

실전 경험의 유무는 옷만 보아도 알 수 있었다. 간편한 무복을 입어도 시원찮을 판에 거추장스러운 비단 장삼이라니. 마치 나들이라도 나온 자들 같았다.

태자도 태자지만 세자가 무사해야 한다. 극단적으로 말해 세자가 없는 태자는 아무런 의미가 없었다.

3

정찰을 구실로 일행보다 한 발 앞서 길을 나섰던 흑백괴동과 풍천개는 허름한 움막에서 부들부들 떨고 있었다.

"이건 언제 도착한 전서더냐?"

풍천개의 물음에 때 구정물이 줄줄 흐르는 삼십대 거지가 연신 굽실거리며 대답했다.

"어제저녁 나절에 도착한 것입니다요."

풍천개는 이를 악물며 충혈된 눈으로 전서를 거듭 살폈다. 보고 또 보아도 믿기지 않는 내용이 그 안에 있었다.

전서를 와락 구긴 풍천개가 욕설을 내뱉었다.

"빌어먹을!"

세 노인은 하나같이 지독한 분노 속에 큰 혼란을 느꼈다. 분노와 혼란의 근원지는 방천에게서 날아온 전서였다.

전서의 내용은 가히 충격적이었다.

남궁세가의 오하 지부가 피에 잠겼다. 생자(生者)는 전무. 사체들은 모두 형체를 알아보기 힘들 정도로 피떡이 되었다는 첨언도 있었다. 전서는 그들이 보았던 혼천등마부의 지옥도를 그대로 옮겨 담고 있었다.

"남궁연화검이 죽다니."

백괴의 음성에는 불신의 감정이 짙게 배어 있었다. 남궁연화검이라면 남궁세가에서도 손가락에 꼽는 고수로, 이리 허무하게 죽을 사람이 아니었다.

"남궁연화검이 문제가 아니다. 남궁세가 전력의 이 할이라는 존검대 전원이 죽었다지 않느냐."

그랬다. 아무리 남궁연화검이 백여휘에 필적하는 초고수라
지만 화룡검 남궁상이 대주로 있는 존검대에 비하면 무게가
떨어지는 것이 사실이다.

백괴가 침중한 음성으로 말했다.

"이틀 전이면 무한 그놈이 혼천등마부에 있던 바로 그날이
다. 이걸 대체 어찌 설명해야 하는 것이냐?"

풍천개가 더없이 어두운 얼굴로 답했다.

"마선의 제자는 하나가 아니다."

백괴의 말에 순간적으로 움막 안이 정적에 묻혔다. 마선의
제자가 하나가 아니다? 생각만 해도 끔찍한 일이었다.

세 노인이 혼란에서 헤어 나오지 못하고 있을 때 움막 안으
로 젊은 거지 하나가 황급히 뛰어들어 왔다.

"장로님, 오하에서 또 전서가 도착했습니다."

이번에는 또 무엇인가. 풍천개가 급히 돌돌 말린 종이를 펴
들었다. 긴장감으로 저도 모르게 손끝이 떨리고 있었다.

암문으로 적힌 전서를 해독하는 동안 풍천개의 얼굴이 처음
에는 희색이 돈다 싶더니, 얼마 안 가 다시 시커멓게 죽어버렸
다. 그러다 끝내는 장탄식을 토해내며 눈을 감았다.

"뭐냐? 대체 뭔데 땅이 꺼져라 한숨을 쉬는 것이냐?"

"이건 오하에서 희생된 남궁세가 무인들의 검시 보고서다.
혈사에 가담한 자는 하나가 아니라 최소한 네 명 이상이었다."

남궁세가 오하 지부를 피로 물들인 자가 넷이라는 것과 현

마진린보의 흔적도 발견되었다는 것. 다만 앞서 혼천등마부나 북경에서 발견된 것에 비해 깊이가 현저히 얕다는 것 등이 전서의 내용이었다.

풍천개의 말에 흑백괴동은 한동안 멍한 표정을 짓다가 이내 고개를 저었다.

"그럴 리가 없다. 나는 도무지 믿지 못하겠다. 넷이라니, 그게 말이 되느냐?"

"대체 어느 얼빠진 자가 그런 결론을 내렸다더냐?"

풍천개가 다소 노한 기색을 보이며 말했다.

"네놈들 사부와 막역지우이셨던 독개 사백이시다."

독개라는 이름이 언급되자 흑백괴동은 눈을 크게 떴다. 풍천개의 말마따나 독개는 생전 그들 사부와 막역지우로, 그들도 몇 번 본 적이 있었다.

독개는 개방의 전직 대장로로, 세수 백 세를 바라보는 현 개방의 최고 원로였다. 별호에서 알 수 있듯이 독(毒)에 관한한 독보적인 존재인만큼 인체에 있어서는 거의 따라올 자가 없어 사체 감식에 있어서도 타의 추종을 불허했다.

마선과 동대의 인물로 일전 풍천개가 내보인 적이 있는 마선혈로의 저자이기도 했다.

그는 수십 년 전 마선이 저지른 일곱 번의 혈사를 조사하는 자리에 모두 참여한 진기록을 가지고 있었는데, 첫 혈사가 벌어진 장강수로맹의 처참한 모습에 사람들이 모두 정체불명의 거대 집단에 의한 소행이라 했을 때, 그 혼자만이 한 사람의 소행임을 제기했었다.

모두 정신 나간 사람 취급을 했지만 결국 마선의 존재가 밝혀지며 그의 진가가 만천하에 드러났다.

흑백괴동은 눈동자에 불신을 지워낸 대신 태산 같은 근심을 담았다.

"세상이 대체 어찌 돌아가려고 이런 일이 벌어졌단 말인가. 하나도 재앙이거늘, 넷이 더 있다니."

이렇듯 탄식하는 백괴와는 달리 급히 정신을 수습한 흑괴는 좀 더 현실적인 문제를 제기했다.

"나머지 넷은 어디서 찾는단 말이냐? 물론 무한 그놈을 사로잡아 추궁하면 되겠지만, 녀석을 사로잡아 실토하게 만든다는 건 결코 쉬운 일이 아니다."

흑백괴동은 아직도 무한이 마선의 제자일 거라는 의심을 버리지 않고 있었다. 의심을 버리기는커녕 더욱 심증을 굳히고 있었다.

태자를 호위하는 임무를 마칠 때까지 언급하지 말자던 무한의 제안을 받아들인 것은 시간을 벌기 위함이었지, 믿어서가 아니었던 것이다.

풍천개가 이를 갈며 말했다.

"멀리서 찾을 것도 없다."

풍천개의 말에 백괴가 눈을 휘둥그레 뜨며 말했다.

"그게 무슨 소리냐? 멀리서 찾을 것이 없다니?"

"말 그대로다. 놈들은 우리 주변에 있어."

"설마 그 조선 중들을 얘기하는 것은 아니겠지?"

"맞다. 바로 그 중놈들이다."

풍천개가 오하혈사를 주도한 장본인으로 지목한 사람은 만평 사형제였다.

"녀석들이 무한을 사숙이라 부르는 건 우리도 익히 알고 있다. 하지만 그건 무한 그놈이 정체를 위장하기 위해 절로 들어간 때문이 아니겠느냐?"

"형님 말이 옳다. 녀석들의 무공은 뻔하다. 절정도 들지 못한 녀석들이 남궁연화검을 죽였다는 것은 있을 수 없는 일. 남궁연화검은 고사하고 남궁정도 이기지 못할 녀석들이다. 만평이라는 큰 중은 그나마 낫지만 마선의 절기를 이었다고 보기에는 터무니없이 부족해."

"폭주 때의 무위를 평상시와 비교해서는 곤란해. 게다가 놈들은 무공을 숨기고 있을 가능성이 크다. 아니, 놈들은 필시 무공을 숨기고 있다."

"무공을 숨기다니? 놈들이 우리 눈을 속일 정도란 말이냐?"

흑백괴동의 반응은 여전히 회의적이었다.

"난 오히려 반대로 보고 있다. 무한이란 놈이 불문에 위장 입문한 것이 아니라, 그 중들이 중 행세를 하고 있는 거라고."

흑백괴동은 잠시 할 말을 잃었다. 망치로 뒤통수를 호되게 맞은 기분이었다.

왜 그 생각을 못했을까. 그러고 보면 모든 정황이 의심스럽다. 놈들은 가사를 입고 머리를 민 것 말고는 하나에서부터 열까지 중다운 구석이라고는 없었다.

행동, 언행, 심지어 엄청난 식탐까지. 거기에 고기든 채소든 가리지 않는 식성은 오히려 세속 사람보다 더하면 더했지 결코 덜하지 않았다. 의심을 키우고 있는 흑백괴동에게 풍천개가 쐐기를 박는 말을 전했다.

"며칠 전 놈들이 무공을 수련하는 걸 본 적이 있다. 녀석들은 술 취한 사람처럼 비틀대며 뭔가를 익히고 있었지."

"취한 듯 비틀대? 그게 무슨 무공 수련이란 말이냐?"

"괴상한 행동들을 당시에는 이해하지 못했는데, 지금 생각해 보니 아무래도 현마진린보를 익히고 있었던 것 같다. 더군다나 수십 장 떨어진 곳에서 기척을 죽이고 있었는데도 녀석들은 나를 알아차렸다. 그 정도의 초절한 감각을 아무나 가질 수 있는 거라 보느냐?"

흑백괴동은 문득 떠오른 생각이 있어 부르르 떨었다. 미처 보지 못한 거대한 암운이 눈앞에 들이닥친 것만 같았다.

"늙은 거지야, 네놈이 한 말이 무엇을 의미하는지 알고나 하는 것이겠지? 놈이 불문에 위장 입문한 것이 아니라 반대로 놈들이 중으로 위장한 것이라면 일이 걷잡을 수 없이 커진다."

흑괴의 음성에 숨길 수 없는 긴장이 묻어난다. 그럴 수밖에 없었다. 그게 사실이라면 문제가 만평 사형제로 끝나는 것이 아니다. 만평 사형제의 사부 또한 마선의 제자라는 말이 된다. 그것도 무한의 사형이 되니 무한보다 더 대단한 자일 가능성도 배제할 수 없었다.

하지만 그 또한 약과에 불과하다. 그들 뒤에 도사린 거대한 그림자. 놈들을 길러낸 마선. 그의 저의가 참으로 의심스럽지 않은가.

마선의 무예를 익힌 자가 무한 하나라면 가능성은 희박하지만 무한이 마선의 무예를 우연히 습득하여 익혔다는 희망적인 가정이 가능하다. 하지만 문파 전체가 익혔다면 이야기가 달라진다. 마선 본인이 직접 전수하였다고밖에 볼 수 없는 것이다.

마선의 무공은 막강한 힘을 선사하는 대신 정신을 황폐하게 만드는 저주받은 무공이다. 마선이 정말 개과천선했다면 저 무저갱 속으로 던져 넣어야 마땅할 무공인 것이다.

한데 그런 끔찍한 무공을 여러 제자를 두고 직접 전수했다면, 그것이 의미하는 바는 무엇일까. 흑백괴동과 풍천개는 믿기 힘든 결론을 내릴 수밖에 없었다.

"마선이 세상을 감쪽같이 속였구나."

흑괴의 탄식은 모두의 심정을 대변했다.

"놈은 종적을 감춘 지난 시십 년간 자숙의 시간을 가진 것이 아니라, 무림을 집어삼킬 거대한 계략을 꾸미고 있었던 게야. 이제는 모든 자를 의심해야 할 때다. 무한, 놈에게 북진무사 직위를 준 원적, 그리고 정화까지. 어쩌면 모두가 한통속일지도 모른다."

마선이 무림뿐만 아니라 조정까지 장악하려 한다. 세 노인은 거대한 음모의 꼬리를 발견하고 치를 떨었다.

"이건 우리 선에서 해결될 사안이 아니다."

무한은 현마진린보를 얻은 대가로 마선에 대한 혐의를 짊어지게 되었다. 현마진린보가 희대의 보법이라는 것을 감안해도 결코 적지 않은 대가였고, 무한의 앞길을 험난하게 만들 커다란 악재가 아닐 수 없었다.

"그렇다고 이렇게 코만 빠뜨리고 있을 때가 아니다. 나쁜 소식만 있는 것이 아니니."

"그게 무슨 소리냐. 이 상황에 무슨 희소식이라도 있단 말이냐?"

"구대문파가 예상했던 것보다 훨씬 빨리 움직이고 있다. 벌써 고수들이 산을 나서 북경으로 향하고 있다는 소식이다. 또한 남궁세가에게는 안 된 일이지만, 그들이 크게 당한 덕분에 사태의 심각성을 인식하게 되었을 것이다. 남궁세가는 말할 것도 없고, 오대세가에서도 이 일을 결코 좌시하지 않을 것이란 얘기다."

모처럼 흑백괴동의 얼굴에 핏기가 돈다. 그야말로 가뭄에 단비 같은 소식이다.

구대문파와 오대세가가 나선다는 건 정파가 통째로 움직인다고 봐도 과언이 아니었다. 그간 쉬쉬하고 있었지만 무림은 아직 사십 년 전 악몽을 또렷이 기억하고 있는 것이다.

"문제는 놈들이 눈치채기 전에 움직여야 한다는 거로군."

풍천개가 주먹을 불끈 쥐며 끄덕였다.

"이 속도라면 태자를 자금성까지 호위하는 데 닷새면 가능

하다. 정화의 방해가 있을 테니 필시 하루나 이틀 정도는 늦춰
지겠지."

풍천개는 태자 호위가 완료되는 시점을 칠 일 후로 보았다.
동창 등 갖가지 변수가 있었지만 태자를 무사히 호위하리라는
데는 이견이 없었다. 무한과 만평 사형제의 무예를 과도하게
높게 책정한 때문이었다.

"칠 일이면 구대문파 중 개방과 무당, 소림이 당도할 수 있
다. 오대세가 중에서는 남궁세가와 산동악가의 고수들이 하북
성 경계를 넘을 수 있을 것이다."

第十章
대적 출현

대적 출현 1

이틀째 날이 밝았다.

태자를 태운 마차는 아침 이슬에 촉촉이 젖은 관도를 밟고 천천히 나아가기 시작했다. 이틀째 여정의 시작이었다.

일행은 바짝 긴장해 있는 상태였다. 지난 저녁 합류한 흑백 괴동과 풍천개가 동창이 칠십 여리 밖 낙우산에 있다는 소식을 가져온 때문이었다. 이 정보는 사실이었다.

낙우산에서 십 리 떨어진 곳에 이르렀을 때, 무한은 행렬을 잠시 멈출 것을 지시하고 하북삼협을 시켜 정찰을 지시했다.

해는 이미 중천에 떠 제법 따가운 볕을 내리쬐고 있어 병사들이 많이 지친 상태였다. 때는 초봄이었지만 북경에서 한참 남으로 내려온지라 기후가 여름에 가까웠다.

무한은 창을 통해 보이는 광경에 남몰래 한숨을 내쉬었다. 행군에 지친 병사들은 아무렇게나 주저앉아 피곤을 달래고 있었다.

재량이 있다면 저들 중 반이라도 돌려보내고 싶은 심정이었다. 지난밤 세자를 찾아가 병사들을 돌려보내자는 의견을 내놓았지만, 세자는 무한의 의견을 끝내 받아들이지 않았다. 태자의 위엄을 훼손할 수 없다는 이유였다.

삼백 명도 안 되는 인원만으로 태자를 호위를 하는 것만 해도 태자의 위엄을 충분히 깎는 일인데, 여기서 더 줄인다는 건 있을 수 없는 일이라는 것이었다. 병사들은 고작 태자의 위엄을 세우기 위해 목숨을 잃을 위기에 놓인 것이다.

청운은 깊은 생각에 잠긴 무한을 작게 난 창문 너머로 조용히 바라보았다. 왜 저런 표정을 하고 있는지 알 것 같았다. 전날 밤 무한은 세자에게 병사들이 너무 많다며 반만이라도 돌려보낼 것을 간하였다. 세자에게 불가 통보를 받았을 때도 지금과 똑같은 표정을 지었었다.

청운은 문득 무한에 대한 알 수 없는 존경심이 울컥 솟구쳤다. 남의 나라 병사들을 생각하는 마음이 오히려 명나라 최고 위정자 중 하나인 세자보다 깊지 않은가.

청운은 말을 몰아 마차 곁으로 다가가 나직이 말했다.

"어차피 한 번은 부딪칠 일입니다. 오히려 여독이 생기기 전에 일찍 부딪치는 편이 이득일 수도 있습니다."

무한이 조용히 끄덕였다. 그도 모르는 바가 아니었다. 하지만 죽을 자리인 줄 알면서도 병사들을 끌고 들어간다는 것은 참으로 견디기 힘든 일이었다.

"저들을 어찌하여야 살릴 수 있을까?"

청운은 독백 같은 무한의 말에 아무런 대답도 하지 못했다. 하지만 무한은 이미 답을 알고 있었다, 병사들을 조금이라도 살리는 길은 자신의 손에 더 많은 피를 묻히는 길뿐임을.

그때 급박한 말발굽 소리와 함께 낙우산을 살피러 나갔던 하북삼협이 돌아왔다. 명조후가 보고한 내용은 예상과는 사뭇 달랐다.

"동창 번복들은 이미 떠나고 없었습니다."

과연 명조후의 보고대로 낙우산을 지나는 동안 태자 행렬을 가로막는 자는 아무도 없었다. 중천에 떴던 해가 서산으로 기울어도 마찬가지였다.

일행은 낙우산에서 시간을 지체한 덕에 해가 저문 후에야 숙천에 닿을 수 있었다.

숙천은 강소성 서북부에 위치한 곳으로, 강을 끼고 있어 땅이 비옥해 상업보다는 농업이 발달한 작은 현이었다.

태자가 온다는 소식에 수많은 사람들이 길에 몰려나와 목을 빼고 있었다. 햇볕에 그을려 까맣게 탄 얼굴들이 애처로운 순진무구한 백성들이었다.

철없는 아이들은 화려하고도 거대한 마차에 '와와' 감탄사를 연발하고, 어른들은 어른들대로 생전처음 보는 태자 행렬에 한시도 눈을 떼지 못했다.

"무엄하다! 오체투지하라!"

어느 병사가 신경질적으로 고함치며 횃불을 흔들자 사람들이 화들짝 놀라 길 가장자리로 흩어졌다. 평생 있는지 없는지, 아니, 있어도 없어도 그만인 황상의 아들 얼굴 한번 보겠다고 나왔는데 꿇어 엎드리란다.

생전 언제 오체투지라는 걸 해본 이들이던가. 그저 넙죽 엎드린다.

"천세를 외쳐라!"

"천세! 천세! 천천세!"

병사의 호령에 민초들은 고개를 땅에 처박고 목청이 터져라 천세를 외쳤다.

마차는 병사들의 삼엄한 경비 속에 숙천 중심부로 들어섰다. 마차가 멈춰 선 곳은 삼성각이라는 이름의 주루 앞이었다. 북경이나 남경 성내에서야 흔하디흔한 주루였지만 근동에서 유일한 삼층 누각이었다.

태자가 삼성각에 든 직후였다. 민초들과 함께 오체투지하고 있던 자 중 여럿이 슬그머니 일어나 어둠 속으로 사라졌다.

"역시 오늘 밤이라는 건가."

마차 안에 남아 있던 무한의 독백이었다.

2

야트막한 산 공터 아래로 푸르스름한 월광이 쏟아진다. 음습한 공기가 휘몰아치는 가운데 장신의 노인이 뒷짐을 진 채 백염을 흩날리며 서 있었다. 등 뒤 왼쪽 어깨에서 오른쪽 허리로 가로지른 두툼한 도갑이 이채롭다.

노인 하나뿐만이 아니다. 노인의 뒤로 역시 백발이 성성한 십여 명의 노인이 서 있었고, 암영이 짙게 드리운 가운데 또 다른 백여 명의 무인이 형형한 안광을 빛내고 있었다.

노인의 음성에 책망의 빛이 실린다.

"암영대주, 어찌 된 것이냐?"

흑의를 입은 영기 충만한 삼십대 무인이 고개를 숙였다.

삼성각 주변을 지키고 있을 병사들을 잠재우라 보낸 이십여 암영대원이 반 시진이 넘도록 감감무소식이었다. 침투와 암살이 몸에 밴 자들인데, 단 한 명도 돌아오지 않았다?

상당히 의외였다. 흑백괴동을 비롯해 만만치 않은 고수가 있다는 건 알았지만 적어도 한두 명은 살아 돌아올 줄 알았던 것이다.

"송구합니다. 약간의 문제가 있는 것 같습니다. 제가 직접 수하들을 이끌고 정리하고 오겠습니다."

각 진 턱에서 진한 남성미가 풍기는 사내는 음성 또한 진중하다.

노인은 고개를 저었다.

"그럴 필요없다."

"병사들 모두에게 활이 있었다는 보고가 있었습니다. 궁수들 위주로 구성했으니, 귀찮아질 수도 있습니다."

"화살이라……."

노인은 문득 천공을 올려다보았다. 구름 한 점 없는 하늘에 반달이 덩그러니 걸렸다.

"달이 밝구나. 이제 우리 경천신문은 하북성과 산동성을 아우르는 초거대 문파가 될 것이다. 제법 날랜 아이들로 추려왔는데 고작 일반 병사들의 화살에 맞아 어찌 될 정도라면 대경천신문과는 어울리지 않다고 봐야겠지."

화살에 꿰일 정도의 실력이라면 필요없다고 말하는 자. 노인은 경천신문의 문주 경천도 풍소백이었다.

"소자의 생각이 짧았습니다. 길을 열겠습니다!"

풍소백이 끄덕여 허락하자 암영대주이자, 경천신문의 소문주인 풍소천이 암영대원들을 이끌고 산 아래로 신형을 날렸다.

스스스.

잔바람에 갈대 눕는 소리와 함께 공터는 순식간에 텅 비어버렸다.

어두운 그림자들의 소리없는 질주는 삼성각에 이르러 멈췄다.

휘이익!

그들은 풍소천을 필두로 삼성각의 담장을 단숨에 뛰어넘었다.

터억!

풍소천은 발끝이 땅에 닿자마자 감각을 극대화시켰다. 삼성각 주변에는 숨소리라고는 들리지 않는다. 있다면 삼성각 내부와 지붕뿐.

"역시 활이라는 건가."

풍소천의 중얼거림이 끝나기 무섭게 달이 두터운 구름을 걸어찬다. 달빛을 받아 내력으로 이글거리는 안광이 새파랗게 빛날 즈음 지붕 위에서 짧고 강한 명령이 떨어졌다.

"쏴라!"

슈슈슈!

건물 창문, 그리고 지붕으로부터 일제히 화살비가 쏟아졌다. 새까맣게 날아오는 화살. 화살이 수도 헤아릴 수 없이 많다는 게 아니다. 말 그대로 먹에 담가 검게 만든 화살이었다.

채채챙!

풍소천을 따라 담장 위를 솟구쳐 오르던 암영대원들은 당황하지 않고 화살을 걷어냈다. 하지만 모두가 그런 것은 아니었다.

"큭!"

"으윽!"

다섯 줄기의 신음성에 풍소천의 고개가 휙 돌아간다.

"이런 멍청한 놈들!"

담을 넘어서던 수하가 가슴을 움켜쥐고 곤두박질치는 모습이 육안으로 쏟아져 들어왔다.

풍소천은 순간적으로 화살에 당한 다섯 명을 훑었다. 느슨하게 풀려 있던 풍소천의 근육이 팽팽하게 당겨졌다. 화살에 꿰인 자들은 몸이 땅에 닿기도 전에 숨이 끊어졌다. 그만큼 화살은 정확히 급소를 꿰뚫었다.

챙! 챙!

"컥!"

"크윽!"

일반 병졸들의 평범한 화살 속에 내력이 깃든 강궁이 섞여 있었다. 강궁이 날아온 곳을 가늠하는 짧은 순간 다시 다섯이 땅으로 곤두박질쳤다. 세 명은 목, 두 명은 심장, 이번에도 치명적인 급소다.

강궁뿐만이 아니다. 일반 병졸의 화살에도 부상자가 속출했다. 화살이 검어 육안으로 식별이 힘든데다 강궁이 섞여 날아오니 정신이 분산된 때문이었다.

슈아아앙!

화살에 꿰뚫린 시체를 살피던 풍소천은 뒷골이 서늘해지는 느낌에 재빨리 돌아서며 도를 휘둘렀다.

깡!

"……!"

풍소천은 터지려는 신음을 가까스로 삼켰다. 도신이 거센 충격에 부러질 듯 부르르 떨렸다. 도를 쥔 손이 쩌릿쩌릿 저려 왔다. 화살은 정확한 것뿐만이 아니었다. 무섭도록 강한 힘이 담겨져 있었다.

"컥!"

그 순간에도 연달아 신음이 터지고 수하들이 쓰러져 갔다.

하지만 풍소천의 귀에는 수하들의 신음 소리가 들리지 않았다. 풍소천의 시선이 향한 곳.

강시 같은 몰골의 사내가 자신을 향해 화살을 겨누고 있었다.

빠드득!

무한은 누각 삼층에서 아래를 내려다보며 다시 화살 한 발을 장전했다. 자신을 쏘아보고 있는 자, 풍소천의 미간을 정조준했다. 방금 전보다 배는 강한 화살이 될 터였다.

쩡!

시위를 벗어난 화살은 시간과 공간을 접어버리기라도 한 듯 눈 깜짝할 순간 풍소천의 코앞으로 다가들었다.

깡!

처척!

화살을 막아낸 풍소천은 화살의 힘에 밀려 반보 물러섰다. 기가 막힌 일. 천근 거력도 버텨내는 힘이거늘, 고작 화살 하나에 물러서다니.

분노로 붉게 물든 눈동자에 산성가 건물을 향해 몸을 날리던 암영대원 둘이 한 화살에 꿰어 거꾸러지는 광경이 잡힌다.

풍소천은 방금 전 자신을 공격했던 자가 날린 화살임을 깨닫고 부르르 떨었다.

“빌어먹을 놈!”

풍소천은 살기를 담아 잘근 씹어뱉고는 땅을 박찼다.

암영대원 둘을 한 번에 처리한 무한은 다시 화살 끝을 돌렸다.

쩡!쩡!쩡!

거문고를 튕기듯 손가락이 시위를 오가자 세 발의 화살이 연달아 허공을 갈랐다.

풍소천은 벼락처럼 날아드는 화살을 향해 절기를 발휘했다. 생사대적을 만났을 때에라야 시현할 줄 알았던 천섬(天閃)을 고작 화살 나부랭이를 상대로 펼치고 있다니. 더욱 참담한 것은 그 화살 나부랭이를 상대로 생사대적 못지않게 긴장하고 있다는 것이었다.

파파팟!

천섬의 위력은 역시 대단했다. 세 발의 화살이 작신 부러져 아무렇게나 흩어졌다. 대신 땅을 박찼던 탄력은 사라지고 없어 다시 제자리였다.

턱!

풍소천이 대지에 두 발을 딛었을 때, 무한은 다른 한 명의 암영대원을 처리하고 있었다.

풍소천은 부르르 떨었다. 세상에 이런 궁술이 있을 줄이야. 대체 누군가. 천하제일궁사라는 말이 목구멍까지 튀어나올 정도다. 강호라는 곳의 특성상 신성이 출현하면 너도나도 부풀려 찬양해대기 마련인데, 한 번도 저런 자가 있다는 걸 들어본 적이 없었다.

"물러서라!"

문주에게 당당하게 길을 열겠노라 말했던 풍소천은 담 안으로 뛰어든 지 불과 몇 호흡 만에 퇴각을 명했다.

암영대원들은 풍소천의 명에 들어올 때만큼이나 빠르게 담을 타고 넘었다.

수하들을 보호하며 마지막에야 담을 넘은 풍소천은 안전을 확보한 후에야 수하들을 점검했다. 정말이지 할 말을 잃었다. 아무것도 못해보고 거의 반이나 되는 수하들을 잃었다.

한편 피 한 방울 묻히지 않고 거둔 대승에 청운의 안색은 벌겋게 상기되어 있었다. 이미 몇 차례 본 적이 있었지만, 언제 봐도 무한과 만평 사형제의 궁술은 경이로웠다.

수차례 본 적이 있는 청운이 이럴진대 다른 자들은 오죽할까.

"이건 정말 대단하군! 자네들과 같은 사람은 난생처음일세."

무한과 만평 사형제의 활약을 똑똑히 목도한 세자는 진심으로 감탄을 쏟아냈다. 병사들이 쏜 화살은 빗나가거나 그도 아니면 칼에 쉽게 막히는데, 무한 등이 쏜 화살은 백발백중이다. 막지도 피하지도 못하고 그대로 명중된다. 그야말로 신기가 따로 없었다.

다들 생전 처음 보는 기막힌 궁술에 찬사를 쏟아냈지만 정작 무한의 표정은 어둡기만 했다.

"저들은 누구냐?"

풍소천이 펼친 도법을 알아본 청운이 즉시 대답했다.

"경천신문인 것 같습니다."

흑백괴동이 고개를 끄덕여 청운의 짐작이 맞음을 확인해 주었다.

경천신문. 그들과의 악연은 아직 끝이 아니었던 것이다.

흠칫!

무한의 시선이 담장 너머 어둠에 꽂히더니 눈동자에서 잔물결이 일어났다. 엄청난 자가 오고 있다. 이어 흑백괴동과 풍천개의 시선이 같은 곳을 쫓았다.

"이건……!"

"설마 그가 직접!"

흑백괴동의 입에서 신음처럼 새어 나온 말이었다.

펄럭!

그때 바람결에 옷자락 스치는 소리와 함께 담장 위로 모습을 드러낸 자.

"오랜만이군."

경천도 풍소백의 음성이 무한의 가슴을 무겁게 짓눌러 왔다.

진짜 싸움은 이제부터가 시작이었다.

『기검신협』 6권에 계속…

은하의 계곡

무천향
武天鄕

허담 新무협 판타지 소설

뿌리를 찾아가는 목동 파소의 여행.
그 여정의 끝에서
검 든 자들의 고향 대무천향 (大武天鄕)을 만난다.

검객 단보, 그는 노래했다.

…모든 검 든 자들의 고향 무천향.
한 초식의 검에 잠든 용이 깨어나고, 또 한 초식의 검에 잠든 바다가 일어나네.
검의 흐름을 따라가다 보면 어느새, 세월도 잊어버리고, 사랑도 잊어버리고,
무공도 잊어버려…….
결국에는 자신조차 잊어버리는…….

은하의 가장 밝은 빛이 되어버린다는
그 무성(武星)들의 대지(大地).

아, 대무천향(大武天鄕)이여!

낭왕 狼王

별도 新무협 판타지 소설

살내음 나는 이야기에 여러분은 가슴 졸인 적이 있는가?
남들이 볼까 두려워하며 책을 가리면서 읽었던 구절을 몇 번이나 반복하며
읽은 적이 없는가?

구무협의 향수를 그리워하던 별도가 결국은
〈무협의 르네상스〉를 부르짖으며 직접 자판 앞에 앉았다.

"제가 무협을 쓰기 시작한 이유는 더 이상 읽을 책이 없었기 때문입니다."

모든 일은 4년 전부터 시작되었다.
살인사건을 배경으로 펼쳐지는 음모와 배신, 사랑과 역공작,
그리고 정사!

우리 시대의 이야기꾼, 별도의 새로운 글, 〈낭왕狼王〉!
〈천하무식 유아독존〉, 〈그림자무사〉, 〈검은여우毒心狐狸〉에
이은 그의 또 하나의 역작!

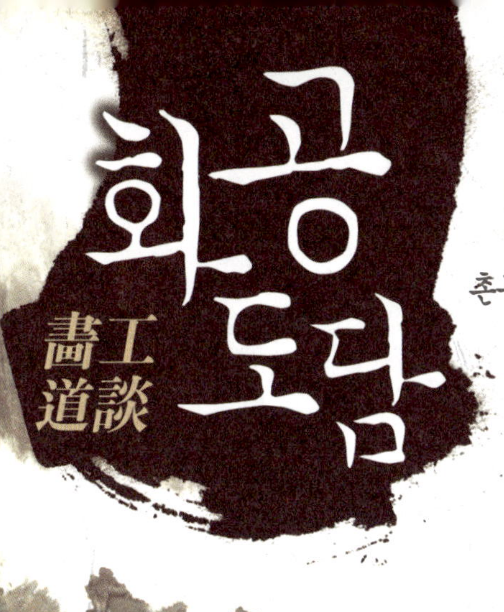

촌부 新무협 판타지 소설

예(禮)와 법(法)을 익힘에 있어
느리디 느린 둔재(鈍才).
법식(法式)에 얽매이기보다 마음을 다하며,
술(術)을 익히는 데는 느리지만
누구보다 빨리 도(道)에 이를 기재(奇才).

큰 지혜는 도리어 어리석게 보이는 법[大智若愚]!

화폭(畵幅)에 천지간(天地間)의 흐름을 담고
일획(一劃)에 그리움을 다하여라!

형식과 필법을 익히는 데는 둔하나
참다운 아름다움을 그릴 수 있게 된
화공(畵工) 진자명(陳自明)의 강호유람기!

유행이 아닌 자유추구 —
WWW.chungeoram.com
Book Publishing CHUNGEORAM

狂龍記
광룡기

장담 新무협 장편 소설

미친 바람이 동해에서 불기 시작했다!
둥지를 떠난 광룡(狂龍)이 강호에 나타났다!

내가 가고 싶은 대로 간다.
내가 하고 싶은 대로 한다.
누구도 내 앞을 막지 마라!

한겨울, 마침내 광룡의 전설이 시작되고,
천하가 광룡과 빙심에 뒤집어졌다!